les chants de l'été

J'AI LU

ROBERT SILVERBERG | *ŒUVRES*

L'HOMME DANS LE LABYRINTHE	*J'ai Lu* 495**
FILS DE L'HOMME	
LA TOUR DE VERRE	
LES MASQUES DU TEMPS	
LES PROFONDEURS DE LA TERRE	
LES AILES DE LA NUIT	*J'ai Lu* 585**
LE TEMPS DES CHANGEMENTS	
UN JEU CRUEL	*J'ai Lu* 800**
LA PORTE DES MONDES	
LES MONADES URBAINES	*J'ai Lu* 997***
SIGNAUX DU SILENCE	
LA FÊTE DE DIONYSOS	
SEMENCE DE LA TERRE	
TRIPS	*J'ai Lu* 1068***
L'OREILLE INTERNE	*J'ai Lu* 1193***
L'HOMME STOCHASTIQUE	*J'ai Lu* 1329***
SHADRAK, DANS LA FOURNAISE	
LES CHANTS DE L'ÉTÉ	*J'ai Lu* 1392***

ROBERT SILVERBERG

les chants de l'été

traduit de l'américain par Iawa Tate

Éditions J'ai Lu

Ce roman a paru sous le titre original :

THE SONGS OF SUMMER
and other stories

INTRODUCTION

Les douze nouvelles rassemblées dans cette anthologie furent écrites entre juin 1955 et septembre 1969, à l'exception de la dernière écrite tout récemment. Elles sont ici publiées dans l'ordre chronologique. Etrange révélation de cette juxtaposition, le récit le plus original, le plus audacieux sur le plan technique me semble être le plus ancien, celui qui donne son titre au recueil, *les Chants de l'Eté,* écrit alors que j'avais à peine vingt ans. Qu'on vienne après nous parler de l'évolution créatrice! La vision fragmentée, le morcellement narratif, la volonté de caractérisation par le truchement de l'expression individuelle sont le fait d'un débutant ambitieux dont le talent ne demande qu'à s'épanouir. Le résultat fut qu'une douzaine de revues refusèrent ma nouvelle. Je ne m'attendais certes pas à un échec aussi cruel : quelle douche pour moi! Le texte trouva finalement acquéreur pour la somme royale de quarante-huit dollars, payables à parution s'il vous plaît. Même en 1956, quarante-huit dollars, ce n'était vraiment pas grand-chose, compte tenu du travail considérable que représentait *les Chants de l'Eté,* et d'autant que trente mois s'étaient écoulés entre son écriture et sa rémunération! Malgré tout, je veux croire qu'il existe une justice pour les jeunes auteurs; la preuve, c'est que près d'un quart de siècle plus tard, ce récit retrouve les honneurs de la publication, et pas seulement comme pièce de musée, du moins je l'espère.

Autres œuvres de jeunesse, *Double défi, l'Eternité et après, le Dernier Poète,* toutes trois écrites au cours de l'été et de l'automne 1956. (En ce qui concerne *le Dernier Poète,* ce n'est pas tout à fait exact, puisque dix ans après, profitant de sa réédition dans l'anthologie de James Blish *New Dreams This Morning,* je la remaniai d'importance. C'est cette seconde version que vous allez lire.) Contemporains des *Chants de l'Eté* dont ils n'ont pas la liberté de forme, ces trois récits sont l'œuvre d'un novice qui a perdu son innocence et qu'un professionnalisme naissant pousse à se conformer davantage aux vœux des éditeurs et aux désirs supposés des lecteurs. Il me fallut des années pour surmonter ces inhibitions.

Ecrite en 1960, la nouvelle intitulée *Comme un frère,* correspond à une parenthèse de cinq ou six ans pendant lesquels je me détournai de la science-fiction. Pourquoi ce texte isolé au milieu d'une production par ailleurs bien différente et si abondante, du reste, que j'en demeure encore ébahi et un peu honteux, je ne m'en souviens plus, mais ce ne devait pas être avant le milieu des années soixante qu'encouragé par Frederik Pohl, alors directeur de *Galaxy,* je me décidai à revenir à mon genre initial.

Quatre nouvelles, représentatives de ma « période *Galaxy* », sont incluses dans ce recueil : *A la croisée des chemins, la Nuit du feu, la Digue, l'Epouse 91.* Inutile de chercher dans ces récits d'une grande fluidité narrative, où le trouble s'insinue à la dérobée, presque malgré lui, l'âpreté, l'impétuosité de mes œuvres ultérieures.

Sauve qui peut! et *Nous savons qui nous sommes* remontent toutes deux à l'été 69. Elles n'auraient sans doute jamais vu le jour sans l'insistance de vieux amis entre-temps devenus rédacteurs en chef. Ma carrière d'écrivain de science-fiction avait atteint son plein essor – coup sur coup étaient nés *les Profondeurs de la Terre, la Tour de verre, le Fils de l'Homme* – et j'avais quelque peu abandonné la nouvelle bien que je dusse y revenir en force, quelques années plus tard, avec trois recueils, *Unfamiliar Territory, Capricorn Games, The Feast of St Dionysus.*

C'est donc à un survol de ma carrière, depuis ses débuts jusqu'aux deux tiers de sa course, que vous convie ce livre. Certains textes contiennent des faiblesses, des maladresses de style que je n'aurais pas commises par la suite, mais il n'en est pas un seul que l'écrivain d'aujourd'hui soit tenté de renier aussi longtemps qu'ils procurent du plaisir au lecteur, et cela même s'ils ont quitté ma machine à écrire depuis bien longtemps.

Robert SILVERBERG.
Mars 1978

P.S. Le douzième récit, *A Pelpel, tout est bon pour passer le temps,* a été ajouté à ma demande par R. Silverberg, pour achever de montrer l'évolution de son style, par l'adjonction d'un texte rédigé ces derniers mois.

J.S.

LES CHANTS DE L'ÉTÉ

1 – KENNON

Je me rendais à la Sérénade où je comptais bien rappeler à Corilann que le temps était venu pour elle de tenir sa promesse. Je traversais le grand pré quand l'homme surgit devant moi, le dénommé Chester Dugan. Pour ce que j'en vis, il me sembla qu'il tombait du ciel.

L'espace de quelques instants, il chancela dangereusement. Interdit, je l'observais. Naturellement, je me demandais d'où il sortait et ce qu'il était venu faire. Petit, la silhouette grasse et flasque, il avait le visage sillonné de rides et le menton hérissé. Je l'ai dit, j'étais impatient d'arriver à la Sérénade, aussi poursuivis-je ma route sans plus m'occuper de lui. A ce moment, il perdit l'équilibre pour de bon et se retrouva par terre. Il me héla aussitôt. Il s'exprimait dans une langue barbare et vulgaire très éloignée de la nôtre.

– Toi, là-bas! Donne-moi un coup de main, voyons!

Sans enthousiasme je m'approchai pour saisir la main tendue. Il haletait. Il semblait bouleversé. Quand je l'eus hissé sur ses pieds, je repris mon bonhomme de chemin. Faut-il le répéter? J'étais pressé, et les problèmes de cet inconnu ne concernaient que lui.

L'an passé, j'avais pris part à ma première Sérénade chez Dandrin, et le souvenir ne s'en était pas encore effacé. C'était là que Corilann avait promis de m'attendre. J'aurais voulu avoir des ailes.

– Attendez! cria l'homme. Ne me laissez pas. Vous ne comptez pas m'abandonner, tout de même?

La mort dans l'âme, je revins sur mes pas. Son accoutrement faisait peine à voir. Des vêtements chiffonnés, trop ajustés sur son corps replet. Il tournait sur lui-même en se dandinant d'un pied sur l'autre comme s'il n'avait pas retrouvé son aplomb.

– Où suis-je? bredouilla-t-il.

– Sur Terre, pardi.

– Pauvre idiot! Ça je m'en doute. Mais *où*, exactement?

Sa question n'avait aucun sens. A quel endroit de la Terre? Ici, parbleu. Au milieu du grand pré qui sépare ma demeure de celle de Dandrin où se tiennent les Sérénades. Un vague sentiment de malaise naquit au creux de mon ventre. L'inconnu avait vraiment l'air mal en point. Je ne savais que faire de lui. Une chance que je me rendisse justement à la Sérénade. Sans cela, livré à moi-même, j'aurais été pris de court. Au fond, j'étais loin d'être aussi débrouillard que je l'avais imaginé.

– Je vais à la Sérénade, dis-je. Et vous?

– Je ne bougerai pas d'un pas avant de savoir où je suis et comment j'y suis arrivé. Qui êtes-vous, d'abord?

– Je m'appelle Kennon. Vous êtes en train de traverser le grand pré qui vous conduira chez Dandrin. Nous sommes en été, comprenez-vous. La Sérénade est ouverte. Dépêchez-vous. Je voudrais déjà y être. Venez, je vais vous conduire.

Cent pas plus loin, il n'y tint plus.

– Il faut que je sache, Kennon ou qui que vous soyez. Dix secondes auparavant, je me trouvais à

New York, et me voilà! A quelle distance suis-je de New York?

– New York? Qu'est-ce que c'est?

A ces mots il manifesta tous les symptômes d'une profonde exaspération. J'étais de plus en plus inquiet.

– Tu t'es échappé du cabanon ou quoi? hurla-t-il. Tu n'as jamais entendu parler de New York? *New York,* espèce d'abruti, ça ne te dit rien? Huit millions d'habitants, un grand port de l'océan Atlantique situé sur la côte Est des Etats-Unis d'Amérique. Alors, tu ne vois toujours pas?

Pour tout dire, j'étais aussi ahuri que lui.

– Une ville? Qu'est-ce qu'une ville?

Je crus qu'il allait exploser. Il s'empourpra et battit l'air de ses bras comme s'il voulait prendre son envol.

– Pressons le pas, me hâtai-je de proposer.

La situation m'échappait complètement. Cet homme posait plus d'énigmes que je ne pouvais en résoudre, et l'urgence d'arriver à la Sérénade s'en faisait davantage sentir. Là, au moins, Dandrin ou n'importe lequel des anciens y verrait peut-être clair dans son charabia. Pendant le trajet, il ne cessa de me harceler de questions auxquelles j'étais bien en peine de répondre.

2 – CHESTER DUGAN

Je n'y comprends rien. J'ignore ce qui s'est passé et comment cela s'est passé. En tout cas, c'est sans espoir de retour. Tant pis. Je suis tombé sur un bon filon et je compte l'exploiter jusqu'au bout. Histoire de montrer à ces ploucs qui est le vrai patron.

C'est bien simple : je m'apprêtais à prendre le métro. Il s'est produit une formidable explosion accompagnée d'un éclair d'une intensité aveuglante.

Avant que j'aie pu me rendre compte de quoi que ce soit, je me suis retrouvé ici, au beau milieu d'un pré. Aussi loin que portât mon regard, de l'herbe! Il m'a fallu quelques instants pour récupérer. J'ai dû dégringoler. Je ne suis guère impressionnable mais là, il y avait de quoi perdre la boule et le vertige m'a saisi. Mon émoi fut de courte durée. Tout de suite, j'aperçus ce gosse. Vêtu d'une sorte d'ample chemise de nuit, il traversait le pré à grandes foulées pressées. Comme le bougre ne manifestait aucune intention de me porter secours, je criai pour attirer son attention. Il a rappliqué en traînant la jambe et m'a tout de même aidé à me relever. J'étais à peine debout qu'il faisait mine de vouloir me fausser compagnie, à croire que ma présence dans ce pré ridicule n'avait rien, absolument rien d'extraordinaire. Alors là, j'ai gueulé un bon coup. Il s'est décidé à faire demi-tour, mais je voyais bien qu'il lui en coûtait. Le petit salopard.

Je tentai de le cuisiner, mais il a préféré faire l'imbécile. Non, il ne savait pas où nous étions. New York? Jamais entendu parler. Une ville? Mon cher monsieur, de quoi me parlez-vous, etc. Je l'aurais étranglé. En toute autre circonstance, je l'aurais catalogué comme échappé d'asile, mais pour la première fois de ma vie je ne savais où j'en étais moi-même. Si ça se trouvait, le seul dingue de l'histoire, c'était moi, Chester Dugan.

Quand il fut certain que je n'en tirerais rien, je la bouclai. Il ne cessait de répéter qu'il se rendait à la Sérénade, et de la manière dont il en avait plein la bouche en prononçant ce mot, le S majuscule se posait un peu là. Là-bas, assurait-il, je trouverais des gens capables de me répondre. Aujourd'hui, je ne sais toujours pas comment je suis arrivé ici. Après avoir beaucoup questionné et beaucoup écouté, je ne comprends toujours pas comment j'ai pu entrer dans un wagon de métro new-yorkais en 1956 et ressortir dans un pré au XXXVe siècle. Et quand je dis trente-cinq, ce pourrait aussi bien être trente-quatre ou trente-six. Cette bande de dégénérés a cessé de tenir un calendrier en cours de route. Entre nous, je m'en moque. Je suis là, cela seul a de l'importance. Le passé, mon passé, a depuis longtemps disparu dans les poubelles de l'Histoire. Des affaires grosses ou petites sur lesquelles je m'échinais en 1956, il ne reste que poussière. Pour d'obscures raisons, je suis cloué ici. Il ne me reste qu'à retrousser mes manches. Repartir de zéro, voilà où j'en suis réduit, à mon âge. Il y aurait de quoi se sentir découragé, non? Eh bien, ce serait mal connaître Chester Dugan. Ce défi, je le relèverai! D'ailleurs, j'ai déjà commencé.

Nous cheminions depuis pas mal de temps, le gosse et moi, quand les chants me parvinrent. Il se faisait tard; la lumière déclinait. Au fait, quand j'ai quitté New York, en 1956, novembre touchait à son terme. Ici, il faisait un temps splendide. Un temps de vacances. Il y avait dans l'air un je ne sais quoi de frais et de piquant que je n'avais jamais remarqué dans le bouillon de culture où baignait Manhattan. Le chant prenait de l'ampleur à mesure que nous approchions, mais à la seconde où ils nous aperçurent, le silence se fit.

Ils pouvaient être une trentaine, assis en cercle. Tous portaient de légères chasubles bien aérées. Les visages se tournèrent. Les regards convergèrent sur moi.

C'est ridicule, mais j'eus l'impression qu'ils sondaient mes pensées.

L'espace de quelques minutes, personne ne souffla mot. Puis un gamin long et filiforme entonna la suite du cantique, et comme un seul homme, ils suivirent. A croire qu'ils m'avaient oublié! Je les laissai à leurs singeries. Je n'étais pas pressé. Je ne suis pas du genre à foncer tête baissée dans le brouillard. C'était le moment de mettre mes méninges en batterie. Lentement, un plan s'élabora sous mon crâne.

J'attendis qu'ils mettent une sourdine.

– Attendez! hurlai-je. (Je m'avançai au milieu du cercle. D'une voix forte et bien timbrée, je mis les choses au point.) Mon nom est Chester Dugan. Ne me demandez pas comment je suis arrivé ici, je n'en sais rien. Je ne sais même pas où je suis mais j'ai l'intention de m'attarder un peu. Qui est votre chef?

Ils échangèrent des regards ahuris jusqu'à ce qu'un vieillard qu'on aurait estourbi en lui soufflant dessus s'avançât vers moi.

– Je me nomme Dandrin, fit-il dans un filet de voix. Je suis le plus ancien, aussi parlerai-je au nom de tous. D'où venez-vous?

– Justement! Je viens de New York, Etats-Unis d'Amérique, planète Terre, Univers. Ne me dites pas qu'aucun de ces noms n'éveille en vous le moindre souvenir! Faites un effort.

– Ce sont des noms de lieux, je suppose. Toutefois je n'en ai jamais entendu parler. New York? Les Etats-Unis d'Amérique?

Ça recommençait! Cet échantillon ratatiné de sous-humanité me servait le même topo que le jeune crétin de tout à l'heure. Je respirai un bon coup.

– Vous n'avez jamais entendu parler de New York? C'est la plus grande ville du monde, de même que les Etats-Unis sont la nation la plus puissante!

Le cercle fut parcouru de murmures étouffés. Le vieux visage de Dandrin s'éclaira. Il branla du chef.

– Je crois deviner ce qu'il en est. Ville... nation... (Il me regarda comme si une pensée saugrenue le rendait circonspect.) Dites-moi, hum, de *quand* venez-vous ?

Cela me fit un drôle d'effet, je ne le nie pas.

– J'ai quitté New York en 1956, murmurai-je.

– Nous sommes au XXXVe siècle, répliqua-t-il le plus calmement du monde. Approximativement, car nous avons cessé de compter au cours des années du Grand Chambardement. Mais j'y pense, Chester Dugan, nous avons interrompu la Sérénade avec notre petit aparté. Allons plus loin, voulez-vous? Ainsi nous pourrons poursuivre cette intéressante conversation sans déranger personne.

Il me conduisit à l'écart et parla longuement. Une effroyable guerre atomique avait eu raison de la civilisation. Ces gens étaient les survivants, les déchets, en quelque sorte. De ville, il n'en existait aucune, pas même de gros bourg. Les hommes vivaient éparpillés par groupes de deux ou trois et se rassemblaient en de très rares occasions. A vrai dire, moins ils se voyaient, mieux ils se portaient, sauf l'été. Quand arrivait la belle saison, ils se retrouvaient dans la demeure de quelque ancien, généralement Dandrin. Là, ils chantaient, et quand la Sérénade s'achevait, chacun rentrait chez soi.

La population des Etats-Unis n'excédait pas quelques milliers d'individus, dispersés aux quatre coins du territoire. Il n'y avait ni commerce, ni industrie, ni échange de quelque sorte que ce fût. Il n'y avait rien qu'une poussière de familles isolées qui s'adonnaient à une modeste agriculture de subsistance et passaient le reste du temps à chanter. Tout en écoutant le vieux gâteux, je me frottais mentalement les mains. Ma cervelle était en ébullition. Quelle aubaine, mes aïeux! Une vraie mine d'or.

Ni lui ni moi n'étions en mesure de formuler la moindre hypothèse sérieuse sur les raisons de mon arrivée inopinée au XXXVe siècle. A force de ressasser le problème, j'ai dû me rabattre sur l'explication bateau : une faille dans l'espace-temps ou quelque chose du même goût. J'ai franchi le seuil au bon moment et coucou, me voilà! Ne comptez pas sur Chester Dugan pour se faire du mouron au sujet de ce qu'il ne comprend pas. Les grandes énigmes de notre temps, ça n'a jamais été mon truc. Il faut vivre avec, un point c'est tout.

J'imaginais l'œuvre que pouvait accomplir ici un quidam initié aux méthodes de travail du XXe siècle. Pas de doute, la bonne étoile qui m'avait expédié ici savait ce qu'elle faisait. Primo, c'était le bon sens même, il fallait rétablir les villages. Ces gens n'avaient même pas été fichus de jeter les bases d'une nouvelle civilisation. Dès qu'ils auraient pris le rythme, je m'attacherais à rétablir tous les bienfaits que ces demeurés avaient perdus : argent, loisirs, sports, business. Business, surtout. Première étape cruciale, la mécanisation. Je ne m'estimerais gagnant qu'une fois ce pari gagné. Ensuite, passer au stade suivant, la ville. Puis prendre de l'expansion. Ce voyage dans le futur représentait l'occasion fabuleuse dont rêve tout homme actif et ambitieux. J'allais enfin pouvoir exercer mes compétences. Ces analphabètes allaient me manger dans la main.

3 – CORILANN

Ce soir-là, dès que la Sérénade eut pris fin, Dugan s'approcha et rien qu'au son de sa voix, je compris qu'il voulait passer la nuit avec moi. Elle était déjà réservée, mais Dugan se montra si insistant que j'allai trouver Kennon et le priai de me rendre ma liberté, rien que pour cette nuit. Il n'y voyait pas d'inconvénient. Il accepta.

Pour m'aborder, Dugan s'y prit d'une drôle de manière. Tortueuse, sournoise. Et son comportement, après! Je passai une nuit horrible. Il est si laid.

– Reste avec ce bon vieux Chester, poulette. Toi et moi, on fera de grandes choses.

Il a répété ça une bonne dizaine de fois. Je me demande où il veut en venir.

Le lendemain, les autres filles m'ont bombardée de questions. Nous sommes si peu nombreux que le simple fait de coucher avec un inconnu fait figure d'événement. Elles voulaient toutes savoir comment j'avais trouvé ça. Formidable, ai-je dit.

C'était un mensonge éhonté. Je l'avais trouvé répugnant. Mais le lendemain soir, j'y suis retournée, et le surlendemain, malgré les protestations du pauvre Kennon. Malgré moi. Quelque chose en lui m'attirait irrésistiblement. Je n'y pouvais rien. Il me dégoûtait, pourtant j'avais envie de coucher avec lui.

4 – DANDRIN

Cela me fit un curieux effet de les voir ainsi alignés sur d'impeccables rangées, eux qui n'avaient jamais eu la moindre notion d'ordre ou de discipline. Dugan leur expliquait ce qu'il attendait d'eux. La veille au soir, nous étions encore libres. Nous ne connaissions pas Chester Dugan.

Quand ils furent en rang face à lui, il leur fit part de ses « magnifiques projets ». Assis à l'ombre d'un arbre, je n'en perdais pas une bouchée. Réellement, nous faisions notre possible pour le comprendre. Des bribes de légendes concernant nos lointains ancêtres me revinrent en mémoire. Jusqu'alors, il ne m'était pas venu à l'idée d'y ajouter foi. C'était avant d'avoir vu Chester Dugan en action.

– Je me demande si vous mesurez toute l'étendue de votre stupidité! cria-t-il. Vous avez à portée de la main un monde flambant neuf, regorgeant de richesses, et au lieu de vous jeter sur ce fruit juteux, que faites-vous? Vous restez le cul par terre à chanter! Voulez-vous que je vous dise? Vous êtes un peuple décadent, il n'y a pas d'autre mot! Ce qu'il vous faut, c'est un gouvernement. Un bon vieux gouvernement à poigne! Chester Dugan est là pour ça.

Un matin, Kennon et quelques autres sont venus me trouver. Ils voulaient savoir quelles mesures nous devions prendre. Je les ai exhortés à la patience. « Ecoutez ce qu'il vous dit et obéissez », leur ai-je conseillé. J'espérais ainsi apprendre à le connaître suffisamment pour pouvoir enfin communiquer avec lui. L'avouerai-je? Son comportement m'intriguait. J'étais curieux de le voir à l'œuvre.

Je ne protestai pas quand, la Sérénade terminée, il leur ordonna de rester sur place pour construire une ville. Il clamait bien haut qu'il allait tous nous initier aux merveilles du XXe siècle.

Nous étions remplis d'ardeur et de bonne volonté, sauf Kennon, évidemment. C'était lui qui avait amené Dugan parmi nous. Le pauvre garçon était arrivé à la Sérénade le cœur gonflé d'allégresse à la perspective d'y retrouver Corilann. Et voilà que Dugan avait jeté son dévolu sur elle. Le premier soir, magnanime, Kennon avait accepté, persuadé qu'elle lui reviendrait le lendemain. Il se trompait. Corilann était devenue la chose de Dugan, son jouet, sa propriété.

En l'espace de deux jours, le plan de la ville était tracé et le travail distribué. Une question, surtout, nous taraudait. *Pourquoi?* Pourquoi tient-il tant à nous faire construire une ville? Mystère. Nous étions tous prêts à lui accorder le bénéfice du doute. Laissons-lui un peu de temps, pensions-nous. Du moment qu'il ne cause aucun dommage irréparable, offrons-lui une chance de réaliser ses projets et de répondre à ce *pourquoi* lancinant.

5 – CHESTER DUGAN

Cette petite Corilann, quel châssis! Il y a longtemps que je n'avais eu sous la main une aussi chouette nana. Quand Dandrin m'eut montré le coin des filles « célibataires », je les passai en revue et mon choix fut vite fait. Pas une qui ne fût en dessous de la moyenne, remarquez, mais Corilann avait quelque chose en plus. A ce moment-là, j'ignorais qu'elle était plus ou moins fiancée à Kennon, sinon j'y aurais regardé à deux fois avant de lui faire du gringue. La dernière chose que je souhaite, c'est d'éveiller l'hostilité de ces gens.

Kennon va m'en vouloir, c'est sûr. D'abord je lui pique sa dulcinée, ensuite je vois bien qu'il n'apprécie pas mes méthodes. Un coup de brosse à reluire devrait le rendre doux comme un agneau. Peut-être après tout ferait-il un bon lieutenant.

Les murs s'élèvent rapidement. Cent vingt personnes assistaient à la Sérénade, dont quinze vieillards inutilisables. Les autres se répartissent à peu près équitablement entre les deux sexes. Tous ou presque vivent en couple, ce dont j'ai dû tenir compte dans la répartition de l'habitat. Ils procréent à une lenteur ahurissante. Il faudra que je les secoue un peu en instaurant un système de prime pour les familles nombreuses. « Croissez et multipliez » sera notre premier credo. Nous allons avoir besoin de bras. Je crois savoir qu'une tribu de mœurs plus farouches vivant à quelques centaines de kilomètres plus au nord (si seulement je savais où nous sommes!) a conservé des machines et des objets manufacturés. Quand nous serons mieux organisés, j'enverrai là-bas une expédition pour écraser ces sauvages et rapporter leur matériel. Tout compte fait, il serait de bonne politique de confier à Kennon le commandement du corps expéditionnaire. Le bougre serait flatté et avec un peu de chance, il y laisserait sa peau. Je ferais ainsi d'une pierre deux coups. Il serait dangereux de sous-estimer ce jeune blanc-bec. Si je n'y prends garde, il finira par me mettre des bâtons dans les roues. Mince, tout ça à cause d'une petite nigaude un peu trop sexy.

Enfin, ce qui est fait est fait. Il est trop tard pour revenir en arrière. D'ailleurs, il me faut un fils, et sans tarder. Si Corilann accouche d'une fille, c'est la catastrophe. Qu'est-ce qu'un fondateur de dynastie s'il n'est pas fichu d'avoir un héritier?

Kennon n'est pas le seul empêcheur de tourner en rond. Il y a ce Jubilain, un autre gosse du même âge, encore plus maigre et d'une sensibilité maladive. Jubilain a droit à des égards. On le ménage. On l'entoure d'attentions. C'est lui qui dirige la Sérénade. Jusqu'à présent, je n'ai pas réussi à lui faire retrousser ses manches. M'est avis qu'il vaut mieux faire une croix dessus.

Par ailleurs, tout va comme sur des roulettes. La surprise, c'est Dandrin. Je m'attendais à des objections, des tracasseries, mais non. La Sérénade est terminée depuis longtemps. Tout le monde aurait dû se disperser, pourtant ils sont toujours là, à trimer du matin au soir comme si je leur versais un salaire.

D'une certaine façon, ce n'est pas faux. Moi, Chester Dugan, l'envoyé du passé, je leur dispense les largesses d'une grande civilisation éteinte depuis des lustres. A partir d'une poignée de nomades, je vais construire un empire. D'autres l'ont fait avant moi, n'est-ce pas? De la sorte, chacun y trouve son compte. Eux, en raison de ce que je leur apporte, et moi. Moi surtout, puisque je suis leur grand manitou.

La nécessité d'une descendance m'obsède. Si mon premier enfant est une fille, je devrai patienter près d'un an avant de pouvoir espérer un fils et dix ans avant qu'il puisse m'être utile à quelque chose. Que se passerait-il si je prenais une seconde femme? Jarinne, par exemple. Je l'observais hier tandis qu'elle s'était dévêtue pour travailler. C'est un morceau de roi. Pourquoi seraient-ils choqués? Après tout, ils ignorent le mariage. Si Corilann accouche d'une fille, d'ailleurs, il se peut que je la renvoie chez Kennon.

Cela me fait penser... ces gens-là ne croient en rien. Moi-même je n'ai jamais été très porté sur le goupillon mais reconnaissons-le, rien de tel qu'une religion et son cortège de superstitions pour faire filer doux les plus récalcitrants. Dès que mes occupations multiples m'en laisseront le temps, je leur concocterai un culte sur mesure.

Tout de même, je n'aurais jamais pensé qu'il pût être aussi crevant de mettre en route une nouvelle civilisation. Ce n'est qu'une question de coup de collier initial. Ensuite, quand ça roulera tout seul, je pourrai me dorer la plante des pieds *ad infinitum.* Cela dit, quel régal de bosser avec ces imbéciles. Je donnerais cher pour être plus vieux de quelques mois. C'est incroyable. En l'espace de six semaines j'ai obtenu plus de résultats qu'en quarante ans de ma vie antérieure. S'il en fallait la preuve, la voilà. Il suffit d'un homme à poigne pour maintenir le flambeau de la civilisation. Pour eux, la providence s'appelle Chester Dugan. Et je ne fais que commencer!

6 – KENNON

Corilann est enceinte. La nouvelle m'a plongé dans un état d'abattement bien compréhensible puisque c'est mon enfant qu'elle aurait dû porter, et non celui de Dugan. Dire que c'est moi qui l'ai amené parmi eux. Si je ne m'étais pas rendu à la Sérénade ce jour-là, il serait peut-être mort de solitude, de faim ou d'effroi dans le grand pré. A quoi sert maintenant de remuer de telles pensées?

La Sérénade a pris fin, mais Dugan nous a interdit de rentrer chez nous. Mon père m'attend pour commencer la chasse. Encore quelques mois et l'hiver viendra. Il sera trop tard, alors. Dandrin a dû m'expliquer le sens du mot « interdire ». Je ne suis toujours pas certain de comprendre pourquoi ou comment quelqu'un peut dire à quelqu'un d'autre ce qu'il doit faire. A vrai dire, aucun d'entre nous n'y voit vraiment clair dans les motivations de Dugan, pas même Dandrin qui est le plus acharné à comprendre. L'homme du passé est si éloigné de nous qu'en dépit de nos efforts, il nous demeure étranger.

Il nous a fait construire ce qu'il appelle une agglomération et qui n'est autre qu'une grande quantité de maisons agglutinées. Ainsi groupés, dit-il, il nous sera plus facile d'assurer notre protection. Mais contre quoi devrions-nous nous protéger? Nous n'avons pas d'ennemi. Cet homme nous comprend encore moins que nous ne le comprenons. A présent que l'été s'achève, je meurs d'envie d'aller chasser. J'espérais que Corilann me reviendrait, mais je n'ai plus d'espoir. Je voudrais ne plus ressentir d'amertume. C'est une souffrance inutile.

Dugan me fait la tête, à moi qui l'ai secouru et

guidé jusqu'ici! On dirait qu'il s'attend à un coup de force de ma part. On dirait qu'il me craint. Il lui arrive même de se montrer agressif envers moi.

Si seulement je savais à quoi m'en tenir!

7 – *KENNON*

Cette fois, Dugan a dépassé les bornes. Depuis une semaine, j'ai tout tenté pour engager une conversation qui lui donnerait l'occasion de préciser quels buts il espère atteindre en se démenant comme il le fait. L'initiative aurait dû venir de Dandrin mais l'ancien semble avoir renoncé à assumer ses responsabilités. Il se contente de suivre les événements depuis l'arbre sous lequel il demeure assis. A longueur de journée, il observe. Dugan n'ose pas le mettre au travail en raison de son grand âge.

L'homme du XXe siècle demeure une énigme absolue. Pas plus tard qu'hier, je l'ai entendu s'écrier « le monde nous appartiendra! » Qu'est-ce à dire? Appartenir comment, dans quel sens? A-t-il la prétention de dire à tout être vivant ce qu'il doit faire ou non? Si tous les contemporains de Dugan lui ressemblaient, il n'est guère étonnant qu'ils aient tout fichu en l'air. Qu'advient-il par exemple lorsqu'un homme se voit donner par deux personnes différentes des directives contradictoires? Qu'advient-il lorsque les « donneurs d'ordres » veulent prévaloir les uns contre les autres? La tête me tourne à la pensée de ce que devait être le monde à l'époque de Dugan. Des gens vivant les uns sur les autres, animés du désir de se dominer les uns les autres... quelle horreur! Je n'ai plus qu'un désir, c'est de rentrer chez moi et d'aller chasser avec mon père. Moi qui espérais lui ramener une fille, je crains qu'il n'en soit plus question.

Dugan m'a proposé de prendre Jarinne en remplacement de Corilann. Elle a reconnu avoir couché avec Dugan; ce n'est d'ailleurs un mystère pour personne, pas même pour Corilann. Dandrin m'a conseillé de refuser de peur de provoquer la colère de Dugan. Mais s'il ne voulait pas que j'accepte, pourquoi m'avoir fait cette offre? Et puis – comment n'y ai-je pas songé plus tôt? – de quel droit cet homme me ferait-il le don d'une femme?

Cela dit, Jarinne est une fille formidable. En sa compagnie, j'oublierais vite Corilann.

Et voilà que Dugan m'informe d'un projet d'expédition dans le nord. Une expédition armée dans le but d'écraser les tribus sauvages et de s'emparer de leurs biens. Par ouï-dire, il sait qu'elles possèdent des machines. Il a l'intention de les rapporter ici. Notre village en a besoin, affirme-t-il, et je devrai commander cette expédition. J'ai répondu que je devais partir sur-le-champ pour aider mon père à chasser. Nous sommes de plus en plus nombreux à le penser : cette année, la Sérénade n'a que trop duré.

Aujourd'hui, j'ai essayé de partir. A mes amis rassemblés, j'ai annoncé ma décision de rentrer chez moi. J'ai demandé à Jarinne de m'accompagner. « D'accord, a-t-elle dit, mais souviens-toi que j'ai couché avec Dugan. » J'ai répondu que je m'efforcerais au contraire de l'oublier. Je suis allé faire mes adieux à Corilann, enceinte jusqu'aux yeux à présent. Elle a versé quelques larmes.

Ensuite, je me suis dirigé vers la grande porte que Dugan venait de nous faire installer. Je ne voulais pas voir Dandrin, de peur qu'il ne me persuade de rester. J'ai ouvert la porte. Je n'avais pas fait trois pas que Dugan a surgi derrière moi.

– Où crois-tu aller? a-t-il glapi. Tu te défiles, c'est ça?

– Mon père m'attend, je vous l'ai dit. Nous devons aller chasser avant l'arrivée du froid. Je ne peux plus rester dans votre village.

On s'est remis à marcher, Jarinne et moi. Dugan a bondi pour nous barrer la route.

– Personne ne s'en va, c'est compris? (Sa main s'était muée en un poing noueux qu'il m'agitait sous le nez.) A quoi bon construire un village si tout le monde fout le camp quand bon lui semble?

– Ecoutez, je *dois* partir. Vous m'avez retenu assez longtemps.

Il n'a rien dit. Son poing a jailli. Je l'ai reçu en pleine figure et je me suis retrouvé par terre avec du sang qui me coulait du nez. Autour de nous, les gens regardaient. Je me suis relevé sans hâte. Je suis plus grand que Dugan et beaucoup plus fort que lui mais l'idée ne me serait jamais venue qu'un homme pût en frapper un autre. Depuis que Dugan est parmi nous, nous allons de surprise en surprise.

Ce n'était pas grand-chose et déjà je n'avais plus mal. J'étais beaucoup plus inquiet pour Jubilain, notre Chanteur. Il avait tout vu et chacun sait que les êtres de son espèce ne peuvent supporter le spectacle de la violence. Ils sont trop délicats. J'ai peur que Jubilain ne soit sérieusement perturbé.

Après qu'il m'eut frappé, Dugan s'est éloigné. Je suis rentré et j'ai refermé la grande porte. Je n'ai plus envie de partir. Il faut que je voie Dandrin. Il faut le secouer de sa torpeur. Le temps est venu pour nous de réagir.

8 – JUBILAIN

L'été tombe en l'automne pour tous les vieux toutlemonde, plus de chant l'hiver muet se tait quand soudain l'enfant tombe. Ma tête, pauvre,

pauvre tête. Mal à la tête, mal mal mal. Kennon avait du sang partout.

Kennon saignait et Dugan criait et l'été tombe en l'automne qui tombe en...

Pauvre, pauvre Jubilain. J'ai mal au crâne. Dugan l'a frappé au visage. De sa main, sa propre main, de sa main roulée en boule il a frappé Kennon. Derrière la grande porte. Regardez-la. Regardez-la bien.

Ils ont tué mon chant. Puis-je chanter quand Kennon de sa main roulée en boule? Ma pauvre tête... chante l'été en l'automne. Chantez, les vieux toutlemonde. L'été n'est plus, tant mieux car les chants ne sont plus. Puis-je encore chanter? Kennon avait du sang partout.

Pauvre Jubilain. Sa tête lui fait mal. Jamais sa tête ne lui a fait mal. Jamais. Il n'a jamais eu mal. Avant je chantais. L'été en l'automne et pour tous les vieux toutlemonde. Dugan a gonflé le ventre de Corilann, et ma pauvre, pauvre tête. Viendra-t-il d'autres Dugan?

Il viendra d'autres Kennon. Il n'y aura plus de Jubilain. Il n'y aura plus de Sérénade. Muets, les chants de l'été s'esquivent. Ma pauvre tête. Elle ne chantera plus. Plusplupluplupluplu...

9 – *DANDRIN*

C'est épouvantable. Je suis un vieil idiot.

Pelotonné dans l'ombre comme le vieux fruit sec que je suis devenu, je l'ai laissé nous détruire à petit feu. Aujourd'hui, d'un coup de poing, il a étendu un homme à terre. Kennon. Kennon qu'il n'a cessé de gruger depuis le début. Pauvre garçon. Dugan a semé la discorde entre nous. Joli cadeau, en plus de son village et de ses maudites portes!

Mais le plus terrible, c'est que l'incident se soit

déroulé en présence de Jubilain. Nous avons perdu notre Chanteur. Jubilain est incapable d'assimiler ce qu'il a vu. Le cerveau d'un Chanteur est un instrument d'une délicatesse inouïe. Il ne comprend pas la violence. Le spectacle d'un acte d'agressivité gratuite peut lui être fatal. Jubilain n'est pas mort; il est devenu fou. Nous n'aurons plus de Sérénade.

Dugan doit être éliminé. Quelle tristesse de devoir en arriver à une extrémité qui nous ravale à son niveau. Hélas, nous n'avons plus le choix. A présent, il veut nous initier à l'art de la guerre, et c'est la dernière chose que nous souhaitons. Les farouches tribus du Nord ne feront qu'une bouchée d'un peuple qui n'a pas combattu depuis mille ans. Quel besoin avions-nous d'un Dugan? Ne pouvait-on nous laisser en paix? Nous formions une petite communauté heureuse et pacifique, et me voilà, l'ancien, qui parle tranquillement d'éliminer quelqu'un.

Je sais comment m'y prendre. Si mon esprit est encore assez puissant, s'il ne s'est pas tari au soleil de ces longues années, je pourrai donner l'impulsion nécessaire. Si je puis me souder à Kennon, et Kennon à Jarinne, et Jarinne à Corilann et Corilann à...

Si nous pouvons fusionner, nous avons gagné. Il faut supprimer Dugan, mais pas n'importe comment. De cette façon, nous pourrons nous débarrasser de lui tout en restant des êtres humains.

Je me suis comporté en irresponsable, soit. Mais qui sait si la vieille noix ridée qui me tient lieu de cerveau a dit son dernier mot? Que j'arrive seulement à capter Kennon!

10 – CHESTER DUGAN

Toute résistance a cessé. Mon pouvoir semble

définitivement établi. Chester Dugan, le futur maître du monde! D'accord, c'est un drôle de monde, mais bon, il est à moi.

Stupéfiant, la rapidité à laquelle la grogne s'est tue. Jusqu'à Kennon qui a fait acte d'allégeance. De fait, je n'ai pas eu de plus fidèle lieutenant depuis le jour où j'ai dû lui balancer mon poing en pleine figure. Un si joli profil, quel gâchis, mais je ne pouvais tout de même pas le laisser filer comme ça.

Demain, Kennon prend la route du nord à la tête de l'expédition. Jarinne n'est pas du voyage. Je m'en réjouis. Corilann a trop à faire avec son bébé et moi, j'ai besoin de me changer les idées. Le gosse est adorable, soit dit en passant. Tout le portrait de son père. Je n'en reviens pas. Tout est formidable. Je joue sur du velours.

J'ai bon espoir de pouvoir installer bientôt l'électricité. Quand je dis bientôt, c'est manière de parler. Il ne faut pas trop en demander. Le cours d'eau le plus proche n'a pas un débit assez puissant pour que nous puissions faire l'économie d'un barrage. Il faudra que j'en touche un mot à Kennon avant son départ.

Ce n'est pas une mince affaire que de s'atteler à la reconstruction d'une civilisation, mais si dur soit-il, le boulot a ses gratifications. Ainsi, j'ai retrouvé ma taille de jeune homme. Plus un atome de graisse! L'exercice et, surtout, l'absence de bière. Facile, me direz-vous, puisqu'il n'y a pas de brasserie. A quoi je réponds pas encore, car tôt ou tard, j'en ferai installer une! Mais ne nous emballons pas. Chaque chose en son temps. Avant de faire des projets, attendons de voir ce que rapportera Kennon. J'espère bien que rien ne sera détruit ou détérioré pendant le trajet. Quelle chance si je pouvais me retrouver avec une presse hydraulique ou un générateur! Verni comme je le suis, cela ne m'étonnerait qu'à moitié.

Pour en revenir à cette histoire de religion, je crois qu'il ne faut rien bousculer. J'en ai parlé à Dandrin; le vieux n'est pas très chaud à l'idée de devenir un prêtre. Tout bien considéré, je pourrais me résoudre à assumer ce rôle moi-même. Nous verrons. Le plus urgent, c'est de mettre au point un système de chauffage avant que l'hiver ne nous tombe dessus. Si mes calculs sont exacts, nous devrions être dans le New Jersey ou en Pennsylvanie. Il va faire sacrément frisquet dans quelque temps, à moins qu'on ne se dépêche de trouver quelque chose. Est-il extravagant de supposer que les tribus du Nord sont les reliquats de New York?

Tout de même, qu'ils m'obéissent à ce point, je trouve ça bizarre. Pas un qui regimbera. Pas un qui me dira non. Ils n'ont rien dans le ventre, c'est leur problème. On dira ce qu'on voudra de la civilisation, mais au moins elle fait de vous un homme. De ces poules mouillées, Chester Dugan fera des hommes et des femmes dignes de ce nom. Mon souvenir restera gravé au fronton de la postérité. A travers les siècles et les siècles ils se souviendront de moi comme d'une sorte de messie. Pourquoi pas, après tout? Ne suis-je pas tombé du ciel?

Dugan le Messie! Doux Jésus, si les copains me voyaient!

Je n'arrive toujours pas à y croire. Ça marche presque trop bien. On dirait un rêve. Au printemps prochain, le village sera devenu une coquette bourgade et l'été venu, nous pourrons organiser une Super-Sérénade et faire le plein de toute la population à des kilomètres à la ronde.

Je suis navré pour ce chanteur, ce Jubilain. Il a vraiment perdu la boule. Si on me demande mon avis, je dirai qu'il m'a toujours semblé un peu piqué, mais quand même. Je peux toujours essayer de leur apprendre des vieux tubes que je connais. Je n'en serai que plus populaire. De ce point de vue, remarquez, je n'ai pas trop à me plaindre. Où que je tourne la tête, je ne vois que sourires béats.

11 –

– Kennon? Kennon? Peux-tu m'entendre?
– Bien sûr, Dandrin. J'appelle Jarinne.
– Me voilà. Corilann?
– Présente, Jarinne. De toutes mes forces. Au tour d'Onnar.
– Onnar présent.
– Et Jekkaman. Dandrin, nous te saluons.
– Heureux de vous entendre.
– Sommes-nous au complet?
– Cent vingt appelés, cent vingt présents.
– Bien soudés. Attention, c'est le moment.
– Allons-y. Tous ensemble.
– Dugan? Dugan? Ecoute bien, Dugan. Nous te parlons. Dugan? Ecoute bien. Ecoute bien. Ecoute.
– Ça y est. Réceptif à cent pour cent.
– Nous te parlons, Dugan.

12 – DANDRIN et KENNON et JARINNE et CORILANN et ON

J'ai l'impression que nous sommes capables de tenir indéfiniment. En ce sens, l'arrivée de Dugan fut pour nous une véritable bénédiction. Cette nouvelle symbiose est bien plus efficace que ne l'ont jamais été nos tentatives pour communiquer à des milliers de kilomètres de distance. Il ne fait aucun doute que nous maintiendrons cette *gestalt* (un mot précieux que j'ai découvert en pénétrant l'esprit de Dugan) bien après la mort de l'homme du XXe siècle. Il dort à présent. Il rêve ses rêves de conquêtes et d'expansion. Il ne s'éveillera plus. Il peut rêver ainsi pendant des années et je devrai tenir tout ce temps pour assurer jusqu'à sa mort la pérennité de l'illusion. J'espère qu'il a enfin trouvé le bonheur. Il était si pathétique.

Peu après ma constitution, l'idée m'est venue que nous pourrions demeurer soudés pour nous défendre au cas où le passé projetterait vers nous d'autres Dugan. (Après avoir longuement réfléchi à la question, je me demande s'il ne s'agit pas d'une machination.) Il ne fait aucun doute qu'à son époque, tous les hommes se ressemblaient. Une chance que la bombe ait mis fin à cette maudite engeance.

Nous conserverons le village de Dugan. Reconnaissons-le, il nous a rendu quelques services. La preuve, c'est que j'existe, moi, la plus efficace contribution de l'homme du passé à notre épanouissement. Sans lui, jamais je n'aurais été constitué. Dispersé – Kennon sur sa ferme, Dandrin ici, Corilann là – je me serais efforcé de maintenir entre nous un simulacre de cohésion, un contact diffus comme je l'ai toujours fait, mais rien de comparable à cette merveilleuse symbiose.

Il faudra décider du sort de l'enfant de Dugan. Pour l'instant, Kennon, Corilann et Jarinne se chargent de son éducation. Qu'avons-nous besoin de familles à présent que j'existe? Je crois que nous laisserons une chance à cet enfant. S'il manifeste l'intention de marcher sur les pas de son père, nous pourrons toujours lui faire partager les rêves de celui-ci.

A quoi songe-t-il, l'homme endormi? Je m'en doute. Tous ses projets, même les plus sauvages, vont se réaliser. Sa ville deviendra une mégapole et couvrira le monde. Nous ferons la guerre; nous pillerons, nous étriperons pour son plus grand bonheur. Ces événements n'excéderont jamais les limites de sa fertile imagination mais il n'en saura rien. Je sais cela. Je sais aussi qu'il nous demeurera toujours un étranger. Il est heureux que ses fantasmes ne voient jamais le jour et il en sera ainsi aussi longtemps que je serai assez puissant pour maintenir l'illusion.

Nous allons sans tarder nous atteler à la guérison de Jubilain. Son exclusion m'emplit d'amertume. Quelle joie, quel honneur ce serait d'avoir en moi un Chanteur! Notre symbiose serait alors parfaite. Mais patience. Lentement, je vais démêler les écheveaux embrouillés de son esprit. Lentement, je vais ramener le Chanteur au sein de la communauté.

Dans quelques mois, l'été reviendra, et le temps de la Sérénade. Ce sera différent cette fois-ci puisque nous aurons communié pendant tout l'hiver. La Sérénade ne revêtira pas le caractère exceptionnel des années passées, lorsque nous nous retrouvions encore nimbés d'une étrange aura de solitude hivernale. Cette fois-ci, je serai avec nous et nous fusionnerons en moi, et la cité de Dugan résonnera de la terrible beauté des chants de l'été tandis que l'homme du passé dormira du matin au soir et du soir au matin à travers les jours et les nuits pour des jours et des nuits jusqu'à la nuit.

L'ÉTERNITÉ ET APRÈS

Gaius Titus Menenius était pensif. Il se trouvait chez lui, ce jour-là, dans son appartement de Park Avenue, cerné par les bibelots accumulés au cours de sa longue vie. Et pensif. L'enveloppe, devant lui, semblait occuper tout l'espace. Non sans un friselis d'autodérision, il prit conscience de son angoisse. Cette enveloppe, au fond, il avait peur de l'ouvrir. Son contenu l'emplissait d'effroi.

Soudain, il s'arracha de la chaise rouge, traversa le salon en trois bonds et se coucha de tout son long sur le sofa vert. D'un coup d'ongle, il déchira l'enveloppe. En deux temps trois mouvements, il en sortit les feuilles et les déplia.

> Cher Monsieur Riswell,
>
> Veuillez trouver ci-joint une copie du rapport que vient de me transmettre le laboratoire et qui concerne les résultats de l'examen auquel vous vous êtes soumis la semaine dernière. Je suis heureux de vous apprendre qu'ils sont tous positifs – au delà de toute espérance. Suite à notre conversation, je suis certain que cette nouvelle vous comblera de joie, ainsi que votre épouse.
>
> Veuillez agréer, etc.
>
> *F.D. Rowcliff M.D.*

Menenius relut la lettre, parcourut avec intérêt le rapport du laboratoire et alors seulement s'offrit le luxe d'un formidable et bref rictus de jubilation. C'était presque une déconvenue, après tant de siècles. Il avait trop attendu, trop espéré ce moment pour en éprouver toute l'excitation escomptée.

Il sauta sur ses pieds. Paresseusement, il s'étira.

– Ma foi, monsieur Riswell, il faut arroser ça. Mieux encore. Offrons-nous une nuit de folie.

Il opta pour un smoking. Après un dernier regard critique au miroir, il se dirigea vers la porte qui bascula docilement à son approche. Il sifflotait en atteignant le hall. Mille projets germaient dans son esprit. Il se sentait un homme neuf.

Qu'on en juge : après deux mille ans de maturation, il avait atteint la plénitude de ses moyens physiques. Il était apte à la fécondation. Il pouvait avoir un fils. Ce n'était pas trop tôt!

– Bonsoir, monsieur Schuyler. (Le garçon le gratifia d'une courtoise inclinaison de tête.) Comme d'habitude, monsieur?

– Mais oui, un Martini.

W.M. Schuyler IV se percha avec élégance sur le tabouret rembourré. A l'abri derrière cette personnalité de façade, Gaius Titus sourit en son for intérieur. W.M. Schuyler avait-il jamais bu autre chose que du Martini? Sec, de préférence.

Un concerto de Vivaldi déroulait ses accords baroques. Schuyler s'absorba sans même y penser dans la contemplation de l'écran télévisé où des ondulations chatoyantes épousaient les frémissements de la mélodie.

– Bonsoir, miss Vanderpool. Un Old Fashioned, peut-être?

Schuyler aspira une seconde gorgée de Martini.

Sa tête pivota sans hâte. Il ne l'avait pas entendue entrer. Elle s'était installée sur le tabouret voisin du sien, sereine, éblouissante, désirable comme toujours. Comme toujours, elle arborait l'expression lointaine, un rien dédaigneuse de la belle qui a lu tous les livres et subodore que la chair est moins excitante qu'on le dit.

– Sharon!

Exclamation modérée, qui n'avait ni tout à fait l'insignifiance d'un réflexe poli, ni tout à fait la portée de l'émotion contenue. Homme de nuances, Schuyler excellait à louvoyer au milieu du gué.

– Bill! Et moi qui ne vous voyais pas! Etes-vous là depuis longtemps?

– J'arrive à l'instant.

Le garçon plaça sa consommation devant elle. Sans détourner les yeux de Schuyler, elle but longuement. Mine de rien, Gaius Titus la jaugeait. Rien de sentimental. Une froide estimation, délibérément cynique, seyant à son nouveau statut de géniteur potentiel.

Ils avaient fait connaissance un mois auparavant, ici même, au Kavanaugh's, et séance tenante, elle était venue s'ajouter à son tableau de chasse. Pourquoi s'en priver? Jeune, belle, intelligente, spirituelle, elle n'était jamais que la cinq millième de son espèce à succomber. En l'espace de vingt siècles, c'est une moyenne honorable.

Mais voilà que Gaius Titus, parvenu au terme de sa longue adolescence, aspirait à d'autres voluptés. Terminée, la cohorte des Sharon. Gaius Titus voulait une femme, une vraie. Une mère pour son fils. Il voulait se marier.

– Comment vont les sbires de Wall Street? s'enquit la ravissante. Est-ce qu'ils continuent de frapper les dollars plus vite que vous ne pouvez les dépenser?

– A vous d'en juger, ma chère. (De son index levé,

il commanda deux nouvelles consommations.) Que diriez-vous de passer la soirée en ma compagnie? Le Quatuor Bach donne un concert exceptionnel et je me suis laissé dire qu'il restait quelques places à cent dollars.

L'appât était lancé. A ce prix-là, elle ne pouvait pas ne pas mordre.

Elle siffla. Un long sifflement bas et modulé, le comble de la sophistication.

– Les affaires ont l'air de marcher, je vois. (Ses longs cils s'abaissèrent comme un rideau de scène. Elle contempla son verre.) Mais vous n'y pensez pas, Bill. Je ne vous permettrai pas de vous ruiner pour moi.

– J'en serais ravi. Ils donneront le *Concerto Brandebourgeois nº 4* et Renoli jouera les *Variations Goldberg.* Qu'en dites-vous?

Elle planta son regard dans le sien. Gaius Titus ne put réprimer un délicieux frisson d'expectative.

– Je regrette, Bill. Ce soir, je suis déjà prise.

Le ton ne laissait planer aucun doute sur l'inéluctabilité de sa décision. Gaius Titus ressentit un fort pincement au cœur.

Schuyler leva la main dans le geste d'endiguer un torrent d'excuses.

– Entendu! J'aurais dû me douter qu'une fille comme vous devait avoir un carnet de rendez-vous chargé. Aurai-je plus de chance demain? La Société des Auteurs Dramatiques propose une lecture de *la Duchesse de Malfi* de Webster. Je confesse une secrète attirance pour cet ouvrage.

Le sourire aux lèvres, il attendit. Il y avait en effet bien longtemps que la pièce de Webster faisait vibrer en lui une corde sensible. Gaius Titus gardait vivace le souvenir de l'une des premières représentations à laquelle il avait assisté pendant son passage éclair à la cour de Jacques Ier. Quelques siècles plus tard, il ne pouvait se défendre d'une indulgence toute sentimentale envers le vieux mélo empoussiéré.

– Je suis vraiment navrée, mais demain, je ne suis pas libre non plus.

– N'en parlons plus. Ce sera pour une autre fois.

Il posa la main sur les siennes et chacun suivant le fil de ses pensées, ils écoutèrent les accords de Vivaldi s'abîmer dans le silence, ce silence tenace qui augmentait entre eux et menaçait de les engloutir. Du coin de l'œil, il contemplait son profil hautain, d'une étrange délicatesse dans la pénombre rose. Serait-elle digne de porter le fils que j'attends depuis si longtemps, se demandait Gaius Titus.

Avec quelle froide maestria elle avait paré ses attaques. Son étalage de richesse et de culture l'avait laissée de glace. Inquiet, Titus en vint à se demander si Schuyler était bien le séducteur adéquat.

Question superflue, ripostait son ego. Il n'avait aucun doute à ce sujet. Expériences à l'appui. Les soupirs mélancoliques de l'adagio firent place à un allégro plein de fougue. Il avait trop la pratique des âmes pour avoir commis une aussi grossière erreur. Pour ce qui était de soumettre cette aristocratique beauté, W.M. Schuyler IV était l'homme de la situation. Alors quoi?

Au cours des premiers siècles d'une existence d'une encombrante longévité, Gaius Titus avait dû passer maître dans l'exercice périlleux du changement de personnalité à vue. A maintes reprises, il y était allé de sa vie. Après l'accalmie consécutive à la chute de l'Empire romain, la situation s'était de nouveau tendue avec le déferlement des superstitions médiévales. Pour sauver sa peau, il avait alors mis au point un système de masques, de trompe-l'œil destinés à donner l'illusion parfaite de la multiplicité.

Combien de fois ne s'était-il entendu dire, en manière de plaisanterie, « Quel comédien tu fais! On te croirait toujours en représentation. » Son cœur se serrait. C'était l'exacte vérité. Il *était* en représentation. Comédien aux rôles innombrables, il ne cessait de se donner en spectacle tandis que son moi authentique, sa véritable personnalité demeurait inaltérée depuis des siècles. Instigateur de cette galerie de faux-semblants, maître à penser de cette ribambelle de fantoches, Gaius Titus Menenius, *civis romanus,* restait tapi dans l'ombre projetée de ses créatures. Et pour l'instant, le quidam sollicité avait pour nom W.M. Schuyler IV; quelques jours auparavant, quand il s'était présenté chez le médecin pour l'examen fatidique, il avait l'apparence d'un certain Preston Riswell. Demain, ce serait peut-être Leslie MacGregor, ou Sam Spielman, ou Phil Carlson, selon les lieux où il se rendrait, les circonstances ou la qualité de ses interlocuteurs. Un seul rôle demeurait à jamais tabou : celui de Gaius Titus.

Non qu'il fût immortel. De cela, il avait la certitude. Disons que d'une certaine manière, il vivait au ralenti, à tel point qu'il ne lui avait pas fallu moins de deux mille ans pour devenir un homme capable d'assurer sa descendance. La durée de sa vie était quelque deux cents fois supérieure à celle du commun des mortels. Compte tenu de ce qu'il avait appris au cours des dernières décennies, sa longévité devait être génétiquement transmissible. A qui allait-il faire don de cette fabuleuse propriété? Toute la question était là.

Et d'ailleurs, aurait-elle un caractère dominant? Il l'ignorait. Un risque à courir, songeait-il dans ses moments d'optimisme. Puis il s'imaginait, immuable jeune homme, spectateur du flétrissement de ses enfants et de ses petits-enfants. Effroyable perspective.

Dans l'intervalle, sa conversation avec Sharon languissait. Manifestement, quelque chose clochait entre elle et Schuyler. Si incroyable que cela parût à Titus, ce dandy coté en bourse n'était pas son type. L'espace de quelques minutes, ils continuèrent d'échanger des banalités auxquelles elle eut le bon sens de mettre un terme en prenant congé. Le regard de Titus l'escorta jusqu'à la porte. Il avait essuyé une rebuffade en règle. Qu'importe. La nuit ne faisait que commencer.

Le *East End Bar* n'était qu'un rade parmi d'autres, ni plus ni moins reluisant que ses frères en mouscaille qui pullulaient dans les bas quartiers. Gaius Titus s'engouffra par la porte tambour.

– Salut Sam! (Derrière le comptoir, le serveur semblait réellement content de le voir.) Ça boume?

– Salut, Jerry. Une pression, tu veux?

Jerry fit glisser le verre en direction du petit type basané dont le blouson de cuir doublait la carrure.

– Ça va comme tu veux?

Sam Spielman haussa philosophiquement les épaules.

– On fait aller. Et toi Jerry, les affaires?

– Dégueulasses.

– Ça ne m'étonne pas. Qu'est-ce que tu attends pour installer un flipper? C'est ça qui fait marcher le commerce, de nos jours.

– Je suis pas contre, mon petit pote. Tu m'avances le pognon? Donne-moi déjà les vingt *cents* pour la bière.

Sam laissa tomber les pièces sur le comptoir. Jerry fit cliqueter la caisse enregistreuse.

– Ça me fait penser : Ginger te cherche partout. C'est une brave gosse. Pourquoi tu lui en veux ?

– Quoi ? Mais qu'est-ce que tu dégoises ? (Sam poussa son verre pour une seconde ration.) C'est elle qui t'a dit ça ?

Jerry lui adressa un clin d'œil monumental.

– Tu veux que je te dise ? Elle t'a dans la peau. Tu t'en étais aperçu, je suppose ?

Gaius Titus : *Elle n'a rien dans le crâne, d'accord, mais je lui vois une foule d'autres qualités qui valent la peine d'être transmises.*

– Tiens ! 'Soir Sammy.

Il fit volte-face et s'accouda au comptoir.

– 'Soir Ginger. La vie est belle ?

– Formidable, trésor.

Elle paraissait au trente-sixième dessous. Elle avait l'air d'une épave qui vient d'être rejetée par la mer. Les cheveux blonds en bataille, la blouse tirebouchonnée. Elle s'était dessiné une paire de lèvres écarlates pas loin des siennes.

– Sammy... (Sa voix se mua en un murmure confidentiel.) Sammy, je peux plus me passer de toi. Je t'aime.

– Moi aussi. Moi aussi, mon chou.

Tout de même, songeait Gaius Titus, crûment, *il y aurait pas mal de déchets. Enfin, ne soyons pas trop difficile. Elle fera l'affaire. C'est une fille solide.*

– Si tu m'aimes, s'écria-t-elle sur un ton geignard et qui portait loin, pourquoi tu viens pas plus souvent ? C'est assommant à la fin d'être toujours là à t'attendre !

– Ecoute, mon petit chou, ma vie, c'est mon bahut. Mettons que je t'épouse, faut pas compter me voir plus d'une ou deux fois par semaine. Les routiers, c'est comme les marins. Ça va, ça vient.

Titus se mordit la lèvre. Il n'était plus aussi certain, tout à coup. Elle ne manquait pas de cran, soit, mais de là à engendrer une lignée de héros !

Quoi qu'il en soit, le temps lui manqua pour approfondir la question. Ginger le toisait d'un œil incrédule sous ses cils charbonneux.

– Une demande en mariage, à présent? Mais pour qui se prend-il, celui-là? Il n'est pas encore né celui qui me passera un fil à la patte, tu piges? Non mais des fois!

– Ne t'emballe pas, voyons. Ce que je voulais dire, c'est...

– Je me fous de ce que tu voulais dire. Quand tu auras quelque chose de sérieux à me proposer, tu n'auras qu'à siffler, vu?

Il soutint son regard où brûlait une lente flamme condamnant l'insuffisance masculine. Sam Spielman fut soulagé quand elle tourna les talons. Gaius Titus soupira. Le flegme était chez lui une seconde nature, si l'on pouvait dire parlant d'un homme qui en possédait déjà un nombre illimité. Après deux mille ans d'expérience, l'imprévisibilité féminine avait cessé de l'étonner. Toutefois, il essuyait son second échec en l'espace de quelques heures. Il se demanda fugitivement s'il n'était pas en train de devenir un cabotin. Si d'aventure il devenait incapable d'assumer de façon convaincante ses changements de personnalité, alors oui, il y aurait de quoi perdre son flegme.

Quatre heures durant, Gaius Titus arpenta les rues de New York.

New York. Neuve, la ville l'était certainement, à peine plus qu'Old York, en Angleterre. Menenius les avait vues toutes deux se muer de villages en bourgades, de bourgades en cités, de cités en métropoles.

Métropole. Du grec *meter,* mère, et *polis,* ville. Il avait mis douze ans pour apprendre le grec. Rien ne pressait. Passé ce délai, il parlait le grec, mais il n'était encore qu'un gamin. Il se souvenait de ce jour mémorable entre tous où l'Empereur avait vu les signes dans le ciel : *In hoc signo vinces.* A quatre cent soixante-deux ans, il était toujours trop jeune pour entrer au service de l'Empire.

Gaius Titus Menenius, citoyen romain. Enfant, il avait cru que l'Empire serait éternel. Mais Rome était tombée. Et l'Egypte, symbole de la pérennité. Toute cette grandeur s'était écroulée et le Fleuve qui emporte tout avait charrié les reliquats putrides des vanités humaines dans l'éternité de la mort.

Au fil des siècles, la marche de l'histoire, cette succession d'irrésistibles ascensions et de décadences brutales, n'avait eu aucun effet sur Gaius Titus. Aucun. Au croisement de Market Street, tournant le dos à Manhattan Bridge, il prit à gauche. Tout à coup, las de marcher, il héla un taxi.

Au chauffeur, il donna son adresse de Park Avenue et s'affala contre le dossier.

Des premiers siècles, il gardait un souvenir épuisant. Sa croissance s'était arrêtée, un sérieux handicap s'il en est. A l'âge de vingt ans, il avait atteint sa taille définitive, mais son physique était toujours celui d'un tout jeune adolescent. Dix-neuf siècles plus tard, il en était toujours ainsi. Dix-neuf siècles d'une vie harassante, véritable lutte pour la vie, d'un boulot à l'autre, toujours sous-payé en raison de son jeune âge!

Bref, ç'avait été la dèche totale, puis l'anathème si longtemps jeté par l'Église sur l'usure et les usuriers avait fait long feu. Cette liberté avait marqué le commencement de sa fortune. Avec un peu de patience, si vous frottez deux sous capitalistes l'un contre l'autre, ils finiront par faire des petits. La patience était le privilège de Gaius Titus. Le temps travaillait pour lui.

La généralisation du système de la libre entreprise lui avait donné des ailes. Par ailleurs, plusieurs centaines de livres déposées à l'endroit adéquat en 1735 avaient rapporté en temps voulu un bénéfice confortable. La British East India lui avait servi de mère nourricière et depuis lors, son niveau de vie se ressentait merveilleusement de judicieux investissements. Rien ne l'amusait comme les prodigieux effets qu'exerçaient des intérêts composés sur un compte en banque vieux d'un siècle.

– Nous voilà rendus, mon vieux!

Le chauffeur s'était retourné et le considérait avec curiosité. Les blousons de cuir façon routier étaient plutôt rares sur Park Avenue.

Gaius Titus descendit et laissa tomber un billet de cinq dollars dans la main tendue. Le chauffeur ne proposa pas de rendre la monnaie. Gaius Titus ne fit pas d'observation.

Par Zeus, songea-t-il, *au point où j'en suis, autant passer une nuit blanche!*

Leslie MacGregor pénétra dans le *San Marino Bar* situé en plein Village et se dirigea vers sa table d'angle habituelle. Trois consommateurs s'y trouvaient déjà en grande conversation. Leslie les salua d'un signe que lui rendirent les deux garçons. La fille l'accueillit d'un radieux sourire.

– Tu ne devineras jamais! dit-elle. Mack a réussi à fourguer une nouvelle.

L'auteur, un géant au regard doux, sourit modestement.

Leslie se laissa tomber à côté de Corwyn, le troisième larron.

– Félicitations. Où ça?

– *Chimerical Review,* dit Mack. C'est court et ça s'appelle « Haut les cœurs ». Presque rien, en somme, mais bon, c'est déjà ça.

– De la prostitution, voilà ce que j'en dis, gronda Corwyn.

Leslie haussa les épaules.

– Tu dis n'importe quoi. Avec quoi Mack est-il

censé payer son loyer? (Son regard glissa sur la fille.) Lorraine, peux-tu m'accorder cinq minutes? J'ai quelque chose à te dire.

D'un gracieux mouvement de tête, elle rejeta la mèche blonde qui balayait son col roulé noir.

– Allons au bar. Mais pourquoi tant de mystère?

Mystère? Non, ce qu'il voulait obtenir d'elle n'avait rien de mystérieux. Longtemps, il avait cru que l'extrême longévité était synonyme de stérilité. A présent qu'il avait la preuve du contraire, il était impatient d'en profiter.

Dans le miroir placé au-dessus du bar, il eut la vision fugace d'un garçon de vingt-cinq ans. N'empêche. Sa barbe poussait plus drue et sa voix de baryton remontait déjà à la déclaration de la Grande Guerre.

Au début, il avait perçu son immortalité comme une tare qu'il s'agissait de dissimuler à tout prix. Changement d'identité, déménagement, encore et toujours. Un beau jour, il avait compris qu'il lui suffisait de changer en surface.

La plupart des gens n'ont pas la mémoire des visages. Qu'est-ce qui ressemble plus à un visage qu'un autre visage? Deux yeux, deux oreilles, un nez, une bouche... Derrière le masque, l'animant de son feu intérieur, la fonction qui distingue chaque individu : sa personnalité, modelable à l'infini. Une projection, en somme. Affective, sociale, mais toujours pour le bénéfice des autres. Riche d'une expérience de vingt siècles, Gaius Titus Menenius avait acquis une perception aiguë de la réalité psychologique et sociale. Il pouvait projeter à volonté la personnalité de son choix, aussi facilement qu'on se glisse dans un nouveau costume, ce qu'il ne manquait jamais de faire, chaque fois qu'il devenait un autre. Nul ne l'avait jamais pris en flagrant délit.

Lorraine commanda un demi et dévisagea Leslie MacGregor, droite, le visage pur de toute prévention.

– Vide ton sac, Les. Qu'est-ce qui te démange?

Sans vergogne, il détailla les traits énergiques, les yeux un rien moqueurs, le menton ferme et délicat.

– Lorraine, murmura-t-il. Veux-tu m'épouser?

Ses paupières battirent. Les coins de sa bouche frémirent, comme sous l'effet d'une reconnaissance comique.

– T'épouser? C'est toi qui me demandes de t'épouser? (Elle eut un sourire épanoui.) Qui l'eût cru! Un petit bougre étriqué, comme les autres. Si c'est une plaisanterie, tu aurais pu t'en dispenser. Non, monsieur MacGregor, je ne vous épouserai pas!

Gaius Titus se sentit extrêmement vieux, tout à coup. Et las. Un très vieux bonhomme très fatigué.

– Je n'ai jamais été si sérieux, déclara Leslie MacGregor. Mais je respecte ton point de vue, Lorraine. Oublions ça, veux-tu? Mes amitiés à tout le monde.

Sur ces mots, il planta la jeune fille interloquée et gagna vivement la porte.

Une fois dehors, sans même réfléchir, il prit le chemin du métro. Puis Gaius Titus reprit la situation en main. Un taxi maraudait. Il le héla. Direction, Park Avenue. Après ce triple fiasco, il était temps d'aller au lit.

Tout de même. Il se sentait groggy, dégoûté de tout, comme un champion toutes catégories déclaré vaincu par K.O. Comment ses prête-noms avaient-ils pu tous trois se faire rembarrer ainsi? Depuis des semaines, il avait cru tenir ces filles dans le creux de sa main. A la première offensive sérieuse, il se retrouvait au tapis.

– Quel monde pourri! lança-t-il de la voix désinvolte et râpeuse du pisse-copie endurci sous le harnais. (Phil Carlson avait pris la relève.) J'en vois pas une pour racheter l'autre!

Le chauffeur consulta son rétroviseur.

– C'est la débine, mon gars?

– C'est mes trois gonzesses. Pour un peu, on jurerait qu'elles se sont donné le mot. Les garces!

Le taxi s'engageait dans Park Avenue.

– Te bile pas, mon gars. Qui a encore besoin des gonzesses?

L'espace d'un instant, le masque se fendilla. Ce n'était plus tout à fait Phil Carlson et pas encore Titus Gaius qui fourra un billet dans la main du chauffeur en s'exclamant avec conviction :

– Bien parlé! Qui a dit que j'avais besoin de ces trois idiotes? Le monde regorge de filles formidables!

Il se remémorait la grâce aristocratique de l'une, le tonus de l'autre, la perspicacité intellectuelle de la troisième. Et avec ça, grandes, bien balancées, le museau ravissant. Des perles, chacune dans leur genre. Seulement voilà, à chacune il manquait les qualités des deux autres. Si seulement elles pouvaient former un tout, se fondre en une seule et même...

Il se pétrifia. Il fit volte-face et se mit à courir en criant comme un dément.

– Taxi! Revenez! Revenez! Il faut que je retourne au *San Marino!*

Elle n'était plus là. Il ne restait que Corwyn, mirant son sourire sardonique dans un fond de bière.

– Ils viennent de partir. Ou peut-être y a-t-il plus longtemps que ça? Ils ont filé chacun de leur côté. Ils m'ont laissé choir comme une vieille chaussette.

En voilà une d'éliminée, songea Titus. Il s'enferma dans la cabine téléphonique. Non sans atermoiements, les renseignements lui donnèrent le numéro de l'*East End Bar.* Il le composa illico. Le faciès usé du serveur se matérialisa sur l'écran.

– Salut, Sam. Quoi de neuf?

– Jerry, je te demande ça comme à un frère. Si Ginger est dans les parages, amène-la-moi de gré ou de force.

– C'est pas de chance, mon petit pote. Je l'ai pas revue depuis qu'elle a décampé comme si elle avait le feu quelque part. De toi à moi, tu sais pas t'y prendre avec elle. (Ses yeux s'étrécirent soudain.) Je t'avais encore jamais vu sapé comme ça, mon vieux.

Gaius Titus recula précipitamment pour se mettre hors de portée de la caméra.

– Ce soir, Jerry, je m'offre une bamboche à tout casser.

Il raccrocha. Seule Sharon restait en lice. Inutile d'appeler le Kavanaugh's. Là-bas, on se refuserait à le renseigner sur les allées et venues d'une cliente. Il sauta dans un taxi.

Sharon n'était plus ou pas encore là à l'arrivée de Schuyler. Moyennant bakchich, le garçon l'informa qu'on ne l'avait pas vue de la journée. Schuyler accepta une consommation qu'il ne prit pas le temps de savourer. Gaius Titus rentra chez lui le cœur battant.

Le lendemain, il était de retour au Kavanaugh's. Et le surlendemain. Sharon demeurait invisible.

Au soir du troisième jour, lorsqu'il poussa la porte du bar, il la vit aussitôt, en tête-à-tête avec un Old Fashioned. Il se glissa à côté d'elle. Surprise, elle dressa la tête.

– Bill! Contente de vous revoir.

Gaius Titus braqua ses yeux sur les siens.

– Et moi donc, Ginger. Ou devrais-je dire Lorraine?

Elle pâlit visiblement et porta la main à sa bouche. Désarroi de courte durée. Un sourire indulgent lui vint.

– Bill, vous devriez avoir honte. Du plomb dans l'aile à cette heure-ci? Il est un peu tôt, vous ne trouvez pas?

– Ma foi, j'ai d'abord fait halte au *San Marino*. Pas de Lorraine, mais j'ai pris un verre avec Mack Te Corwyn. Ensuite, ma petite Ginger, je vous ai traquée à l'*East End*. Peine perdue. C'est pourquoi j'avais bon espoir de vous trouver ici, Sharon.

Longtemps, elle ne fit rien d'autre que de l'observer, sans manifester la moindre émotion. Puis ses lèvres remuèrent.

– Qui êtes-vous? souffla-t-elle.

– Leslie MacGregor. Ou Sam Spielman. Ou W.M. Schuyler. Plus deux ou trois autres. Je me présente, Gaius Titus Menenius, pour vous servir.

– Je ne comprends toujours pas...

– Ne vous faites pas plus sotte que vous n'êtes. Vous m'avez fait marcher, savez-vous? Pourtant il n'est pas facile d'abuser un vieillard de deux mille ans.

Quelque chose, de la méfiance, s'installa dans le regard de la jeune femme.

– Quand avez-vous deviné?

– Lundi soir, après vous avoir vues toutes les trois en l'espace de quelques heures.

– Seriez-vous...

– Mais oui. Tout comme vous. A vrai dire, j'avais la main sur la poignée de ma porte quand j'ai vu clair dans votre jeu. Pouvais-je m'attendre à rencontrer quelqu'un qui utiliserait contre moi mes propres procédés de camouflage? Comment vous appelez-vous?

– Mary Bradford. Je suis née en Angleterre. Plantagenet de souche et puritaine dans l'âme.

Elle souriait franchement, à présent.

– Oh! une petite fille du Mayflower?

– Une passagère, plus précisément. Entre nous, je n'étais pas fâchée de quitter l'Angleterre. La colonie de Plymouth représentait mon seul espoir.

– Vous n'aimiez pas l'Angleterre? J'y suis sans doute pour quelque chose. Je fus fonctionnaire à la cour de Jacques Ier, ma chère; à l'aube du XVIIe siècle.

Il y avait de quoi rire. Ils rirent donc. Titus la regardait si fixement qu'il se demanda si son reflet n'allait pas s'imprimer dans ses prunelles.

– Je n'aurais jamais osé penser rencontrer mon semblable, dit-elle enfin. C'était si... terrifiant, cette jeunesse tenace, persistante, indestructible. Longtemps, j'ai cru qu'elle allait se consumer dans les flammes du bûcher réservé aux sorcières. C'était horrible. Ces derniers temps, ma vie s'est beaucoup améliorée. Je prends plaisir à ces petits jeux. (Sur une impulsion, elle lui prit la main et la serra.) C'est merveilleux, n'est-ce pas? Et dire que j'étais si loin de me douter... Jamais je n'aurais établi le moindre rapport entre vous trois!

– Depuis deux mille ans que j'attends ce moment, proclama fortement Titus sans se soucier d'être entendu par le garçon, j'avais perdu l'espoir de rencontrer une femme qui fût semblable à moi. Et croyez-moi, Mary, ce n'est pas faute d'avoir cherché. Alors vous découvrir, si proche, derrière trois masques familiers!...

Leurs doigts se joignirent. Les yeux dans les yeux, ils savouraient ce moment. Il reprit, d'une voix qui s'effilait en un murmure :

– A présent que le destin nous a réunis, Mary, pourquoi ne pas avoir un enfant? Un troisième immortel?

L'enthousiasme illumina le beau visage de Mary Bradford.

– C'est bien la plus honnête proposition que l'on m'ait jamais faite. Vite, marions-nous!

– Demain, voulez-vous? (Ses traits se figèrent. Un doute affreux l'assaillit.) Mary?

– Titus?

– Quel âge avez-vous exactement? Quand êtes-vous née?

– En 1597, annonça-t-elle fièrement. J'aurai bientôt quatre siècles.

La déception lui fit l'effet d'une douche glacée. Si près du but! 1597. En comptant large, il se proposait d'épouser l'équivalent d'une enfant de trois ans!

Sa main se rétracta d'elle-même. Comment ne pas lui en vouloir?

– Titus, vous êtes tout pâle. Que se passe-t-il? Ne pouvons-nous nous marier demain?

– Oh! Rien ne presse, fit-il d'une voix morne. Nous en reparlerons dans onze siècles.

DOUBLE DÉFI

Quand le vaisseau eut terminé ses acrobaties et se fut posé, pianissimo, sur le sol de Domerang, pour la première fois Justin Marner fut assailli de doutes sérieux concernant sa santé mentale.

– Nous devons être fous à lier, murmura-t-il. C'est la seule solution. Il y a des limites à ce que tout individu doué de raison est prêt à faire pour démontrer la justesse de son point de vue. Avec ce petit voyage, nous avons laissé les limites à plusieurs milliards de kilomètres derrière nous. Nous sommes dingues, Kemridge. A présent que le mal est fait, j'en suis sûr.

Kemridge se détourna de l'écran où venait de se figer l'étrange panorama à dominantes de vert et d'or. Le regard qu'il posa sur son compagnon était destiné à le faire rentrer sous terre.

– Tu devrais avoir honte, Justin! Comme si tu ne savais pas pourquoi nous sommes ici. La Terre a les yeux braqués sur nous. Ce n'est pas le moment de perdre les pédales, je t'assure.

Marner opina sombrement.

– Mettons que je n'ai rien dit. (Il fit jouer les articulations de ses longs doigts, dignes d'un pianiste ou d'un chirurgien s'ils n'avaient été la propriété d'un éminent ingénieur électronicien.) Mettons que c'est la fatigue du voyage.

La sonnette fit entendre son timbre mélodieux.

– Entrez! cria Kemridge.

La porte coulissa, révélant un Domerangi drapé de vert chlorophylle et coiffé d'un diadème étincelant. Deux de ses cinq tentacules se tendirent en un geste de bienvenue spontané.

– Messieurs, quel plaisir de vous revoir! En pleine forme, qui plus est.

– Quelle est la suite du programme, Plorvash?

– Le spatioport se trouve à l'extérieur de la ville. Je vais vous conduire à vos quartiers. J'espère que vous serez satisfaits. Vous serez logés dans les meilleures conditions que peut offrir notre modeste hôtellerie.

– Je l'espère bien, maugréa Marner. (Il glissa un coup d'œil sur Kemridge.) Nous sommes des hôtes de marque, que t'en semble, Dave?

L'autre Terrien acquiesça avec gravité.

– C'était bien ainsi que nous l'entendions, n'est-ce pas, Justin?

Plorvash élargit son sourire.

– Parfait, parfait! Et maintenant, si vous voulez bien me suivre... Je suggère que vous preniez un peu de repos avant d'entrer dans le vif du sujet. Vous tenez sans doute à commencer les épreuves dans d'excellentes conditions physiques. Comme je vous comprends! Après tout, quand l'honneur de sa planète est en jeu... Quand vous serez prêts, faites-le-moi savoir. Et pendant que j'y suis, permettez-moi de vous souhaiter bonne chance.

– La chance n'a rien à y voir, riposta Kemridge. C'est une question d'intelligence et de travail. Les petites cellules grises et la sueur, voilà!

Les statisticiens restent évasifs à ce sujet, mais il est de notoriété publique que les plus sérieuses divergences d'opinion trouvent à s'exprimer dans les bars. Un mois auparavant, Justin Marner avait eu la maladresse d'échanger des propos assez vifs avec un Domerangi de passage sur Terre. Comme de juste, la scène s'était déroulée dans un bar de la Quarante-Sixième Rue, le même qui devait servir de toile de fond à une algarade ultérieure aux conséquences surprenantes puisqu'elles devaient conduire les deux Terriens aussi loin que possible sur la planète Domerang.

Ce jour-là, juchés sur leurs tabourets habituels, Marner et Kemridge éclusaient paisiblement un double scotch quand un Domerangi pénétra dans l'établissement comme en terrain conquis.

Surprise relative de nos deux consommateurs. Bien que les échanges avec Domerang se fussent multipliés depuis un siècle, la vue d'un Domerangi dans un bar de la Quarante-Sixième demeurait chose rare. Deux en l'espace d'un mois, cela ressemblait à une invasion. Celui-ci était diplomate; ils le connaissaient vaguement pour avoir eu affaire à lui lorsqu'un problème complexe de circuits électriques avait requis les services de distingués spécialistes dans les locaux de l'ambassade.

Il les repéra aussitôt, se dirigea droit sur eux et se hissa malaisément sur le tabouret voisin.

– Vous vous souvenez de moi?

– Bien sûr, répondit Marner aussitôt. C'est nous qui avons conçu et installé les circuits électriques de votre ambassade. Pas de problème depuis?

– Ni plus ni moins qu'on ne pouvait en attendre d'une telle installation. Ho, cabaretier! Deux bières, je vous prie.

Les deux Terriens échangèrent un regard perplexe.

– Où voulez-vous en venir? insista Marner. Ça marche ou ça ne marche pas?

– Un instant, voulez-vous?

Délicatement, le Domerangi enroula deux tentacules autour des verres qu'il fit culbuter respectivement au-dessus de l'une et l'autre de ses bouches latérales. Il lâcha deux jolis rots de satisfaction.

– Quelle merveille, votre bière. Voilà un domaine où l'on peut sans conteste affirmer que vous nous damez le pion!

– Ah oui? marmonna Kemridge. Et pour en revenir aux circuits électriques...

– Oh, nous n'avons pas à nous plaindre. Que pouvons-nous espérer, venant d'une technologie de second ordre?

– Dites, vous avez perdu le sens des proportions ou quoi? glapit Justin Marner.

– Si seulement nous avions eu le bon sens de la boucler, soupira Marner, ses yeux moroses fixés sur le plafond immaculé de la chambre d'hôtel où on les avait installés. Si c'était à refaire!

Kemridge égrena un petit rire désabusé.

– Il est un peu tard pour le regretter. Cela dit, nous n'en serions pas là si le Département d'Etat n'avait eu vent de notre altercation et décidé de régler ce différend au plus haut niveau. Depuis que nous connaissons les Domerangi, ils n'ont cessé de plastronner au sujet de leur technologie. N'est-ce pas une idée formidable que d'envoyer deux ingénieurs terriens sûrs de leur fait montrer une bonne fois pour toutes à ces mollusques ce qui arrive à la grenouille quand elle veut se faire aussi grosse que le bœuf?

– Fort bien. Et si nous échouons?

Kemridge ouvrit des yeux ronds.

– Bravo! Félicitations! Ce défaitisme est indigne d'un représentant officiel de la technologie terrienne! Soit dit entre nous, crois-tu vraiment que nous ne serons pas à la hauteur?

– C'est impensable, évidemment, proclama Marner sans conviction excessive. Je n'ai jamais douté de notre victoire.

– Tu me rassures. (Kemridge traversa la chambre d'une foulée résolue. Une fois devant la porte, il tâtonna trente secondes, trouva la plaque qui recouvrait le mécanisme d'ouverture et la descella.) La preuve! lança-t-il après avoir brièvement examiné l'embrouillamini de fils. C'est de la cybernétique de base. Je vois mal comment ce truc de céramique vert peut transmettre le courant mais il n'y a rien dont nous ne puissions venir à bout en une demi-heure avec un bon tournevis.

Marner le rejoignit. De petite taille, il dut se hausser sur la pointe des pieds pour regarder par-dessus l'épaule de son compagnon.

– Un gadget transparent, laissa-t-il tomber. Moitié moins efficace que ce que nous aurions pu faire.

– Voilà exactement ce qu'il s'agit de démontrer! s'exclama Kemridge. Ces nains technologiques se prennent pour des géants. Nous les avons défiés de nous montrer quelque chose que nous ne saurions pas reproduire, n'est-ce pas? Nous travaillerons autant qu'il le faudra. Avec notre flair naturel et notre intelligence, nous ne ferons qu'une bouchée de leurs misérables épreuves. Il vaut rudement mieux être dans nos bottes que dans celles des ingénieurs domerangi qui vont subir sur Terre le test équivalent. Si tu veux garder le moral, ne perds pas de vue nos infortunés rivaux.

Le regard de Marner s'éclaira. Il plongea les doigts à l'intérieur du servomécanisme.

– Qu'est-ce que tu fais?

– Ne t'occupe pas. Appelle Plorvash et dis-lui de venir nous chercher demain matin. Pour l'instant, je vais m'amuser à bricoler ce relais. Autant s'entraîner avec ce qu'on a sous la main.

Il rayonnait, tout à coup. Son enthousiasme faisait plaisir à voir. Gonflé à bloc, il se mit à l'ouvrage.

Le lendemain à la première heure, Plorvash tambourinait à leur porte.

– Qui est là? cria Marner.

– Qui voulez-vous que ce soit? C'est moi, Plorvash!

Le panneau s'escamota sur-le-champ. Stupéfait, le Domerangi découvrit les deux Terriens au fond de leurs lits, les couvertures remontées jusqu'aux yeux. Il alla regarder dans le placard, le referma, pivota.

– Qui a ouvert?

Kemridge rigolait sous cape. Marner se dressa sur son séant.

– C'est vous, mon vieux. Essayez encore. Sortez et dites Plorvash d'une voix forte comme vous venez de le faire.

Le Domerangi obéit. La porte se montra aussi docile que la première fois. Il franchit le seuil comme un bolide.

– C'est un de vos tours, je présume?

– En effet. Nous avons quelque peu trafiqué le mécanisme d'ouverture. Pour être précis, nous l'avons doté d'un circuit vocaliseur programmé pour déclencher l'ouverture à l'énoncé distinct des deux syllabes composant votre nom. Expérience concluante.

La physionomie de Plorvash s'affaissa visiblement.

– Très intéressant. Venons-en aux choses sérieuses, voulez-vous? Selon les termes de l'accord passé avec votre gouvernement, nous avons mis un laboratoire à votre disposition. Il se trouve à Sqorvik, un faubourg proche. Comme convenu, vous devrez affronter deux épreuves préliminaires. Si vous les franchissez, nous vous proposerons une troisième et dernière expérience, décisive, celle-ci. Vous serez soulagés d'apprendre que la résolution de ces trois problèmes sera considérée comme une preuve suffisante de vos capacités. Même chose pour nos deux ingénieurs invités sur Terre. Nous ne poursuivrons pas l'expérience au delà.

– Je n'aime pas beaucoup votre façon d'annoncer ça, maugréa Kemridge. Vous cacheriez quelque chose dans votre manche que cela ne m'étonnerait pas.

– Dans ma manche ? Quelle manche ? Le sens de cette expression typiquement terrienne m'échappe, je le crains.

– Dommage. Elle me semble parfaitement adaptée à la situation.

A l'instant de grimper dans le véhicule, sorte de cylindre aplati avec un capot flexible parcouru d'inquiétantes pulsations, Marner proposa de « s'en jeter un derrière la cravate histoire de se donner du cœur au ventre ».

– Décidément, vous parlez par énigmes, marmonna le Domerangi, méfiant. Que signifie ce charabia ?

– Si on prenait un verre ? précisa Kemridge. Un petit remontant me paraît tout indiqué. Vous n'avez rien contre, j'espère ?

– Pas du tout. Il y a justement un dispensaire dans la rue voisine. Montez, nous y serons dans un instant.

Le monstre tubulaire fit halte devant un édifice en forme de dôme, comme un bol géant posé à l'envers sur le bord de la chaussée.

– Drôle d'endroit pour venir se cuiter, commenta Kemridge en suivant Plorvash à l'intérieur. Accueillant comme une porte de prison !

Une bouffée d'éther les saisit à la gorge. Affalés sur le sol, une demi-douzaine de Domerangi tétaient des tuyaux de métal souple. Plorvash s'allongea sur le dos.

– Qu'est-ce que vous attendez? Faites comme moi. Prenez un coup.

Il s'empara d'un tuyau et l'ajusta dans sa bouche gauche.

– Ça ressemble plutôt à un hôpital, fit observer Marner avec une grimace écœurée. Merci bien, je n'ai plus soif, tout à coup. Et toi, Dave?

– Ça pue et ça pique, répliqua celui-ci, les narines frémissantes. Allons au labo, ça vaudra mieux.

Plorvash se redressa à contrecœur. Il s'essuya la bouche d'où dégouttait un liquide vert.

– Vous avez tort. Ça se laisse boire, même si ça ne vaut pas la bière.

– L'accord stipule-t-il que nous devons adopter les mœurs locales? Non? Alors, en avant!

Une agréable surprise les attendait au laboratoire dont la taille gigantesque et les installations somptueuses avaient de quoi alimenter les rêves les plus délirants de deux ingénieurs terriens habitués à se bagarrer pour obtenir une rallonge de crédits.

– Vous nous facilitez la tâche, dit Kemridge. Il doit être facile de réaliser des miracles avec un tel matériel.

– Simple question d'honnêteté et de prudence, répliqua Plorvash avec componction. Si vous échouez, on ne pourra pas nous reprocher de vous avoir fait travailler dans de mauvaises conditions.

– Méfiants, hum? (Kemridge se frotta les mains.) Quand commençons-nous?

– Tout de suite.

D'un repli de sa toge, le Domerangi ramena un ballon de plastique de dix centimètres de haut contenant un fluide d'un blanc crémeux.

– Voici un dépilatoire. Regardez bien. Il en fit couler quelques gouttes sur l'extrémité spatulée de l'un de ses tentacules et s'en frotta le menton qu'il avait hérissé d'une barbe rouge et drue. Les poils tombaient au fur et à mesure. Il tendit la bulle à Marner. Très efficace, n'est-ce pas? Reproduisez-le.

– Nous sommes ingénieurs, pas chimistes! protesta le Terrien.

– Aucune importance, Justin. (Kemridge se fendit d'un large sourire à l'adresse du Domerangi.) Nous gagnerions du temps si vous nous donniez dès à présent le second problème. Nous pourrions travailler chacun de notre côté.

Plorvash se renfrogna.

– Vous y tenez vraiment? Soit.

Il s'éloigna à grandes enjambées et revint peu après muni d'une cage où se trouvait quelque chose qui ressemblait à une grande souricière.

– C'est ce que nous utilisons pour attraper les petits fléaux domestiques, expliqua-t-il. Une trappe à auto-amorçage. La plupart de nos parasites sont sensibles à la couleur, aussi ces pièges émettent-ils en guise d'appâts des rayons de teintes différentes selon la cible. (Il abaissa un levier; la trappe flamboya d'un vert luminescent.) Voici comment on attrape les Vorks. Et là – un second levier fit s'allumer un éclat pourpre – les Flaibs ne résistent pas. Sans doute avez-vous déjà compris en quoi consistait l'épreuve suivante. Vous trouverez derrière le laboratoire autant de vermines qu'il vous sera nécessaire pour vos expériences. Construisez un piège aussi ingénieux que celui-ci, si toutefois une telle chose est possible.

– Est-ce tout? demanda Kemridge.

Plorvash hocha la tête.

– Vous disposez de tout le temps voulu, selon le contrat.

– Merci et au revoir. Nous vous tiendrons au courant.

– Qu'en penses-tu? murmura Marner quand leur hôte fut parti.

– C'est presque décevant. Nous liquiderons les deux boulots en moins d'une semaine. Je m'attendais à des épreuves plus coriaces.

– Mmmmmmm. Quelque chose me dit que nous aurions tort de crier victoire aussi vite. N'oublie pas la dernière.

Quatre jours plus tard, Marner appelait Plorvash. Il s'en fallait de peu que la masse du Domerangi ne débordât de l'écran.

– Heureux d'avoir de vos nouvelles, fit-il sans enthousiasme. Ne me dites pas que vous avez déjà terminé?

– C'est comme ça.

– Les deux épreuves?

– Les deux épreuves.

Silence.

– J'arrive!

Quand il pénétra dans le laboratoire, les Terriens, qui s'affairaient autour des cages rassemblées au fond, le saluèrent à grands gestes.

– Stop! Ne bougez plus! cria Kemridge.

Il pressa un bouton. Trente cages s'ouvrirent, libérant simultanément leurs répugnants prisonniers. Plorvash sauta en arrière, épouvanté par ce déferlement de vermines rampantes, bondissantes, ondoyantes, qui convergeaient sur lui à toute vitesse.

– Vous êtes fous! hurla-t-il. Si c'est une blague, je la trouve de mauvais goût!

– Un peu de sang-froid! (Les Terriens se tenaient les côtes au fond du labo.) Dans une seconde, tout va rentrer dans l'ordre.

Sans prêter la moindre attention au Domerangi, la horde se précipita vers un dispositif barbare à base d'engrenages et de leviers installé derrière la porte. Cela bourdonnait; cela scintillait de toutes les couleurs de l'arc-en-ciel; cela cliquetait et cela projetait différents effluves plus pénibles les uns que les autres parmi lesquels on reconnaissait l'odeur caractéristique de l'humus. Quand les animaux furent à leur portée, des bras articulés se détendirent et les enfournèrent dans une ouverture pratiquée au niveau du sol. En moins de cinq minutes, tous étaient sous les verrous.

– Nous avons perfectionné votre modèle, annonça Kemridge. Vous ne capturiez qu'une espèce à la fois.

Plorvash exhala bruyamment.

– Je m'en suis rendu compte. C'est très ingénieux. Formidable, pourrait-on dire. Et, hum, le dépilatoire?

– Un jeu d'enfant. Ne vous frappez pas, mais là aussi, je crois que nous avons amélioré la formule originale. (Il se passa la main sur le menton.) J'ai expérimenté notre produit sur moi il y a deux jours et ma peau est toujours aussi lisse que celle d'un nourrisson. L'effet semble permanent.

– Vous nous soumettrez un échantillon, naturellement, mais d'ores et déjà, nous pouvons admettre que vous avez triomphé des deux premières épreuves. Curieuse coïncidence, notre consul à New York vient de nous faire savoir que vos deux homologues domerangi en étaient au même point.

– Ravi de l'apprendre, fit Marner, imperturbable. Vous nous avez sans doute réservé le plus coton pour la fin?

Quelques instants plus tard, les Terriens se trouvaient confrontés à un enchevêtrement de tubes et de relais étincelants qui semblaient actionner une série de pistons et de baguettes. Plorvash avait apporté l'objet avec d'infinies précautions. Comme s'il craignait de le voir voler en éclats au moindre heurt, il l'avait posé tout doucement sur un établi.

– Bon, c'est un moteur, dit Kemridge. A quoi sert-il?

– Vous allez voir.

Le Domerangi farfouilla à l'arrière de la machine, tira un câble dont il brancha l'extrémité dans une prise murale. Au centre de la machine un petit tube chauffa au rouge et les pistons se mirent en mouvement à un rythme beaucoup plus rapide. En l'espace de trente secondes, l'ensemble adopta une cadence égale.

– C'est une mécanique d'un genre un peu particulier, annonça Plorvash de l'air sournois de qui a plus d'un tour dans son sac. Essayez de couper le courant, pour voir.

Marner débrancha le câble. Longtemps, les Terriens contemplèrent l'inexorable ballet des pistons. Soudain, les doigts de Marner s'ouvrirent; le câble tomba sur le sol.

– Cela ne s'arrête jamais, n'est-ce pas? souffla-t-il.

– C'est notre source d'énergie principale, affirma le Domerangi. Nous l'utilisons pour propulser nos véhicules et pour une foule d'autres choses. Pouvez-vous la reconstituer? Ce sera votre troisième et dernière épreuve.

– Nous ferons notre possible, bredouilla Marner. Nous y arriverons, je vous le garantis!

Plorvash gloussa de plaisir.

– Je serai curieux de voir ça. Bonne chance, messieurs!

Ils attendirent que la porte se fût refermée sur l'encombrant personnage. Ils revinrent à la machine.

Elle marchait toujours.

Marner s'humecta les lèvres. Il n'osait pas regarder Kemridge.

– Dave, crois-tu que nous puissions réinventer le mouvement perpétuel?

– Ma foi, la première chose à faire, c'est d'arrêter cette bon Dieu de machine pour voir ce qu'elle a dans le ventre!

– Comment?

– En inversant la source d'énergie, probablement. Il suffit d'injecter un flux négatif dans la borne d'entrée.

Ce qui fut fait, après deux heures d'un travail acharné. Lorsqu'ils branchèrent à nouveau le câble, la machine éructa deux fois et s'arrêta.

– Nous avons gagné la première manche! s'exclama Kemridge avec un réel soulagement. A présent, démontons ce joujou. (Sans lever la tête, il gratifia son compagnon d'un regard pénétrant.) S'il te plaît, Justin, ne nous laissons pas abattre. Je propose que nous adoptions dès à présent ce credo : si les Domerangi l'ont fait, nous pouvons le faire.

Ils démontèrent l'engin. Ils le remontèrent et le démontèrent à nouveau. Marner se saisit d'une pièce.

– On dirait une plaque régulatrice de décharge d'oscillateur, observa-t-il. Je parie que ce truc-là est l'équivalent d'un thyratron. Au fond, leur technologie n'est pas très différente de la nôtre. (Pour la première fois depuis le début de l'après-midi, il se permit l'ombre d'un sourire.) Rien qui soit hors de notre portée, par conséquent.

Kemridge épongea la sueur qui lui coulait sur le front.

– Recommençons, Justin. Recommençons autant de fois qu'il sera nécessaire. Quand ce monstre n'aura plus de secret pour nous, nous aurons gagné.

Trois semaines plus tard, ils avaient terminé leur premier modèle, une épreuve imparfaite, ébauche balbutiante du véritable prototype. L'engin ronronnait pendant une demi-heure et calait.

Un mois plus tard, il ne calait plus.

Frissonnants d'appréhension, ils attendirent l'arrivée de Plorvash.

– Voilà! dit Marner en montrant le bizarre engin placé auprès du modèle original.

Le Domerangi vira au vert.

– Ça marche!?

– Ça ne s'est pas encore arrêté, déclara Marner, les yeux cernés, son visage poupin creusé par la fatigue accumulée au cours de ces deux mois d'efforts presque ininterrompus.

– Mais *comment*? s'interrogea le Domerangi. Comment avez-vous pu?

– Nous avons utilisé une fonction hyperspatiale plutôt retorse. Si les détails vous intéressent, vous consulterez notre rapport. C'est un véritable tour de force topologique, je dois dire modestement. Nous n'avons pas pu reproduire votre modèle, mais nous sommes parvenus au même résultat, ce qui satisfait à notre engagement.

– A vrai dire, nous ne pensions pas réussir, reconnut Kemridge.

– A vrai dire, je ne le pensais pas non plus, murmura Plorvash. Cela fonctionne... pour de bon?

– Pour qui nous prenez-vous? s'emporta Marner. De vulgaires simulateurs?

– Une seule question, reprit Kemridge, désignant une minuscule boîte noire encastrée au plus profond du modèle original. Ce bidule nous a donné du fil à retordre. Impossible de l'ouvrir. Nous avons dû le laisser à l'écart et lui substituer un nouveau système. Qu'est-ce que c'est?

Plorvash se laissa choir sur un tabouret qui couina sous son énorme poids.

– C'est la source d'énergie, fit-il d'une voix étranglée. C'est un amplificateur photo-électrique miniature qui entretiendra la marche de l'appareil pendant... deux semaines encore. Puis tout s'arrêtera.

– Je ne comprends pas... commença Marner dont le cœur accéléra subitement ses battements.

– Le moment est venu de vous expliquer l'horrible vérité. (Le Domerangi exhala un soupir de détresse.) *Nous n'avons jamais eu de machine à mouvement perpétuel.* Vous êtes les innocentes victimes d'une cruelle mystification. C'est infâme, je le sais, mais nous n'avons jamais pensé un seul instant que vous réussiriez. Nos meilleurs cerveaux ont travaillé sur le modèle que vous deviez reproduire.

Les Terriens échangèrent un regard effaré.

– Mais alors... mais alors nous avons réellement *inventé* le mouvement perpétuel!

– J'en suis tout aussi ébahi que vous, balbutia Plorvash. Croyez bien que si nous avions pu prévoir...

Kemridge s'était déjà repris.

– Vous avez été lamentables, mais nous n'allons pas épiloguer. Faites emballer notre machine, je vous prie. Nous rentrons sur Terre.

Il y eut un long silence. Remarquable performance, le Domerangi semblait rapetisser à vue d'œil.

– Je crains que ce ne soit pas aussi simple, dit-il d'une voix unie. Une loi vieille de sept siècles stipule que toute découverte scientifique survenue dans un laboratoire domerangi devient la propriété de notre gouvernement. (Plorvash se redressa.) Par conséquent, nous allons confisquer votre machine à mouvement perpétuel, purement et simplement.

– Il n'en est pas question! tonna Marner.

– Qui plus est, vous ne partez pas, poursuivit le Domerangi rasséréné. Vous resterez aussi longtemps qu'il faudra pour apprendre à nos ingénieurs à reproduire votre engin.

– Si c'est une guerre interplanétaire que vous voulez, vous l'aurez! vociféra Kemridge. C'est de la séquestration. Nous exigeons de voir notre consul.

Grand, les cheveux gris élégamment ondulés, plein d'aisance malgré sa corpulence, Culbertson tripotait de deux doigts agacés le pli parfait de son pantalon noir impeccablement rayé de blanc.

– C'est très embarrassant, marmonna-t-il. Vous me prenez de court et je ne sais que vous dire.

– Cette machine est à nous, riposta Marner qui sentait la moutarde lui monter au nez. Nous avons sué sang et eau pour la mettre au point. Depuis quand le gouvernement américain tolère-t-il que l'on retienne ses ressortissants?

– Hélas! Consécutivement au traité d'abandon de la souveraineté extra-territoriale signé en 2716, les Terriens résidant sur Domerang sont soumis aux lois de leur planète d'accueil et vice versa. Que vous dire?

Marner ferma les yeux, imaginant quelle serait leur vie sur cette planète peuplée de mollusques vindicatifs, raisonneurs et buveurs d'éther.

– Allez-y, murmura-t-il. Videz votre sac.

Le consul joignit l'extrémité de ses doigts manucurés.

– Nous ferons le maximum pour vous sortir de là, bien entendu. Nous ne perdons pas de vue l'énormité de la dette que nous avons contractée à votre endroit. Vous avez sauvé notre orgueil planétaire! Aussi, dans l'espoir de compenser ce regrettable contretemps dont nous souhaitons qu'il soit de courte durée, nos services s'emploieront à rendre votre séjour ici aussi agréable que possible...

– Cessons ce petit jeu, coupa Kemridge dont le poing serré faisait un louable effort pour ne pas s'aplatir sur le beau visage de Culbertson. Nous ne voulons pas rester ici, même si vous devez faire défiler dans nos lits toutes les dactylos du consulat. Nous haïssons cette planète. Si vous voulez éviter l'incident diplomatique, je vous conseille de vous remuer, mon petit vieux.

Le visage admirablement nourri de Culbertson exprima une consternation accrue.

– Il existe un facteur dont nous n'avons pas encore tenu compte avec suffisamment d'attention.

– Lequel? demanda Marner avec inquiétude.

– Auriez-vous oublié les deux ingénieurs domerangi invités à subir sur Terre des épreuves équivalentes? Dites-moi... cette pièce n'est pas microtée, au moins?

– Parlez sans crainte, nous avons vérifié.

C'était plus fort que lui. La voix de Culbertson dégringola de plusieurs octaves.

– Vous avez peut-être une petite chance. New York nous tient au courant des progrès enregistrés par vos rivaux. Comme vous, ils ont aisément triomphé des deux premières épreuves. C'est difficile à avaler, mais il semblerait que dans cette affaire, nos deux gouvernements aient adopté une tactique très voisine.

– Ne me dites pas qu'on leur a demandé d'inventer le mouvement perpétuel!

– Pas exactement. Nous n'en avons pas l'usage, vous saisissez? En revanche, une machine antigravitique phonétique serait la bienvenue. Hélas, ils piétinent toujours. S'ils sont aussi calés qu'ils le prétendent, ils réussiront tôt ou tard. Tout ce qu'il vous reste à faire, c'est de prendre votre mal en patience...

Une petite lueur, un soupçon de raillerie, s'alluma dans l'œil de Kemridge.

– Justin, tu t'y connais en champs de gravitation?

– Couci-couça; pourquoi?

– Nous avons à notre disposition un labo de rêve. Retroussons nos manches une fois de plus. Je suis bien certain que les deux Domerangi ne se formaliseraient pas de prendre à leur compte l'antigrav' de quelqu'un d'autre. Tu piges?

– S'ils sont aussi pressés que nous de rentrer chez eux... Marché conclu!

Le regard incrédule de Culbertson oscillait de l'un à l'autre.

– Vous allez fabriquer cet engin et le passer en fraude à vos concurrents? Evidemment, nous serions mieux armés pour négocier...

Ni Marner ni Kemridge ne l'écoutaient. Déjà, ils avaient sorti leurs calepins et les criblaient d'équations.

LE DERNIER POÈTE

Détachée d'une brochure, cette feuille jaunie ne le quittait jamais. C'était une critique du seul recueil de poèmes qu'il eût jamais publié, le seul qu'il publierait jamais. A peine eut-il posé le pied sur ce monde inconnu qu'il éprouva pour la dix millième fois le besoin impérieux de la relire. Le temps en avait estompé les caractères, mais c'était sans importance. Les mots demeuraient gravés en lettres de feu dans la mémoire d'Emil Vilar.

> Emil Vilar s'exprime en authentique poète. Autant qu'au virtuose, rendons hommage à l'artiste doué d'une sensibilité hors du commun. Ce recueil est l'œuvre d'un débutant, mais depuis fort longtemps nous n'avions eu le bonheur de lire un texte aussi prometteur. Nul doute qu'il faille saluer l'avènement d'un poète de tout premier ordre, et cependant il est à craindre que M. Vilar n'ait jamais l'occasion de donner toute la mesure de son talent. La faute en incombe à notre civilisation au sein de laquelle tout art digne de ce nom se voit étranglé au berceau. Qui, de nos jours, se préoccupe encore de poésie, et comment dans ces conditions, l'extraordinaire émotion contenue dans le langage d'Emil Vilar trouverait-elle la force de s'épanouir?

A la découverte de ces lignes, il s'en souvenait, le rouge de la confusion lui était monté au front. Non que le critique eût outré la louange; Emil Vilar se reconnaissait l'étoffe d'un grand poète, mais une chose était d'en avoir l'intime conviction et une autre de se voir hisser par un tiers sur cet inconfortable piédestal. Il avait eu tort de s'en faire. L'avenir avait amplement confirmé l'amer pessimisme du critique. Il n'y avait pas eu de second recueil. Autour de Vilar, l'inspiration poétique était presque tarie. Certes, on appréciait l'ode circonstancielle, le quatrain impétueux, le limerick plein d'éloquence, mais la poésie pure, gratuite pour tout dire, avait perdu sa raison d'être. Partout, on assistait au triomphe du pragmatisme et de la rentabilité immédiate. En ce siècle frénétique, l'art était devenu un luxe, l'artiste une denrée superflue. Suspecte.

Ce ne fut pas faute d'avoir essayé, Dieu sait. Vingt années durant, il avait continué d'écrire et de se battre. Après tout ce temps, épuisé, il avait mesuré son échec et pris un aller simple pour une autre planète.

Il contempla le paysage qui désormais allait circonscrire son univers. Il avait choisi ce monde au hasard, un nom parmi tant d'autres dans l'énorme catalogue de la bibliothèque. Fuir la Terre était tout ce qui importait.

– Rigel Sept, fit-il à haute voix, savourant l'assonance presque parfaite des syllabes qui désignaient sa nouvelle patrie.

Et pourtant... A présent qu'il était arrivé, il ne pouvait se défendre d'une légère déception. En se décidant pour une planète terramorphe, il avait commis une impardonnable étourderie. Sans réfléchir, il avait opté pour un monde qui fût à la fois semblable à la Terre et très éloigné d'elle. Une sorte de copie conforme à l'autre bout de la galaxie. Un havre de paix où il pourrait travailler dans un anonymat salutaire, hors d'atteinte des accusations d'élitisme portées à l'encontre du seul poète qui continuât d'écrire comme il l'entendait et pour son seul plaisir.

Les Terriens voulaient faire de lui un rimailleur, aussi leur avait-il sans tapage tiré sa révérence. Il ne regrettait rien, mais tout en embrassant du regard les collines verdoyantes, le ciel d'azur où s'effilochait un fragile moutonnement, il prit conscience de son erreur. Que n'avait-il choisi un monde entièrement différent de celui qu'il connaissait! Comme sa créativité s'en fût trouvée exaltée, son imagination enflammée! Ici, le ciel était identique, les nuages étaient identiques; le soleil seul, ce minuscule point d'une intensité féroce, comme une furieuse ampoule à l'éclat insoutenable, lui rappelait son exil.

Quoi qu'il en soit, il était venu à Rigel Sept pour y rester. Autant vivre ici qu'ailleurs, du moment qu'il avait quitté la Terre.

Son faciès miroitant éclairé par un sourire pincé, le robot du service de l'émigration lui avait annoncé qu'il serait le premier étranger à se rendre à Rigel Sept en l'espace de cinq siècles. Vilar avait trouvé cette précision encourageante.

Huit cents ans auparavant, seize familles terriennes avaient acheté la planète en commun, à la condition prévisible que ce monde dorénavant privé demeurât ouvert à d'éventuels immigrés. De ce côté-là, il n'y avait aucun risque de bousculade. L'univers immédiat regorgeait d'étoiles, toutes pourvues de planètes plus ou moins accueillantes. Qui franchirait cinq cents années-lumière pour s'installer sur Rigel Sept quand Sirius, Vega, Procyon ou la Constellation du Centaure se trouvaient à proximité?

Qui, sinon Emil Vilar, le dernier poète, pressé de

se réfugier le plus loin possible d'un monde inadapté à son art?

Il avait mis un peu d'argent de côté. Cinq mille dollars, juste de quoi payer les droits d'émigration. Ses amis avaient fourni le reste.

Ils étaient six à avoir foi en lui. Tout d'abord, ils avaient tenté de le dissuader de partir; devant sa détermination, ils avaient pris toutes dispositions pour couvrir les frais du voyage et lui verser une rente qui le mettrait à l'abri du besoin jusqu'à la fin de ses jours.

Emil Vilar exhala un soupir heureux. Le paysage était trop familier, mais du moins l'air avait conservé sa pureté originelle. Son ombre s'étirait interminablement dans l'herbe. Il sourit. Il se sentait bien. Pour la première fois depuis des années, il se sentait bien.

Le spatioport se trouvait à l'extrémité d'un champ, immense rectangle dont la surface veloutée escaladait une colline jusqu'à mi-hauteur. Non loin du sommet scintillait la pâleur lumineuse d'un dôme. Un chemin serpentait à flanc de colline, conduisant de la demeure au champ. Un homme le descendait.

Vilar souleva sa petite valise et d'une foulée rapide s'avança à la rencontre de l'inconnu. Ils se rencontrèrent au milieu du champ. Grand, élancé, taille de guêpe, l'homme était un magnifique athlète. Son torse nu semblait moulé dans le cuivre blond dont il avait la couleur uniforme. Songeant à sa propre silhouette courtaude et débonnaire, le poète ressentit une gêne fugitive.

– Vous devez être notre immigré?

– Emil Vilar. Le vaisseau vient de me lâcher.

– Je sais. (Le sourire affable de l'athlète découvrit une rangée de dents impeccables.) Nous avons tous assisté à la descente de la navette. C'était presque une première, vous savez. Nous recevons si peu de visiteurs.

– Je m'en doute. Avec moi, vous ne sentirez pratiquement pas la différence. Je suis un solitaire.

– Votre logement est prêt. Au fait, je ne me suis pas présenté. Carpenter. Melbourne Hadley Carpenter. Venez, je vais vous conduire chez vous. Quand vous serez installé, venez nous voir. Nous vous mettrons au courant de nos activités.

– Activités? (Vilar fronça les sourcils.) C'est que... je n'ai pas l'intention de participer au travail com...

La phrase demeura en suspens. Il serait bien temps d'exposer son credo un peu plus tard. Il haussa les épaules.

– Allons-y. Montrez-moi où je dois loger.

Melbourne Hadley Carpenter le précéda jusqu'à une modeste maisonnette nichée au pied de la colline et d'où l'on avait vue sur le dôme resplendissant. Vilar était enchanté. On avait obéi point par point à ses instructions.

– A tout à l'heure, dit Carpenter. Je vous laisse vous installer.

Sur un dernier signe amical, il poursuivit son chemin. Vilar brisa le circuit photonique et pénétra chez lui.

Une bibliothèque, un lit, un placard, une armoire.

Vilar était aux anges.

En deux temps trois mouvements, il déballa ses maigres effets. L'abandon des quelques richesses accumulées au cours de son existence s'était effectué sans problème. Il avait emporté tout ce dont il estimait avoir besoin sans excéder les cinquante livres auxquelles on avait droit à bord d'un vaisseau subspatial.

En premier lieu venaient les livres. Huit, pas un

de plus. Et tout d'abord le mince recueil relié de bleu, *les Poèmes* d'Emil Vilar (Londres, 2743, 61 pages). Puis l'intégrale des cent quarante *Cantos* d'Ezra Pound, la Bible, l'œuvre complète de Yeats, *On Historical Analysis* de Davis, en un seul volume, *Du côté de chez Swann*, le théâtre de Cyril Tourneur et l'*Anthologie grecque* (1). Voilà ce qui subsistait d'une vie entière consacrée à la lecture et l'ouvrage le plus récent, le premier volume de *la Recherche*, avait été ajouté seize ans auparavant à cette anthologie personnelle. Depuis, plus rien.

Sa garde-robe succincte, son linge, ses menues possessions furent réparties entre l'armoire et le placard avec son habituelle méticulosité. Il ne resta plus que l'enveloppe relativement plate renfermant les poèmes qu'il avait écrits depuis la parution du recueil de 2743. Aucun n'avait été publié et leurs lecteurs se comptaient sur les doigts de la main. Ces poèmes, Vilar les conservait bien qu'il les considérât comme souillés. Souillés, tous sans exception, par l'inanité des critiques qu'ils avaient suscitées.

– Merveilleux, Emil, mais je dirais un poil trop long, tu ne trouves pas?

– Les images sont superbes; toutefois, quand tu fais intervenir Didon, n'as-tu pas l'impression de filer trop loin la métaphore?

– Extraordinaire, pourtant...

– Sensationnel, cependant...

– Pourquoi ces tensions, Vilar? Pourquoi ne pas soulager un peu la trame? Il suffirait d'un rien...

– Je vais être brutal, Emil. Tes récents travaux me semblent s'acheminer vers une impasse, une stase géométrique dont la stérilité ne peut que porter préjudice à ton œuvre. L'absence d'émotion...

(1) *Anthologie grecque*, mieux connue sous le nom de *Guirlande* ou de *Couronne de Méléagre*. Anthologie d'auteurs parmi lesquels Pindare, Anacréon, Sapho, réunis par Méléagre au Ier siècle av. J.-C. *(N.d.T.)*.

Patiemment, avec une louable dignité, il avait prêté l'oreille, puis assimilé leurs observations souvent contradictoires. N'y trouvant rien de solide à se mettre sous la dent, il avait résolu de ne plus écouter personne. Du bruit, voilà ce qu'ils émettaient. Jamais d'idées, mais des sons discordants, au mieux des mots confus et dépourvus de sens. Au fond, ils auraient préféré un rythme bien cadencé. Quelque chose qui balançât agréablement. La seule solution, c'était la tour d'ivoire. Rigel Sept. Serait-il resté qu'il eût traîné sa misère immuablement, harcelé par les critiques ignares et charitables, noyau d'une petite coterie d'admirateurs qui bavaient de jalousie devant son talent inné sans se douter de l'angoisse qu'il éprouvait en retour. Cette idolâtrie pernicieuse était plus qu'il n'en pouvait supporter. Il n'était connu que d'un nombre infime d'hommes et de femmes. Il n'avait plus besoin d'eux. Sur Rigel Sept, ce serait l'anonymat total. Un bain de jouvence.

Sur le bureau, il disposa les deux ramettes de papier, son stylo, son carnet de notes. Il jeta un coup d'œil circulaire. Tout était en ordre.

Il s'assit. Sa main se tendit vers les livres. Elle marqua un temps d'arrêt devant son propre recueil, se posa, légère, sur Yeats et se ravisa. Quelques vers d'Eliot, appris par cœur depuis si longtemps qu'il n'avait nullement éprouvé le besoin d'emporter l'ouvrage avec lui, louvoyèrent à travers sa mémoire :

Gull against the wind, in the windy straits
Of Belle Isle, or running on the Horn.
White feathers in the snow, the Gulf claims,
And an old man driven by the Trades
To a sleepy corner.
Tenants of the house,
Thoughts of a dry brain in a dry season.

Cette nuit-là, il travailla à une fantaisie librement inspirée des premières répliques de *la Tragédie du Vengeur* (1). L'aube naissait quand il se leva, déchira ce qu'il avait écrit et le chassa de son esprit. Il sortit sur le porche. Le soleil se levait très loin sur la plaine, légèrement oblique, et assombrissait le paysage de longues ombres portées. A cette distance, il semblait beaucoup plus petit que celui de la Terre, mais le flamboiement sauvage de sa lumière bleutée trahissait son extraordinaire intensité.

Peu après, il reçut la visite de Melbourne Hadley Carpenter.

– Avez-vous passé une bonne nuit?

Fourbu, les traits chiffonnés, les yeux rouges, Vilar opina avec vigueur.

– Excellente, je vous remercie.

– Tant mieux. Mon grand-père est impatient de faire votre connaissance, ainsi que tous les membres de ma famille.

Vilar sentit la méfiance crépiter en lui.

– Pourquoi tiennent-ils tant à me rencontrer?

– Simple curiosité, je suppose. Vous venez de loin et vous n'appartenez à aucune de nos Familles. N'est-ce pas suffisant?

– Naturellement. Je comprends. (Le poète ressentit un réel soulagement.) Vous n'avez jamais entendu parler de moi, au moins?

Carpenter éclata d'un rire moqueur.

– Comment aurais-je pu entendre parler de vous alors que nous avons perdu tout contact avec le reste de l'univers?

– En effet. Où avais-je la tête?

Ainsi qu'il l'avait ardemment souhaité, il était à leurs yeux le premier quidam venu. Cet incognito lui fournissait l'occasion rêvée de prendre un nou-

(1) *La Tragédie du Vengeur*: pièce de Cyril Tourneur.

veau départ. L'âge n'avait pas affaibli ses facultés. Sur cette planète oubliée, il atteindrait les sommets les plus hauts sans éveiller ce tapage exaspérant aux conséquences désastreuses pour l'accomplissement d'une œuvre.

Le poète fut séduit par la sobriété exemplaire de la grande demeure du haut de la colline. Son architecture simple et vigoureuse était aux antipodes de cette superficialité décadente, caractéristique du pseudo-archaïsme qui sévissait sur Terre. Au centre de la grande salle était dressée une table gigantesque autour de laquelle avaient pris place une cinquantaine de convives. Un homme de puissante stature, sosie considérablement vieilli de Melbourne Hadley Carpenter, présidait l'assemblée. A l'entrée d'Emil Vilar, il se leva raidement.

– Bienvenue sous notre toit. Je suis Théodore Hadley Carpenter. Voici ma famille.

Perplexe, Vilar le vit embrasser d'un ample geste six hommes sensiblement plus jeunes assis à sa droite.

– Mes fils.

Plus loin, on descendait d'une génération pour arriver à celle de Melbourne Hadley.

– Mes petits-fils, annonça le patriarche.

Le poète revint lentement de sa stupeur. Sur Rigel Sept le sens de la famille n'était pas une vaine survivance du passé.

– Remarquable, bredouilla-t-il. Vous pouvez être fier de vos enfants, monsieur Carpenter.

– Je le suis, répliqua l'aïeul avec dignité. Acceptez-vous de partager notre repas? Nous parlerons ensuite.

Vilar ne pouvait guère refuser. Il prit un siège et regarda de ravissantes jeunes filles, les petites-filles sans doute, servir un petit déjeuner aussi terramorphe que l'était la planète: œufs au bacon et petits pains briochés arrosés de café. Incroyable. A quoi bon franchir cinq cent quarante-cinq années-lumière si c'était pour se retrouver avec des œufs au bacon et de la brioche à son petit déjeuner? se demanda le poète avec un agacement tempéré d'indulgence. Les hommes se cramponnent à leurs traditions, même les plus humbles. Tout bien considéré, en quoi consistait l'ambitieux projet de colonisation tous azimuts? En un colossal caprice, en un défi exorbitant (barbare, rectifia aussitôt son esprit pugnace) dans sa mesquine prétention à vouloir façonner la galaxie à l'image de la Terre. L'homme parsemait l'univers de fac-similés de son monde natal et plusieurs siècles après la conquête de l'espace s'obstinait à bouffer des œufs au bacon à son réveil.

Vilar se permit un faible sourire. Il connaissait si bien les petites faiblesses de son cheminement créatif. Cette réflexion formerait à son insu un des thèmes sous-jacents d'un prochain poème. Plus tard, il la débusquerait et détruirait l'œuvre pour ce qu'elle serait, une polémique sans intérêt sur les vicissitudes des travers humains. Indigne de passer à la postérité.

La dernière bouchée avalée, il se laissa aller contre son dossier. En un clin d'œil, la table fut débarrassée. Le vieux Carpenter frappa dans ses mains. Un de ses fils lui rapporta d'une pièce voisine un instrument composé de cordes tendues sur une caisse trapézoïdale. Un *tympanon,* songea Vilar, ébahi. L'espace de quelques instants, le vieil homme martela les cordes de deux petits maillets d'ivoire sculpté. D'une troublante complexité, la mélodie requit toute l'attention du poète. Elle s'acheva plaintivement sur trois tierces descendantes. Théodore Hadley Carpenter reposa l'instrument.

– Un morceau de ma composition. (Personne ne soufflait mot. Il regarda Vilar droit dans les yeux.)

Notre musique est d'un abord assez délicat, mais à la longue...

– Très intéressant, coupa Vilar.

Il n'avait qu'une hâte, c'était de rentrer chez lui pour se remettre au travail. Les prouesses musicales de la famille Carpenter le laissaient aussi froid que ses œufs au bacon. Il se leva, bien résolu à prendre congé.

– Vous partez déjà? s'étonna le vieil homme. Nous n'avons même pas eu le temps de parler!

– Parler? De quoi souhaitiez-vous m'entretenir, monsieur Carpenter?

– Mais de la contribution que vous comptez apporter à notre petite communauté, naturellement! Nous n'avons pas l'intention de vous loger et de vous laisser partager notre pain sans rien obtenir en échange, figurez-vous. Voyons, que savez-vous faire?

– Je suis poète, murmura Vilar, conscient jusqu'au malaise des cinquante paires d'yeux braquées sur lui.

– Poète? roucoula le vieil homme. Oui, cela va sans dire. Mais que faites-vous, je veux dire, *de vos mains*?

– Je ne comprends pas. Si vous me demandez quelle est ma spécialité, je n'en ai pas d'autre. Je suis poète, un point c'est tout.

– Nous n'en doutons pas un instant, mais grand-père voudrait savoir si vous savez faire autre chose, souffla un Melbourne de la troisième génération.

Vilar était au supplice. Sans regarder personne, il secoua la tête.

– Rien! fit-il d'un air buté. Je ne sais rien faire d'autre, ce qui s'appelle rien. Je suis poète, voilà tout.

– Et nous qui espérions l'arrivée d'un médecin, ou d'un forgeron! Qui aurait pu prévoir que la Terre nous enverrait un poète! Des poètes, nous en avons à la douzaine. C'était la dernière chose dont Rigel Sept eût besoin...

Emil Vilar acquiesça sombrement.

– Je mesure l'ampleur de votre déception. (Il se passa la langue sur les lèvres.) Je suis navré, croyez-le bien. Profondément navré.

Tout compte fait, il leur avait joué un sale tour. L'empressement qu'ils avaient manifesté à la perspective d'accueillir un immigré s'expliquait fort bien. De leur point de vue, la Terre était un monde d'une richesse sauvage, une forteresse de violences et d'outrances de toutes sortes. Ils attendaient de ce corps étranger introduit chez eux après cinq siècles de solitude qu'il bouleverse le cours monotone de leur existence. Au lieu d'un forgeron ils avaient hérité d'un poète. Du dernier poète terrien. Pour une mauvaise blague, c'en était une.

Un verger s'étendait devant la demeure des Carpenter. Ce fut là, assis sous un arbre, que Melbourne Hadley Carpenter, ou Théodore Hadley III (à moins qu'il ne fût un frère ou un cousin, comment s'y reconnaître?) dénicha Emil Vilar.

– Grand-père vous prie de le rejoindre à l'intérieur. Il souhaite vous parler seul à seul.

– Bien volontiers.

Il suivit le jeune athlète jusqu'à une vaste pièce aux superbes boiseries qui semblait être le domaine réservé du chef de clan.

– Asseyez-vous, dit Théodore Hadley Ier d'une voix singulièrement radoucie.

Vilar s'exécuta et attendit, rempli d'inquiétude, que son hôte voulût bien prendre l'initiative du dialogue. De tout près, l'homme accusait son âge avancé, mais quelle prestance, quelle vigueur pour quelqu'un qui devait approcher les cent cinquante ans!

– Vous vous prétendez poète, commença le vieillard en lestant le dernier mot d'une imperceptible nuance d'ironie. Puis-je vous demander de lire ces lignes et de me donner ensuite votre opinion, en toute franchise?

Le poète prit la feuille et lut avec toute l'attention qu'il avait toujours accordée aux tentatives d'amateurs assez masochistes pour solliciter son jugement. Il s'agissait cette fois d'une villanelle, adroitement exécutée si ce n'était une légère rupture de rythme au troisième vers du quatrain. Cela dit, la vacuité de l'œuvre sautait aux yeux. Aucune imagination, aucune vision poétique. Vilar décida de ne pas faire de cadeau.

– Jolie technique, fit-il du bout des lèvres. Je ne vois rien à lui reprocher, sauf cette maladresse, là, à l'avant-dernière ligne. Pour ce qui est du fond, ça ne vaut pas un clou. C'est l'œuvre d'un tâcheron qui n'a même pas l'excuse d'être divertissante. Ce style coulant ne révèle qu'un vide nauséeux. Dois-je continuer?

– Inutile. J'en suis l'auteur.

– Vous m'aviez demandé d'être sincère.

– Je ne vous reproche rien. Et ces tableaux, sur le mur, qu'en dites-vous?

Il désigna des toiles abstraites, dans la mouvance de l'école néo-industrielle. Vilar fut frappé de leur impeccable facture. La prudence lui parut de mise.

– Je suis loin d'être un expert, comprenez-vous, mais c'est un travail impressionnant. Je suis impressionné.

– Je les ai signées. Toutes.

Vilar le dévisagea avec stupeur.

– Quelle extraordinaire vigueur artistique, monsieur Carpenter! Compositeur, poète, peintre... vous avez tous les dons.

– Rien de plus banal. L'art est aussi essentiel à l'homme que l'oxygène : établi par les premiers colons, ce principe a toujours été scrupuleusement appliqué. Nous n'en tirons aucune vanité. L'homme se doit de développer toutes les facettes de son esprit s'il veut prétendre à la civilisation. Pourquoi abandonner à quelques privilégiés le bonheur de se consacrer à l'expression de l'art? Nous n'avons jamais accepté d'être réduits au rôle de simples spectateurs du talent des autres. Je suis fier de pouvoir le dire, il n'est pas un seul d'entre nous qui ne sache tourner un sonnet. Nous sommes tous poètes, monsieur Vilar. Nous peignons, nous composons, nous jouons et tout cela dans la plus grande simplicité.

– Tandis que moi, je ne suis que poète, c'est bien cela?

Une amertume étrange se fit jour en lui et se mua en une souffrance sourde, sournoise comme un coup de poignard. Depuis quand n'avait-il pas ressenti de sentiment d'infériorité? Certes, à maintes reprises, quand il s'évertuait à se rapprocher des plus grands, Milton, Eschyle, Yeats, Shakespeare... il avait pris conscience de sa faiblesse, de son insuffisance, mais il y avait loin de la vertueuse humilité à l'humiliation. Voici qu'un doute horrible s'insinuait à travers la certitude bien établie de sa propre valeur, en tant que poète, bien sûr, en tant qu'être humain, et c'était encore pire. Pour un homme aussi sûr de lui, c'était une expérience terrifiante.

Ses yeux croisèrent ceux du vieux Carpenter. Quelque chose se coinça dans sa gorge.

– Je vous prie de m'excuser.

Il sortit sans se retourner.

Dans la solitude de sa chambre, il relut ce qu'il venait d'écrire :

> Fluides, des lambeaux de jour s'insinuent
> Entre chaque homme et sa conscience; et chacun de gémir,

Mais...

Et c'était tout. Sur l'instant, il avait cru traduire l'inspiration immédiate; il lui avait fallu cinq minutes pour replacer ces lignes dans le contexte d'une œuvre de jeunesse, une bagatelle adolescente brûlée à juste titre il y avait bien longtemps.

Où était sa merveilleuse technique, son sens légendaire de l'harmonie vocalique, son imagination rythmique, ses accords subtilement conflictuels?

Morose, il considéra les laborieuses inepties que lui avait dictées son esprit transi d'effroi. D'un revers de main, il fit place nette.

Aurais-je perdu le don?

Corollaire immédiat, mille fois plus terrible : *Et si je ne l'avais jamais eu?*

A cela, Dieu merci, il était facile de rétorquer. Il suffisait d'ouvrir le mince recueil relié de bleu...

Plus de recueil. Il avait disparu.

Pendant quelques secondes, il ne put détacher son regard de l'espace laissé vacant dans la bibliothèque. Quelqu'un avait subtilisé le livre. Un membre de la famille Carpenter, curieux de connaître son œuvre.

Lentement, les mots revinrent.

Qu'importe, puisque mes poèmes ne me quittent jamais.

Pour s'en assurer, il se récita *les Pommes d'Idun,* un des plus longs, sans doute le plus accompli. Quand il eut terminé, il se sentit tout ragaillardi. Décidément, sa muse n'avait jamais été une illusion.

Hélas, les Carpenter ne l'étaient pas davantage. Il ne pouvait plus supporter leur présence maléfique. Il fallait partir.

Le cœur serré de dégoût, il se remémora le numéro du lunatique vieillard, sautant avec une géniale versatilité de la musique à la poésie, de celle-ci à la peinture ainsi qu'aurait pu le faire n'importe lequel de ses enfants ou petits-enfants. Pas un qui ne sût manier avec aisance la plume, l'archet ou le pinceau. Comparé à cette prodigieuse omniscience, son propre don menaçait de sombrer dans l'insignifiance. Il ne faisait pas le poids. Dès leur plus jeune âge, au fil des générations, ces gens avaient reçu une formation telle que créer leur était aussi naturel, aussi spontané que respirer. Pas un seul « artiste » parmi eux. Pas de piédestal. Pas de tour d'ivoire.

Rigel Sept était le dernier endroit où un authentique poète comme Emil Vilar pût espérer retrouver la paix de l'âme. Son propre génie était trop fragile pour survivre au milieu de ces superbes philistins. Car il s'agissait bien de philistins, en dépit ou à cause de l'extrême diversité de leurs talents.

Ils ignoraient l'essentiel. Ce qu'ils prenaient pour un agréable divertissement, voire le comble du raffinement en matière de passe-temps, l'art, était un rite sacré. Elevés dans le culte de la perfection, ils réussissaient ce qu'ils entreprenaient sans que le résultat excédât jamais ce qu'on pouvait attendre d'un amateur éclairé. Leur civilisation demeurait infiniment préférable à l'obscurantisme vulgaire où la Terre avait basculé, mais ce contexte serait fatal à tout élan poétique sincère. Omniscients, ils étaient aussi omnivores. Ils ne feraient qu'une bouchée d'Emil Vilar.

Il sortit sa valise du placard et, sans hâte, entreprit de la remplir. Impossible de retourner sur Terre. Il trouverait un asile, un lieu béni où la culture revêtait une forme plus complexe, où l'on ne faisait bon marché ni de l'art ni des artistes.

– Pourquoi faites-vous vos bagages? s'enquit une voix résonnante comme celle de Zeus.

Vilar fit volte-face. Le chef du clan Carpenter l'observait depuis le seuil. Il ne souriait pas.

– J'ai décidé de partir. Cette raison me paraît suffisante.

Le vieil homme se dérida d'un seul coup.

– Ah! Et où irez-vous? Vous faites demi-tour? Vous rentrez chez vous?

– Sûrement pas. Il me suffira d'être loin d'ici.

– Les autres Familles sont construites sur le même modèle que la nôtre, j'en ai peur. Si j'ai un conseil à vous donner, c'est de ne pas boucler votre valise sur un coup de tête. Restez avec nous, Vilar. Tout compte fait, vous nous êtes plutôt sympathique. Nous serions désolés de vous perdre si vite.

L'espace d'un instant, le poète ne parla ni ne bougea. Puis ses mains se remirent en mouvement. Décrocher. Plier.

Carpenter traversa la chambre en trois enjambées. Une poigne de fer s'abattit sur le bras de Vilar.

– Je vous en prie. Ne partez pas.

D'une secousse, Vilar se dégagea. Il recula d'un pas.

– Mais je ne peux pas rester! Il faut que je parte, vous ne comprenez pas?

– Non. Non, je ne comprends pas. Pourquoi devez-vous partir?

– Parce que si je reste, je deviendrai fou! vociféra le poète qui n'avait pas élevé la voix depuis plus de trente ans. Vous peignez, vous chantez, vous composez... Y a-t-il une chose que vous ne sachiez faire? Et moi, dans tout ça? Je suis poète. Poète, rien de plus! Autant dire que je suis borgne, ou manchot, ou cul-de-jatte! Je viens d'arriver et déjà, j'ai l'impression d'être infirme. *Je ne veux pas de votre pitié!*

– Ecoutez...

– Laissez-moi finir! Au risque de vous causer un choc, je vais vous dire ce qu'il en est. Vous n'êtes pas un artiste, Théodore Hadley Carpenter. Ni vous, ni vos enfants, ni personne sur Rigel Sept. Vous êtes des artistes ratés, des dilettantes, de vulgaires amateurs plus ou moins compétents. Le talent, voyez-vous, est une gratification exceptionnelle, un don précieux. Si tout le monde se mêle d'en avoir, il disparaît. C'est comme l'or, monsieur Carpenter. S'il jonchait les trottoirs, plus personne ne prendrait la peine de se baisser pour en ramasser. Vous autres qui vous targuez de maîtriser tous les arts, sachez-le une bonne fois : vous n'êtes, vous ne serez jamais que d'habiles faiseurs.

Pas le moins du monde impressionné par cette violente diatribe, le patriarche avança les lèvres en une moue dubitative.

– Est-ce la raison qui vous pousse à nous quitter?

– Si je vous quitte, c'est que... c'est – Vilar jeta les yeux de droite et de gauche, désemparé – c'est que j'en ai envie, voilà! Parce que moi, je suis un artiste, un *vrai*. Le feu sacré, je l'ai reçu pour de bon et je ne veux pas courir le risque de pervertir la pureté de mon talent en côtoyant des béotiens. Si je reste, je suis perdu.

– Quelle erreur, mon cher! En fait de talent, vous avez effectivement quelque chose en plus, une aptitude inestimable dont nous avons le plus grand besoin. Alors pour la dernière fois, je vous le demande: acceptez-vous de rester, oui ou non?

– Pas plus tard que ce matin, vous prétendiez que ma présence ne serait pas tolérée si j'étais incapable d'apporter ma contribution à la communauté. Qu'attendez-vous de moi? Quel intérêt représente un poète de plus pour la famille Carpenter qui en compte déjà une cinquantaine? (Ses yeux flamboyèrent d'un sourire narquois.) Même s'il est meilleur qu'eux tous réunis?

– Vous n'y êtes pas du tout, Vilar. Ce n'est pas d'un autre poète dont nous avons besoin, mais d'un *public*. De ce point de vue, vous présentez toutes les qualités requises.

La révélation s'opéra brusquement. En fin de compte, c'était lui le dindon de la farce. Il n'avait pas compris le fonctionnement de la vie intellectuelle sur Rigel Sept, pas plus qu'il n'avait été capable d'appréhender la nature de son propre rôle dans le jeu des rapports sociaux terrestres. En ce sens, le vieux disait vrai. Ils avaient besoin de lui. Que serait une armée qui compterait mille généraux et pas un seul homme de troupe?

Un rire silencieux le secoua doucement, puis de plus en plus fort et les larmes lui vinrent aux yeux. Cela cessa, mais sa gorge s'efforçait encore de rire, comme des nausées après que l'estomac soit vide.

Au fond, tout était pour le mieux. Aux yeux de ces gens, son unique intérêt résidait dans le fait qu'il fût bon à rien. Dépourvu du moindre talent, il serait l'indispensable spectateur. Parfait. Leur jugement le laissait de glace. En son âme et conscience, il savait ce qu'il valait. Mais si c'était le prix à payer en échange de sa tranquillité, soit. Il serait leur auditoire. Il serait l'analphabète, le candide de service. Il serait leur claque.

– C'est bon, murmura-t-il. C'est bon. J'accepte.

Il imagina l'avenir sur Rigel Sept. Parce qu'il ne savait ni peindre, ni composer, ni écrire, on solliciterait son avis de spectateur impartial. Ses travaux personnels seraient la risée de tous. On le traiterait avec indulgence. Le pauvre, il n'a aucun talent. Tant mieux. La solitude est le lot de tous les artistes dignes de ce nom. C'est au public qu'il appartient de se rapprocher des grandes œuvres, et non l'inverse. Jamais l'inverse. Ainsi en avait-il été d'Emil Vilar, le dernier poète, peu à peu découvert par quelques ignorants et là, les difficultés avaient commencé pour de bon. Plutôt la solitude qu'une cour d'admirateurs imbéciles. Il avait fui. Il avait trouvé asile sur un monde où personne ne le rejetterait ni ne viendrait fourrer son nez dans ses affaires. A l'évidence, il ne servirait à rien de reprendre la route en quête d'un environnement idéal. Partout, il se heurterait à l'incompréhension des hommes. L'environnement idéal, c'était en lui-même qu'il se cachait. Quelque chose comme la paix intérieure. Pour l'atteindre, il fallait rester ferme sur ses principes, se rendre utile d'une manière ou d'une autre afin de sacrifier au rite social, et travailler. Les Carpenter avaient une fringale de louanges. Ils avaient besoin des applaudissements d'un tiers. Vilar n'avait besoin que d'un stylo et d'une ramette de papier.

– Au fait... (Le vieil homme lui jeta un regard confus.) Pendant que vous étiez dans le verger, j'ai pris la liberté de vous emprunter ceci.

Il sortit de sa poche le petit volume bleu et le lui tendit.

– Tiens! Et comment trouvez-vous ma poésie?

Carpenter toussota, se gratta le front, toussota encore et fit des gestes vagues du bout des doigts.

– Ma foi...

– Allons, n'ai-je pas été franc avec vous?

– A vrai dire, deux de mes fils en ont profité pour les lire; à nous trois, nous n'en avons pas trouvé un seul qui présentât le moindre intérêt. Vous êtes totalement nul, Vilar. D'où tenez-vous l'assurance d'être capable d'écrire des vers?

– A vrai dire, je me suis souvent posé la question!

Il rayonnait. D'une main légère, il effleura la reliure bleue. Il savait déjà à quoi ressemblerait le second recueil. Il savait aussi qu'il n'existerait jamais qu'en un seul exemplaire et qu'il en serait l'unique lecteur.

COMME UN FRÈRE

Rocklin émergeait doucement des limbes de l'anesthésie. La réalité s'infiltrait goutte à goutte dans sa conscience. Une réalité blanche comme le plafond blanc d'une chambre d'hôpital. Tout à coup, il le sentit. Tiède, il frissonnait imperceptiblement contre son corps immobile. Il baignait dans un liquide thermonutritif.

Les salauds. On n'a même plus le droit de se suicider en paix, maintenant.

Il ne sentait encore ni ses mains ni ses pieds. Il tenta de fléchir les doigts en se demandant s'ils étaient toujours là. Ses orteils idem. Puisqu'ils le condamnaient à vivre, autant le laisser entier. Il n'avait guère de doute à ce sujet. Les chirurgiens avaient dû se surpasser. Ses parents avaient assez de fric pour lui offrir la régénération du moindre orteil manquant.

La tête rigide, il jeta un coup d'œil circulaire. Du plafond blanc, partout. Le liquide lui arrivait au cou. Un carcan le maintenant sans faiblesse à la verticale. Il voulut tourner la tête et rien ne se passa. Il ferma les yeux, moins las que découragé. Accablé. Son réveil avait dû mettre en branle les servomécanismes. L'escouade de toubibs n'allait plus tarder. Bientôt, le bruissement des voix le cernerait de toutes parts.

Si ça continuait, il allait devenir impossible de mettre fin à ses jours.

La preuve, c'était la troisième tentative de Rocklin en l'espace de six mois. Quand ça l'avait repris, il se faisait dorer la plante des pieds dans la propriété de ses parents au large des Barbades sous le prétexte fallacieux de superviser la récolte de plancton. En fait, son boulot consistait à signer les fiches de paie hebdomadaires. Quant à la récolte... les contremaîtres étaient là pour veiller au grain. Rocklin avait tenu cinq semaines. Passé ce délai, il avait sauté dans le jet familial et gagné Juneau, la ville la plus septentrionale pouvant être atteinte sans escale. La touffeur des Caraïbes en janvier lui rappelait trop certain océan chaud d'une certaine planète de sinistre mémoire. Quand il commençait à broyer du noir le désir de mort devenait irrépressible.

A Juneau, c'était l'hiver. Un hiver plutôt clément : il faisait à peine moins dix à sa descente du jet. Il ne portait qu'une chemisette. Il n'avait pas de bagage.

Pendant une heure, soudé à un tabouret du bar de l'aéroport, il avait bu. Même à Juneau, dix dollars représentent assez de Martini pour se cuiter en si peu de temps. La chaleur l'avait envahi par à-coups. De lourdes bouffées affluaient à son visage quand il avait franchi la porte. Il neigeait. Une demi-heure durant, sans même sentir le froid, il avait marché dans la terne grisaille de cette fin d'après-midi. Des particules blanches s'accrochaient à ses cheveux, à ses sourcils. Les effets de l'alcool se dissipant, la fatigue était venue. Il s'était allongé sur un talus si glacé que ce contact lui avait brûlé la peau. Les yeux clos, un sourire aux lèvres, il avait sentit les flocons se poser doucement sur son visage, son cou, ses bras. Sous ce linceul, qui me trouvera jamais? avait-il pensé. Il allait se reposer un peu et s'assoupir. Et le fardeau qui pesait sur son âme se dissiperait. Plus de souvenirs. Plus de cauchemars. Il allait sombrer dans un très long sommeil, au bout duquel il n'y aurait plus de Léon Rocklin.

Il avait perdu conscience. Après un temps infini, il s'était réveillé.

Ils étaient là. Les médecins. Sans les voir, il flairait leur présence. Rassemblés au pied du réservoir, ils commentaient la lecture des instruments de contrôle bionique qui mesuraient le flux et le reflux de son existence.

– Puisqu'il est revenu à lui, laissons-le respirer un peu, suggéra l'un d'eux.

Il se garda d'ouvrir les yeux. Il les entendit procéder aux ajustements nécessaires et l'étreinte du carcan se relâcha. Les rouleaux masseurs s'écartèrent. Le col du réservoir s'échancra. Impossible de bouger comme il l'entendait dans cet espace exigu, mais du moins pouvait-il tourner un peu la tête.

On l'avait mis dans une chambre individuelle, naturellement. Ses parents n'avaient pas regardé à la dépense. Il fallait compter mille dollars la semaine, mais lésine-t-on quand il y va de la vie de son fils unique?

Trois médecins se tenaient au pied du réservoir. Un vieux à l'air sagace et deux internes encore loin de la trentaine. Dans le fond, il aperçut ses parents. Il remarqua l'expression hagarde de sa mère, les traits tirés de son père dont la lèvre se réduisait à une ligne pincée.

– Léon! hurla Mme Rocklin avec un déchirement dans la gorge.

Un interne pivota vers elle. Le vieux médecin s'approcha du visage dressé du patient.

– Vous faites des progrès stupéfiants, mon garçon. J'ai une bonne nouvelle pour vous : toute menace de gangrène est désormais écartée.

– Vous parlez d'une bonne nouvelle, riposta Rocklin d'une voix dure. Pourquoi ne pas m'avoir laissé pourrir ?

Cela fit mouche. Il fallut quelques secondes au médecin pour retrouver son affabilité.

– Dans deux semaines, vous entrerez en thérapie recréative. Vous serez remis sur pied à la fin du mois. Voici le Dr Heinson. Il s'occupera de vous.

A son visage débonnaire s'en substitua un autre, plus jeune, plus ardent, au regard singulièrement pénétrant. Heinson devait avoir le même âge que Rocklin, vingt-six ans à peine. Il se pencha.

– Vos parents sont là, monsieur Rocklin. Il serait imprudent d'épuiser vos forces renaissantes, mais vous avez la permission de leur dire quelques mots.

– Je n'y tiens pas.

– Léon !

Le cri maternel ressemblait à un sanglot. L'interne se pencha davantage. Ses yeux dévisageaient Rocklin avec une extraordinaire attention. Ce n'était pas de l'intérêt, seulement une infinie patience, comme s'il avait assisté aux lubies d'un enfant capricieux.

Il me hait, décida Rocklin. *Parce que je suis né avec une cuillère en argent dans la bouche alors qu'il a dû en baver pour faire ses études. Qu'il aille se faire foutre! Et le monde entier avec lui.*

– Un séjour de plusieurs semaines dans le réservoir ne prédispose guère à la reprise des relations humaines, concéda Heinson avec un pâle sourire. Faites tout de même un effort, monsieur Rocklin. Vos parents s'arrachent les cheveux depuis...

– Plusieurs semaines ?

– C'est exact. Vous êtes arrivé le 27 janvier. Nous sommes le 1er mars. Vous souffriez de sévères gelures aux mains et aux pieds et d'un refroidissement général. Le traitement a parfaitement réussi. Vous êtes comme neuf, monsieur Rocklin.

– De quel droit vous êtes-vous occupé de moi? De quel droit avez-vous fouillé dans ma vie? Depuis quand est-il interdit à un homme de mettre fin à ses jours?

Le mépris se cristallisa dans les yeux de Heinson. S'il n'avait tenu qu'à lui, disaient-ils clairement, l'euthanasie eût été administrée sur-le-champ.

– A la naissance, nous recevons le don de vie, monsieur Rocklin. Il ne nous appartient pas d'en disposer. Je vous laisse en compagnie de vos parents.

Il sortit de son champ de vision. Sa mère s'avança, hésitante, le visage convulsé sous l'effort qu'elle faisait pour refouler ses larmes.

– Pourquoi, Léon? Pourquoi as-tu recommencé?

– J'étais las de vivre, voilà tout.

– Trois tentatives en six mois! Léon, mon petit, depuis la mort de Jeff nous n'avons plus que toi. Comment as-tu pu l'oublier?

– Mmmmm. Moi et un solide compte en banque.

Il soutint son regard sans sourciller.

– Mon pauvre enfant. L'argent nous offrira-t-il un nouveau fils? Léon, que t'avons-nous fait? Pourquoi nous traiter si cruellement?

Silence. Son père prit la relève. Regard inflexible, visage de bois. Ils n'avaient jamais été très proches. A présent, un gouffre les séparait.

– Tu perds ton temps, Myra. Le suicide n'obéit pas à des motivations rationnelles. Il n'y avait qu'une seule chose à faire. Désormais, nous sommes tranquilles.

Rocklin le toisa comme quelqu'un qui s'attend à être insulté.

– De quoi parles-tu?

– A partir de maintenant, un Acolyte ne te quittera pas d'une semelle.

Le ton était sans réplique. Ils s'observèrent. Même rage froide. Même rancune.

Peu après, découragée par le silence obstiné où s'était enfermé Rocklin, ses parents quittèrent la chambre. Ce silence était une forteresse aussi impénétrable que le sommeil de l'anesthésie. A cette différence qu'en son for intérieur, il hurlait d'indignation. Un Acolyte! Pour quoi, pour qui le prenait-on?

Un gosse?

Exactement. Un gosse irresponsable susceptible de se flinguer si on le laissait seul plus de cinq minutes. Ils avaient fait en sorte qu'il ne soit plus jamais seul. Il ferma les yeux. Une profonde colère, froide et secrète, le dévorait. Douze étages plus bas, un voyant rouge flamboya sur une console de contrôle. Le technicien de service enfonça une touche. Là-haut, un pulvérisateur ultrasonique effleura l'avant-bras de Rocklin. Terrassé par les effets ataraxiques de la drogue, il s'endormit tandis que les rouleaux masseurs s'activaient sur ses muscles convalescents.

Le liquide nutritif était souvent renouvelé afin de conserver intacts ses principes régénérateurs. C'était un corps soigneusement dépouillé de son épiderme brûlé par le froid, un corps écorché vif qu'on avait immergé dans le réservoir. Plus besoin de greffe à présent que la peau avait les moyens de se reconstituer. Au fil des jours, les cellules épithéliales se juxtaposaient. Rocklin dérivait entre le rêve et l'inconscience, abandonnant à une invisible tuyauterie le soin d'assurer son métabolisme. Une existence végétative si semblable à la mort qu'elle en devenait supportable.

Puis la conscience revint, chaque jour plus tenace.

Le passé afflua. Le passé récent. Ses souvenirs ne remontaient pas plus loin que la mort de Jeff.

Il entendit l'explosion. Il revit le chaos de roches et de poutrelles d'acier. Et Jeff au milieu.

Il se rappela ceci : bouclé dans la salle de bains, il s'était tranché les veines des poignets. Qu'avait-il ressenti au juste quand le sang s'était mis à goutter sur les carreaux?

Et ceci : à travers le dédale des ruelles du bidonville, il cherchait la vieille baraque où il savait trouver une archaïque cuisinière. Il avait fermé toutes les fenêtres et les portes, puis ouvert à fond les robinets du gaz et attendu.

Ceci encore : la neige brûlante l'envaloppait. Une douce, une merveilleuse torpeur le gagnait...

Crever dans son coin, peinard, sans rien demander à personne, quoi de plus simple à première vue? Mais non. Ils étaient partout. Les yeux électroniques voyaient tout et transmettaient.

Comment avaient-ils su ce qui se passait dans la salle de bains quand la vie s'épanchait de lui goutte à goutte? Un robot avait fracassé la porte. Et cette vieille cuisine dégueulasse, au fond du quartier le plus pouilleux de la ville, comment l'avaient-ils dénichée?

Ils étaient même allés fouiller sous ce talus de neige, à Juneau!

Les yeux. Les yeux, toujours.

Et voilà qu'en plus des yeux, il y aurait des mains, une voix, un corps. Un corps synthétique pour l'empêcher d'attenter à ses jours. Un Acolyte. Il y avait de quoi vous donner la nausée. Ses mâchoires se contractèrent. Il les haïssait. Leurs couplets répugnants sur le caractère sacré de la vie, ils pouvaient se les foutre quelque part.

Puis le réservoir fut vidé.

Les médecins épluchèrent les cadrans, firent hum et ha et les parois s'écartèrent. Pour la première fois depuis sept semaines, Rocklin contempla son corps. Rose, imberbe, lisse comme celui de l'enfant qui vient de naître. Il avait perdu deux orteils à chaque pied. A leur place se voyaient des bourgeons de chair peu ragoûtants. Son auriculaire gauche en était au même point.

– Ils repousseront, lui assura-t-on. Donnez-leur un an et demi.

Il acquiesça, l'air absent. Lentement, il leva une jambe. Malgré l'action des rouleaux, ses tendons frémirent sous l'effort.

– Trois semaines d'exercices intensifs et vous vous sentirez un homme neuf.

Sa mère avait refusé d'assister à cette renaissance symbolique, mais son père était là quand les mâchoires de caoutchouc se saisirent de lui et le hissèrent hors de la matrice thermonutritive dans laquelle il marinait depuis fin janvier. Un instant, on le soutint, puis le support l'abandonna. Il fit quelques pas chancelants. Vite, on l'enveloppa dans un peignoir. Ses genoux se dérobaient. La tête lui tournait. Il voulait dormir.

– Dès que tu seras en mesure de quitter l'hôpital, tu partiras pour de longues vacances. Les voyages sont formateurs, dit-on. Après un an de pérégrinations, espérons que tu nous reviendras en meilleure forme mentale.

Rocklin sourit avec méchanceté.

– Un exil doré pour le fils maudit, n'est-ce pas?

– Appelons ça une tentative désespérée pour te ramener à la raison.

– J'ai toute ma raison. Je ne me suis jamais senti aussi lucide.

– Tu es un instable. Je ne veux pas de canard boiteux dans la famille. Surtout à présent que tu es mon seul héritier. (Rivé sur son fils, le regard du père demeurait absolument immobile.) C'est pourquoi j'ai décidé que la plaisanterie avait assez duré.

(Sa tête pivota de deux centimètres.) Faites entrer l'Acolyte.

Il franchit la porte tambour et s'avança droit sur Rocklin. Grand, bien balancé, la trentaine, le teint tirant sur le violet avec des reflets bronze. Il portait son sourire comme un masque.

– Content de faire ta connaissance, Léon. Je suis Roy.

Rocklin laissa tomber les yeux sur la main tendue.

– Je n'ai que faire de toi. Fiche le camp!

Le sourire de l'Acolyte semblait tenir avec des élastiques.

– Navré de te contredire, mais tu n'as guère le choix. Je suis programmé pour passer outre à tous les congés que tu pourrais me signifier. Autant te faire une raison : je suis collé à toi aussi solidement qu'une cicatrice.

Horrifié, Rocklin dévisagea son père.

– Comment oses-tu?

– Le procédé manque peut-être d'élégance, mais je n'en connais pas d'autre. Prends-en ton parti et pardonne-moi. Adieu, mon fils.

Il tourna les talons. Léon resta seul avec l'Acolyte.

– Une masse de conduits électroniques, un larbin sorti d'une éprouvette, voilà ce que tu es.

– Que cherches-tu? A m'humilier?

– Je mets les choses au point.

L'androïde haussa les épaules.

– Je suis un fac-similé d'homo sapiens. A certains moments, je pense que mes créateurs auraient été mieux inspirés de me construire sur le modèle d'un oiseau ou d'un poisson. Hélas, on ne m'a pas demandé mon avis. Mais je suis philosophe. Je prends la vie du bon côté.

– Pour une machine, c'est la moindre des choses.

– A ton aise. Mais dis-moi, Léon Rocklin, qui es-tu donc ? Dois-je décrire le processus passablement répugnant au cours duquel sont conçus les êtres humains ? Le coït, c'est bien ça ? Quoi de plus bestial, entre nous ? Et neuf mois plus tard, les douleurs et la saleté de l'accouchement ! Au fond, la seule différence entre nous deux, c'est que ma naissance aura servi à quelque chose.

Rocklin leva lentement la tête, jusqu'au moment où ses yeux se trouvèrent fixés sur ceux de l'Acolyte. Il se mordit la lèvre avec violence. Insulter un androïde, c'était comme coucher avec une poupée gonflable ou boire de l'extrait de rhum.

– Très bien, fit-il en soupirant. Me voilà flanqué d'un Acolyte. Tu es mal tombé, je suis un emmerdeur.

– On verra bien. Prêt pour le traitement ?

Une semaine plus tard, Rocklin dut convenir que l'Acolyte était aussi supportable que n'importe quel humain de sa connaissance. Humain, Roy l'était à tous égards à deux détails près dont le convalescent n'avait cure : une étrange carnation et sa stérilité. Par effet de compensation, l'androïde accomplissait d'extraordinaires exploits sportifs dus à l'efficacité d'un métabolisme conçu pour éliminer la diminution du pouvoir fonctionnel consécutive à la fatigue. Roy ne se fatiguait jamais. Il ne dormait jamais. Acolyte bien entraîné, il demeurait nuit et jour sur le qui-vive en prévision d'un geste suicidaire. Car telle était la fonction des Acolytes : maintenir les hommes en vie contre leur volonté.

L'hostilité de Rocklin se mua en indifférence, puis en une sorte de camaraderie. S'il en voulait toujours autant à son père, ce n'était pas une raison pour faire porter le chapeau à un androïde. Ils devinrent une paire de copains.

Roy participait à tous les exercices. Chaque

matin, pendant une heure, ils se renvoyaient un ballon. Ils nageaient dans la piscine de l'hôpital. Ils soulevaient des haltères. Quand Rocklin prenait une douche dans le vestiaire, Roy offrait son beau corps fuselé et asexué au jet glacé de la douche voisine.

– Pourquoi te doucher à cette heure-ci? demanda l'Acolyte. Tu n'es même pas en sueur. Tu n'as pas eu le temps.

– Parce que j'aime ça, figure-toi. De quoi as-tu peur? Que je m'ébouillante volontairement?

– Tu pourrais glisser sur un morceau de savon, sait-on jamais. Dans mon boulot, il faut être prêt à toutes les éventualités.

Rocklin sentit sa gorge se nouer de colère. Si ce pot de colle se mettait à faire du zèle...

– Je pourrais glisser sur un morceau de savon, et alors? On peut difficilement appeler ça une tentative de suicide!

– Tes parents ne font pas le détail. Accident ou suicide, pour eux le résultat sera le même. Je dois leur ramener un héritier sain et sauf, un point c'est tout.

Rocklin ferma le robinet. Brusquement, il en avait marre. De la douche, de l'hôpital, de l'Acolyte et par-dessus tout, de la vie

Il se rebellait contre le principe de cette surveillance inflexible. Vingt-quatre heures sur vingt-quatre, les yeux attentifs ne le quittaient pas. Roy était devenu son ombre, son frère siamois. Pas une seconde de solitude. Ç'aurait dû être l'enfer. Ça ne l'était pas. Rocklin s'en montrait le premier surpris.

Roy savait ce qu'on attendait de lui. Patience, compréhension, discrétion. Humour. C'était son atout principal. Il n'épargnait personne, pas plus ses employeurs que lui-même. Sincère ou non, son goût de la dérision impressionnait Rocklin.

Les semaines passèrent. L'épiderme du convalescent avait retrouvé son élasticité. Ses forces revenaient. Ses orteils se développaient. Réconforté par une séance quotidienne de psychothérapie, il en arrivait même à ressentir une sorte d'entrain factice qui lui donnait le courage de supporter son déchirement intérieur. Il donnait le change, du moins l'espérait-il. Il était impatient de quitter l'hôpital. En plus de l'Acolyte, il devait affronter la sollicitude inquisitrice d'un bataillon de médecins et de robots, sans compter les espions électroniques. Le moyen de se suicider dans ces conditions? S'il voulait tromper la vigilance de son ange gardien, il devait attendre de se trouver dans un environnement plus favorable.

A la mi-avril, on lui fit savoir qu'il était guéri et libre de partir. Il se sentait en pleine forme. Ses parents s'abstinrent de provoquer de pénibles adieux. Toutefois ils lui adressèrent un colis express. L'Acolyte insista pour l'ouvrir lui-même.

– Eh bien, s'enquit Rocklin. Que contient-il?

– Des billets de spatiobus, des réservations d'hôtels, des lettres de crédit... et du fric! (Roy lui décocha un sourire radieux.) Mon vieux, on va se payer une sacrée virée!

Ils étaient en route pour Huyckman IV quand pour la quatrième fois, Léon Rocklin tenta de mettre fin à ses jours. Depuis quelque temps, il affichait une humeur morose. Vieille compagne, la mélancolie le guettait avec son cortège de doutes et de tourments introspectifs. Il sentait monter en lui le dégoût familier de sa propre existence. La langue déliée par de trop nombreux apéritifs, un passager avait involontairement précipité la crise. Il avait suffi d'un commentaire concernant la poltronnerie de certains diplomates confrontés à un soulèvement anti-terrien sur Vorrilan.

– Si vous aviez vu cette bande de dégonflés! s'était exclamé l'ivrogne. J'étais bouclé avec eux dans l'ambassade et je les voyais verdir chaque fois qu'un Vorrilani balançait une bombe puante par la fenêtre. Je ne connais pas de spectacle plus déprimant que celui d'un homme de cinquante ans pissant dans son froc parce qu'il a peur de mourir. Il y a de quoi vous faire douter de la force morale de l'humanité. La belle affaire que de passer l'arme à gauche! Vous croyez vraiment qu'il y a de quoi...

– Bouclez-la! avait crié Rocklin.

– Je vous demande pardon?

– Taisez-vous. Ne m'adressez plus la parole.

Roy l'avait entraîné à l'autre extrémité du salon, mais c'était irréparable. En l'espace d'un instant, le fragile équilibre établi jour après jour au prix d'un louable effort avait volé en éclats. Non sans complaisance, Rocklin s'était ensuite vautré pendant deux jours dans le mépris de lui-même, savourant la souffrance qui en résultait. Au matin du troisième jour, le miroir lui avait renvoyé l'image du salaud qu'il guettait. Responsable de la mort de son frère, cet homme n'avait pas le droit de vivre.

L'armoire à pharmacie contenait une importante réserve de tranquillisants. La première capsule le détendrait; la seconde lui apporterait la sérénité; à la troisième l'engourdissement s'emparerait de ses membres. La dose mortelle devait s'établir entre quinze et vingt capsules selon la robustesse du sujet. Rien de plus aléatoire qu'un suicide par absorption de tranquillisants. A partir de la troisième capsule, la volonté commençait à flancher. Un risque à courir.

Il fit glisser la boîte dans sa poche. Si Roy remarqua son geste, il ne lui accorda guère d'attention. Rocklin continuait de s'épiler. Avec le plus grand naturel, il goba une capsule. Les effets ne s'en feraient pas sentir aussitôt. Il avait le temps d'ingurgiter les deux suivantes. Il en était à la troisième quand il acheva son épilation. Une torpeur résignée s'appesantissait sur lui et ralentissait ses mouvements. Craignant que sa résolution ne l'abandonne, il battit le rappel de ses souvenirs. Il fallait faire vite. Sous différents prétextes, il se détourna et chaque fois, il avalait vivement une capsule. Quatre, cinq, six...

– Qu'est-ce que tu essaies de faire?

– Moi? (Rocklin bâilla à s'en décrocher la mâchoire.) Pourquoi?

– Ton coude remue sans arrêt. Tu avales des trucs?

– Pas du tout. C'est ridicule.

Il se pencha pour se gratter le genou. De sa poche, une septième capsule glissa dans son autre main. La poigne de l'Acolyte s'abattit sur son épaule. Ses doigts s'ouvrirent. La capsule rebondit sur le sol de céramique. Roy s'en saisit et l'examina.

– Qu'est-ce que c'est?

– Ne t'occupe donc pas.

Il aurait suffi d'une pichenette pour le mettre K.O. mais sa résolution était intacte.

L'Acolyte avait un excellent moyen de savoir à quoi s'en tenir. Il avala la capsule pour l'examiner.

– Un tranquillisant. Tu as besoin de tranquillisants?

– Parfaitement. Je ne me sens pas dans mon assiette.

– Donne-moi la boîte.

– Elle est vide. Je viens de prendre la dernière capsule.

– Pas plus tard que ce matin, elle était encore

pleine. (L'Acolyte fouilla dans l'armoire à pharmacie.) Où l'as-tu cachée?

Rocklin sentait sa résistance fondre comme neige au soleil. L'effort de tendre la boîte acheva de l'épuiser. Roy compta les capsules restantes.

– Pauvre crétin! Tu en es déjà à ta sixième!

Il saisit Rocklin au collet, lui ouvrit la bouche de force et y plongea un doigt. L'instant d'après, le candidat au suicide vomissait spasmodiquement dans la cuvette des W.C. Enfin il se redressa, tout blême et frissonnant.

– Tu aurais pu t'y prendre autrement, tout de même! s'écria-t-il avec hargne.

– C'était ça ou le lavage d'estomac. Tu devrais me remercier. (Roy l'escorta jusqu'au lit sur lequel il le poussa sans ménagement.) Quand te décideras-tu à comprendre? Je suis chargé de te surveiller et je suis *infaillible*!

– Vraiment? J'en étais à la sixième, rappelle-toi. Et si au lieu de tranquillisants j'avais avalé des capsules de cyanure?

Roy opina d'un air las.

– Où te les serais-tu procurées? En fait de poison, tu n'avais à ta disposition que ces tranquillisants, à condition de les prendre tous. Crois-tu que je n'aurais pas fini par remarquer ton manège? Abandonne, Léon. Tu n'as aucune chance, si l'on peut dire.

Rocklin serra les poings.

– Un jour. Un jour, je réussirai.

En fin d'après-midi, installés face à la baie dans le salon des premières classes, ils contemplaient la splendeur polychrome des fantômes de l'univers réel qui scintillaient et miroitaient de fabuleux reflets à travers la nuit sans fin de l'hyperespace.

Ils passèrent leurs commandes. Martini pour Rocklin; chartreuse verte pour l'Acolyte.

– Pourquoi un androïde s'offrirait-il de la chartreuse verte? observa paresseusement Rocklin. Quel gaspillage! Après tout, tu ne peux même pas te saouler!

– Non, puisque j'assimile tout l'alcool absorbé. D'ailleurs les symptômes de l'ivresse me répugnent. Par contre, je suis aussi capable que toi d'apprécier un bon alcool.

– A d'autres! Ta suffisance ne prend pas avec moi. Je parie que tu donnerais la prunelle de tes yeux pour éprouver rien qu'une fois ces symptômes que tu affectes de mépriser. Oserais-tu prétendre que tu n'aimerais pas coucher avec une femme?

– Tu oublies un détail, murmura l'androïde, s'adressant à l'hyperespace qui déployait ses fastes derrière la baie. Je ne suis pas un homme. J'ignore la concupiscence. Crois-le ou non mais je suis plutôt satisfait de mon sort. Je ne t'envie pas, Rocklin.

– N'empêche. Il existe certains plaisirs bassement humains qui valent bien toutes tes sophistications métaboliques.

– Ecoute, si la vie a pour toi tant d'attraits, pourquoi t'entêter à vouloir la quitter?

Une ombre passa sur le visage de Rocklin.

– Cela n'a aucun rapport.

– Tu parles! L'alcool et les femmes constituent les pôles les plus importants de ton existence. Quand on est mort, tout ça est liquidé. Je me demande si tu t'en rends bien compte.

D'une soudaine détente, l'Acolyte s'arracha au profond dossier et se pencha. Ses yeux pénétrants scrutaient les traits butés, irrévocablement modelés en forme de défi.

– Vide ton sac, Léon Rocklin. J'en ai marre de travailler dans le brouillard. Tu veux te flinguer, soit. Mais pourquoi?

– Je n'ai pas envie d'en parler.

– Je m'en moque. Il faut que je sache à quoi m'en

tenir, surtout si nous devons passer soixante ans en tête-à-tête. Pourquoi te hais-tu à ce point?

Rocklin vida son verre d'une traite.

– Disons que j'ai laissé passer une occasion. Je m'en veux tellement que je n'ai plus de goût à rien. Cela te suffit?

– N'y compte pas. Je veux les détails, tous les détails.

– Va te faire voir.

– Parfait. Il me serait si facile de t'arracher ton secret de force. Tout ce que j'ai à faire, c'est de t'hypnotiser.

– C'est dégueulasse.

– Et alors? Les Acolytes sont sans scrupule et d'une insatiable curiosité. Je *veux* savoir. Il y a trop longtemps que tu gardes ça pour toi.

Rocklin se renversa en arrière. Il se prit le crâne à deux mains et le pressa comme pour en exprimer toutes les chimères.

– D'accord, chuchota-t-il. D'accord. (Ses paupières s'abaissèrent et se rouvrirent d'un seul coup. Il braqua les yeux sur l'Acolyte.) Mais jure-moi que personne n'en saura rien. Surtout pas mes parents.

– Pour qui me prends-tu ?

Il y avait un an de cela. Rocklin prenait du bon temps sur Dennison VII, une planète terramorphe sur laquelle ses parents possédaient plusieurs plantations. Médiocrement intéressé par la gestion du domaine, le cadet consacrait toute son attention aux jeunes indigènes de la troisième génération, ravissantes créatures au teint de miel qui profitaient de la clémence du climat pour se balader sans un fil sur le dos. L'une d'elles, fille d'un contremaître de la plus grosse exploitation Rocklin, se prénommait Lorraine. Elle était nette et désirable, avec un corps de nageuse et une passion pour les jeunes et riches étrangers. Le ciel restait uniformément bleu. Le soleil brillait d'un éclat sans pareil. Plusieurs mois s'étaient écoulés quand Jeff Rocklin fit son apparition.

De trois ans l'aîné de Léon, Jeff en aurait bientôt vingt-huit. Au physique, il n'avait rien à envier à son cadet; au moral, c'était le jour et la nuit. Digne héritier de l'empire Rocklin, Jeff était un homme de dossiers et d'action, un battant. Le peu d'amitié qui aurait pu subsister entre eux s'était depuis longtemps dilué dans la conviction largement répandue que Léon était un aimable bon à rien, tout juste capable de dépenser le fric amassé par les autres tandis que Jeff prendrait les rênes de l'affaire à la mort de leur père.

– Que viens-tu faire ici? voulut savoir Léon. M'espionner?

– Ne te fais pas d'illusions. Tes faits et gestes nous intéressent beaucoup moins que ceux de nos régisseurs. (Jeff ne mâchait jamais ses mots.) Il se passe ici quelque chose de louche. Nous ne pouvions tout de même pas compter sur toi pour tirer ça au clair, n'est-ce pas?

Jeff se mit à l'œuvre. Après avoir décortiqué les livres de comptes, il fit défiler les responsables dans son bureau et l'écho de ses harangues se répercuta d'un bout à l'autre du domaine. Une fois de plus, malade de jalousie, Léon put apprécier l'efficacité de son frère, ses qualités de chef, son autorité, tandis que lui... Ce contraste saisissant alimentait les conversations. Léon ne supportait pas la comparaison. Il était assez lucide pour s'en rendre compte. Il n'était pas assez superficiel pour s'en moquer.

Un soir, Jeff fit connaître son intention d'aller inspecter les galeries de la mine de cuivre récemment ouverte. Un investissement considérable dont le rapport s'était révélé décevant. Le lendemain matin, Léon se trouva seul sur la plage. Lorraine était en retard. Elle arriva enfin, pâle et défaite. Il se montra persuasif. Après moult cajoleries, elle lâcha le morceau.

– Léon, ils veulent tuer ton frère.

– Qui? Où? De quoi parles-tu?

– Cet après-midi, dans la mine. J'ai surpris leur conversation, hier soir.

Léon en eut le souffle coupé. Puis les questions affluèrent. Frénétiques, incohérentes.

– Ton frère a découvert des trous dans la comptabilité. Ça n'a rien d'étonnant. La moitié des directeurs piochaient dans la caisse. Ils ont décidé de dissimuler une charge d'explosif dans le panneau de contrôle de la grande galerie. Quand il voudra presser un bouton, tout sautera. Je suppose qu'ils mettront ça sur le compte d'un effondrement. Il n'y aura pas de témoin pour assister à l'explosion. Tout le monde versera des larmes de crocodile et tu n'auras plus de frère.

Léon se mit à courir en tous sens sur la plage. Plongé dans un état de fébrilité extraordinaire, il ne savait quelle décision prendre. Jeff devait arriver à la mine aux alentours de midi. Il avait juste le temps de le prévenir. Serait-il convaincu? C'était une autre histoire.

Il emprunta un camion de la plantation et pied au plancher fonça vers l'entrée de la mine. Et tout ce temps, il ne cessait de se répéter : *Pauvre con, tu ne comprends donc pas qu'ils vont en profiter pour te liquider toi aussi? La confession de Lorraine est un piège pour t'attirer là-bas. Fous le camp! File au spatioport et saute dans le premier vaisseau.*

A mi-chemin, il vira sur place sans ralentir, manqua se ficher en l'air, redressa et se retrouva le capot en direction du spatioport. Il roula pendant dix minutes en s'efforçant de ne penser à rien avant de virer de bord. Impossible de lâcher Jeff. Un meurtre, c'était trop grave.

A midi dix, il franchissait les grilles.

– Mon frère est-il arrivé? hurla-t-il à la sentinelle.

– Il est descendu il y a un instant, monsieur Rocklin.

Léon claquait des dents. Et s'il arrivait pile au moment de l'explosion? Et s'il restait coincé dans le puits? Et si...

– Vous avez un téléphone? Il faut que je lui parle, vite!

Impossible de le joindre. On ne savait même pas où était Jeff. Le cadet tergiversa encore. Puis, tout à coup :

– C'est bon. Je vais descendre.

Il prit l'ascenseur jusqu'au niveau zéro où se trouvaient les différents panneaux de contrôle.

– Où est mon frère? Où est Jeff?

En silence, on lui désigna le boyau de la grande galerie. Il prit ses jambes à son cou, trébuchant à plusieurs reprises, sinuant entre les camions à servocommandes. Enfin, il aperçut, silhouetté contre la masse du panneau général, un homme en combinaison gris foncé. Il était seul. En tout cas, il n'y avait personne d'autre en vue.

– Attention! hurla Léon Rocklin. Ne touche à rien. Jeff, il ne faut pas! Ils ont...

L'explosion arracha les poutres du chevalement et l'extrémité de la galerie se mua en un rectangle d'un rouge incandescent. Une gigantesque vague d'air brûlant le jeta en l'air, puis l'écrasa au sol. Il se tordit le cou et ne vit qu'un bouillonnement fuligineux d'où surgissaient çà et là des fragments informes. La poussière soulevée par l'explosion l'enveloppa de ses tourbillons noirs et aveuglants. Avec eux arriva l'odeur. Il rampa en direction de l'accrochage du puits.

– C'est ainsi qu'il est mort? demanda l'Acolyte.

– On n'a presque rien retrouvé, souffla Rocklin. Et moi... Eh bien moi, je m'en suis tiré avec quelques égratignures. A la fin de la semaine, je quittai Dennison VII sans avoir témoigné à l'enquête. Plus tard, on a découvert des débris. Des débris de bombe. Personne n'a été inquiété.

– Voilà pourquoi tu ne peux pas te sentir?

– Je l'ai tué. Aussi sûrement que si j'avais placé l'explosif moi-même. (Sa voix se brisa. Il plongea son visage dans ses mains.) J'ai tué mon frère. Mes hésitations, ma lâcheté... c'était une question de minutes, et je le savais. Si j'avais vraiment voulu le sauver, je n'aurais pas rebroussé chemin, je n'aurais pas pensé à moi. Il serait vivant, à l'heure qu'il est. Mais non, je me suis arrangé pour arriver le plus tard possible!

– Tu es tout de même descendu, fit observer l'androïde sans conviction.

– Trop tard! Quand il était devenu évident que je n'aurais plus le temps de le prévenir. Je voulais sa mort, il n'y a pas de doute. Sans cela je serais allé directement à la mine et je l'aurais rejoint aussitôt. Je haïssais sa morgue, son assurance, son efficacité. Je haïssais la grande, l'écrasante, l'évidente supériorité qu'il avait sur moi. Alors je l'ai tué, c'est aussi simple que cela.

– Par conséquent, le seul moyen de racheter le frère indigne, c'est de le supprimer à son tour, exact?

– Tu vois une autre solution?

Le silence tomba entre eux, lourd et palpable.

– Je ne te crois pas, dit subitement l'Acolyte. Tout ça, ton désir de mort, c'est du chiqué, de l'épate, de l'esbroufe.

Rocklin se redressa. Une expression de stupeur craintive se peignit sur son visage défait.

– De quoi parles-tu? Qu'est-ce qui te fait dire ça?

– Tu joues la comédie. Tu t'es concocté un petit mélo intime dans lequel tu tiens la vedette. L'obsession du suicide, c'est encore le moyen le plus sûr de rameuter l'attention générale. Mais tu n'as pas du tout envie de mourir. Tu n'as pas assez de cran pour ça. Pas plus que tu n'en avais assez pour sauver ton frère.

Les mâchoires de Rocklin se contractèrent.

– Pourquoi t'a-t-on engagé, robot? Pour jouer les chiens de garde ou les psychologues du dimanche? Il faut que tes rouages soient détraqués pour que tu oses me parler sur ce ton! Insulte-moi encore une fois et je préviens tes employeurs!

– Calme-toi. Si je mens, explique-moi pourquoi tu as prévenu les flics avant de te taillader les poignets ou de t'enfermer dans cette cuisine? Pourquoi as-tu proclamé à la face de tous ceux qui se trouvaient dans le bar de Juneau que tu avais l'intention de te coucher dans la neige et de te laisser mourir de froid?

Rocklin le dévisageait avec une espèce d'horreur délicate. Ses yeux agrandis ne cillaient pas.

– C'est faux, fit-il d'une voix somnolente. Je n'ai jamais prévenu personne. Je n'ai jamais... D'où tiens-tu ces ragots?

– Tout est dans ton dossier, mon petit vieux. Avant chaque tentative, tu te donnais toutes les garanties d'en sortir vivant. C'est comme de vouloir t'empoisonner à mon nez et à ma barbe!

Le poing de Rocklin s'abattit sur la table.

– J'étais sincère! Si ce que tu dis est vrai, je ne me souviens de rien! De rien!

L'androïde fit la moue.

– Admettons. Tu es assez cinglé pour ne t'être rendu compte de rien. Mais dis-moi une chose: pourquoi ne t'es-tu pas balancé du cinquantième étage? Il est tout de même plus difficile de recoller un cadavre que de procéder à des transfusions sur un type qui vient de se couper les veines. Tu aurais pu te coller une balle dans la tête. C'est radical. Quand on veut vraiment se suicider, on ne se trompe pas sur la méthode. Tu es en toc, Léon Rocklin. Aussi profond que l'on veut prendre la peine de creuser.

Rocklin se passa la langue sur les lèvres. Elles étaient sèches et salées. L'Acolyte avait trouvé le défaut de la cuirasse. Un défaut insoupçonné. Il avait frappé juste et fort. Un coup fatal. Rocklin était acculé.

– Mets-moi à l'épreuve, murmura-t-il. Accorde-moi cinq minutes de solitude.

– Tu te fous de moi?

– Qu'est-ce que tu risques?

– Sait-on jamais? Même les plus lâches trouvent en eux des réserves de courage quand ils sont au pied du mur. Qu'il t'arrive malheur et je suis bon pour la casse. Pas question de jouer avec le feu. Je veux *vivre*, moi aussi!

– La casse?

– Si ma mission échoue, cela voudra dire que je suis défectueux et je me retrouverai en pièces détachées. Voilà pourquoi tu n'as aucune chance avec moi.

Aucun incident ne vint troubler le calme de cette fin de croisière. Les paroles brutales de l'Acolyte furent longues à produire leur effet. Plus Rocklin s'imprégnait de leur véracité, plus lui apparaissait le caractère artificiel, frimeur, ridicule en fin de compte de sa mélancolie suicidaire. Les révélations de Roy l'avaient secoué. Déjà, la mort de Jeff s'estompait. L'étau de culpabilisation se desserrait. Doucement, Léon Rocklin commençait à ressentir le contrecoup de cette lucidité nouvelle et impitoyable. Son mépris de lui-même s'accrut considérablement. Non seulement il n'était pas encore libéré du poids de sa faute, mais en plus sa conscience lui demandait des comptes pour son imposture.

Il était de nouveau en plein désarroi quand le vaisseau atteignit Huyckman IV. Rocklin n'y était jamais venu et l'excitation de la découverte refoula quelque peu ses conflits intérieurs. Huyckman IV était un des fleurons de la Chaîne des Loisirs Interstellaires. Une planète dévolue au plaisir, à la détente, aux vacances.

La galaxie regorgeait de systèmes solaires et dans la mesure où nulle autre espèce ne s'avérait assez développée pour talonner l'humanité dans sa colonisation de l'espace, chaque planète semblait bonne à prendre. Il y en avait même trop par rapport au nombre de colons disponibles. C'était ainsi qu'avait germé l'idée de convertir les plus belles d'entre elles en centres de vacances pour milliardaires.

A travers ses principaux continents et ses nombreux archipels, Huyckman IV offrait une gamme de paysages et de climats incomparables, depuis le désert brûlant jusqu'aux solitudes arctiques. Montagnes himalayennes, forêts giboyeuses, océans fertiles en monstres à côté de quoi le plus spectaculaire tarpon faisait figure de têtard, il n'y avait pas de rêve, esthétique ou sportif, que cette perle de la galaxie ne pût réaliser. L'infrastructure hôtelière naissante mettait neuf relais luxueux à la disposition du voyageur, tous reliés entre eux par turbocoptères.

La navette déposa Rocklin et son Acolyte sur la plage de l'hôtel situé sur l'île maîtresse d'un archipel dont la poussière se déployait à deux mille kilomètres de l'extrême sud du continent oriental. Des rouleaux bleus déferlaient sur le sable d'une sombre couleur volcanique où le ressac abandonnait la dentelle immaculée de l'écume. Entre les palmiers gigantesques se voyait une falaise blanche.

En surplomb se détachaient les facettes ahurissantes d'un bâtiment de verre et de béton.

– Que c'est beau, murmura l'androïde. Peut-on dire, après avoir contemplé cette harmonie magnifique de formes et de couleurs, que la vie ne vaut pas la peine d'être vécue?

– Je ne vois que le ciel, la mer et quelques arbres, la sempiternelle triade, riposta Rocklin avec ennui.

– Ne me dis pas que tant de beauté te laisse indifférent?

– J'ai faim. Allons nous caler l'estomac.

L'hôtel contenait quatre cents chambres dont une poignée seulement était occupée. On leur servit le petit déjeuner sur la terrasse, face au soleil levant. Ils n'échangèrent pas dix mots.

– Louons un bateau, proposa l'Acolyte quand les plateaux furent vides. Nous pêcherons jusqu'au crépuscule. Ensuite... Tu comptes broyer du noir toute la journée?

– Je me sens déprimé, si tu veux le savoir.

– Ça se voit. Que se passe-t-il? (Roy eut un sourire madré.) Peut-être qu'une femme saurait te dérider. J'appelle la réception.

– Pour que tu puisses te rincer l'œil? Non, merci bien.

– Je saurai me faire oublier. J'ai l'habitude.

– Non! Il n'en est pas question.

– Comme tu voudras.

Rocklin se leva d'un bond. Il se mit à arpenter la chambre.

– Je n'en peux plus! J'étouffe. Voilà des mois que tu me dévores des yeux! Combien de temps encore? Combien de temps? (Il étreignit la main carminée de l'androïde.) Ecoute, tu reconnais toi-même que mes intentions suicidaires ne sont pas sérieuses. Laisse-moi seul, je t'en supplie. Un jour ou deux. Quelques heures. Le temps de souffler un peu.

– Impossible.
– Devrai-je traîner ce boulet jusqu'à la fin de mes jours?
– Jusqu'à l'expiration du contrat qui me lie à toi. Je n'y suis pour rien, Léon.
– C'est à devenir fou. Je vais craquer, tu comprends? Et cette fois, ce ne sera pas du chiqué.
– Tu dramatises encore. D'autres humains ont appris à vivre avec un Acolyte.
– Combien coûtes-tu, au fait?
– Deux cents dollars par jour, plus les frais.
Rocklin lança les bras au ciel.
– Seigneur! Une fortune pour faire espionner leur fils jour et nuit!
– Mets-toi à leur place. Ils veulent un héritier flambant neuf.
– Je t'offre cinquante dollars de plus pour laisser choir.
Roy partit d'un rire joyeux.
– Ne sois pas ridicule. Que ferais-je de tout ce fric, moi, un pauvre androïde? Sortons. J'ai envie de remuer un peu. Cela nous fera le plus grand bien.

A la réception, Roy s'occupa de la location d'un bateau de pêche. Rocklin rongeait son frein un peu plus loin. Cela ne pouvait durer. L'Acolyte avait rempli sa mission. En lui faisant toucher du doigt la vanité de ses fantasmes morbides, il l'avait rendu inapte au suicide. Inapte, se répéta-t-il avec satisfaction. Léon Rocklin était un lâche, tout juste capable de se cramponner aux lambris dorés de son héritage. Un pauvre type, un nullard, mais l'ange gardien pouvait disposer. Il n'y a pas de remède contre la nullité.
Jamais ses parents n'accepteraient leur échec. Léon resterait jusqu'à leur dernier souffle le gosse à problèmes, le petit dernier qu'il s'agit de protéger

contre lui-même. Pendant des années encore, l'ombre le talonnerait.

– Désirez-vous un bateau pour deux ou préférez-vous vous joindre à un groupe? s'enquit poliment l'androïde de la réception.

– Un petit bateau suffira, dit Roy.

Rocklin avait entendu. Il se précipita.

– Nous irons avec le groupe, je vous remercie.

Il frémissait à la perspective d'une nouvelle journée en tête-à-tête. Il crevait d'envie de parler à quelqu'un. Un être humain de préférence.

– Un groupe de quatre quitte le port dans une heure. Vous verrez. Ce sont des gens passionnants.

Sans se presser, ils descendirent.

Deux couples attendaient sur la jetée, dont une toute jeune fille et son père. Une petite poupée rousse et bronzée dont les rondeurs adolescentes se trouvaient soulignées par le fameux une-pièce « pulvérisé » que la mode avait récemment imposé aux moins de vingt ans. Rocklin se sentit gagné par un trouble familier. La grâce provocante de cette nudité laquée était la plus bouleversante invention des stylistes depuis la nudité absolue.

– Terry Ravenhurst, dit la ravissante enfant avec une pointe d'accent théâtral guindé qui fleurait bon la vieille souche coloniale. Voici mon père, Harold Ravenhurst. Il m'a menée ici pour fêter mon diplôme. C'est fantastique!

– Léon Rocklin. Roy, mon Acolyte.

– Enchanté.

Ravenhurst échangea une poignée de main avec l'androïde, puis avec Rocklin. Les Acolytes étaient partie intégrante de la vie sociale. Il ne serait venu à l'idée de personne de les snober ou de s'interroger sur leur présence. C'eût été aussi indélicat que de montrer du doigt une infirmité.

L'autre couple se présenta.

– J'habite la Terre, dit Rocklin.

– Nous y allons le mois prochain! s'exclama Terry Ravenhurst. Nous sommes de Dornall II. Je n'avais encore jamais quitté ma planète!

Une gosse, songea Léon Rocklin. Une cervelle de moineau avec un corps de sirène. Lorgnant sur les courbes adorables, toutes soyeuses sous leur impalpable enduit aux reflets irisés, il se faisait l'effet d'un vieillard libidineux. Coincé entre l'Acolyte et le paternel, il devrait se contenter du plaisir des yeux.

Dans un ronflement de turbines distingué, le yacht à pilotage automatique mit le cap sur l'horizon où s'amoncelaient les nuages. Plantée à l'avant, Terry surveillait l'écran radar sur lequel s'inscrirait la présence de toute créature sous-marine d'une taille intéressante. Ree Gardner s'entraînait à manier le harpon. Sa femme Lorna ainsi que les trois autres passagers prenaient le soleil sur le pont.

Rocklin méditait sur son thème favori.

Je pourrais toujours profiter d'un instant d'inattention de Roy pour sauter par-dessus bord. Il plongerait c'est sûr. Mais je suis bon nageur. Si j'ai suffisamment d'avance, les vagues aidant, je pourrais me perdre...

Le hic, c'était qu'il n'avait aucune envie de se noyer. Pour un type comme lui, la vie n'était que luxe, calme et volupté. Il y avait les couchers de soleil vus d'une plage tropicale, le moelleux d'un steak cuit à point, le roulis des hanches de Terry Ravenhurst, tellement appétissantes sous leur pellicule bizarrement rayée...

Si seulement je pouvais oublier Jeff. La mort de Jeff. Si seulement je pouvais me débarrasser de l'androïde et reprendre une existence normale.

– Venez vite! cria la jeune fille. Je vois quelque chose à bâbord.

Tout le monde se précipita. L'animal qui dérivait lentement en-dessous d'eux projetait sa masse sombre sur l'écran.

– Trop profond, marmonna Ravenhurst.

– Et trop gros, fit observer Gardner. Nous ne sommes pas de taille à nous attaquer à ce genre de monstre.

– Combien mesure-t-il d'après vous? questionna Rocklin.

– Pas loin de six mètres, et tout en dents. Je ne lui chercherais pas querelle.

Des rivages déserts surgissaient de loin en loin. Rocklin s'imaginait, nouveau Robinson, amenant la femme de sa vie sur l'une de ces îles, vivant avec elle de poissons et de racines et goûtant la rude saveur des joies élémentaires.

Cet Acolyte a une influence déplorable. Voilà que je songe à me marier à présent! C'est horrible! Il est en train de me transformer en bourgeois. Si je ne me rebiffe pas je vais me retrouver dans la peau d'un nouveau Jeff!

La tempête frappa sans crier gare. Les nuées obscurcies se déchirèrent d'un coup. Des cataractes de pluie s'abattirent sur l'océan brusquement déchaîné. Des rafales formidables décapitaient la crête des vagues et soulevaient des tourbillons d'écume.

– Dans la cabine, dépêchez-vous! cria Gardner.

La houle les faisait piquer dans les creux à un angle impressionnant. Des trombes d'eau dégringolaient sur le pont. Les Gardner disparurent dans l'écoutille.

– Terry! hurla Ravenhurst.

Cramponnée des deux mains à la rambarde, le visage fouaillé par la pluie et les embruns, la jeune fille n'écoutait pas. Spectacle romantique et sauvage s'il en fut, la tempête la fascinait. Rocklin et Roy s'attardaient eux aussi.

– Descendons, proposa l'androïde.
– Mais non. C'est magnifique. Que peut-il nous arriver?
– Nous pourrions être emportés, voilà tout.
– Terry! Viens ici tout de suite! vociféra Ravenhurst.
A cet instant précis, une vague énorme se dressa comme une montagne à l'avant du yacht et s'écroula sur le pont dans un craquement effroyable. Un segment de rambarde se rompit quelque part et voltigea dans l'air. A demi aveuglé par l'écume, Rocklin vit la tige de bois percuter le crâne de l'androïde avec une violence inouïe. L'eau se retirait. Il faillit perdre pied. Roy chancela, tournoya sur lui-même et s'effondra. Un hurlement aigu couvrit momentanément le sifflement incessant du vent. Rocklin se retourna et comprit. C'était Harold Ravenhurst qui venait de pousser ce cri. A l'endroit où s'était trouvée la jeune fille il n'y avait plus rien, pas même de rambarde.
Rocklin se jeta à genoux à côté de l'androïde.
– Roy, réveille-toi. La fille a été emportée! Il faut que tu la sauves. Vite! Vite!
Roy ne broncha pas. Rocklin se redressa. Fou de désespoir, Ravenhurst s'arrachait les cheveux. Il n'y avait personne d'autre sur le pont.
Rocklin plongea dans l'eau opaque. Le froid le pénétra jusqu'aux os. Sous la surface houleuse, le monde était vert et sans dimension.
Il est hors circuit. Mort, peut-être. Je suis libre. Libre de mourir. Il me suffit d'ouvrir la bouche et de me laisser couler.
Où est la fille?
Sa tête émergea. Le vent lui laboura le visage comme une lame de rasoir émoussée. Il crachait et haletait. Les vagues le ballottaient comme un toboggan et lui jetaient leur écume dans les narines et dans la bouche. A l'apogée de l'une d'elles, il crut

deviner sous lui une silhouette noire, gigantesque...

Il voulut crier, avala un bon litre d'eau salée et se mit à barboter furieusement. Alors il la vit, toute proche. La houle l'engloutit, la balaya aussitôt. Elle réapparut fugitivement, glissa profondément, surgit à nouveau et cela recommença. Ses poumons devaient être gorgés d'eau. A ce rythme, elle ne tiendrait plus longtemps. Rocklin s'en rapprocha à grandes brasses vigoureuses. Il voulait l'appeler, mais sans doute n'entendrait-elle pas. Il en serait quitte pour une nouvelle tasse. Il nageait, nageait.

Les vagues l'aidaient, à présent. Affolée, la jeune fille s'évertuait à se maintenir à flot sans avancer. Soudain, elle faiblit. Rocklin n'eut que le temps de la saisir aux aisselles avant qu'elle ne coule.

– Détendez-vous, s'entendit-il crier d'une voix qui s'efforçait d'être calme. Laissez-vous aller. L'orage s'éloigne.

D'un geste convulsif, elle lança les bras autour de son cou. Ils coulèrent tous deux. Quand il parvint à la ramener à la surface, ils étaient presque aussi noyés l'un que l'autre. Elle se laissa prendre en remorque et s'abandonna complètement. Elle était lourde. A chaque brasse, Rocklin sentait ses forces décliner. Il chercha le bateau des yeux. Tout surpris, il le découvrit à moins de cent mètres alors qu'il venait sur eux en décrivant un arc de cercle contre la houle. Il redoubla d'efforts. La jeune fille se mit à battre des pieds.

Ils étaient tous sur le pont, criant et gesticulant. Ree Gardner leur lança un cordage. Ils se laissèrent haler jusqu'à l'échelle.

La révélation ne s'opéra pas aussitôt. Il s'était étrillé. Il venait d'engloutir son troisième cognac quand il prit conscience de la portée de son acte. Il avait risqué sa vie pour sauver une inconnue.

Au fait, pourquoi avait-il plongé? Pour donner tort à l'androïde et disparaître une bonne fois pour toutes ou pour secourir Terry Ravenhurst?

Roy le dévisageait en souriant.

– Tu t'es débrouillé comme un chef, Rocklin. Il t'était si facile d'en finir. Dans l'état où je me trouvais, tu aurais pu faire n'importe quoi. Je n'aurais pas pu lever le petit doigt.

Rocklin braqua sur lui ses yeux rougis. Quelque chose, dans l'intonation de l'Acolyte, démentait l'innocence de ses propos.

– Tu n'étais pas du tout dans les pommes, n'est-ce pas? fit-il d'une voix sourde. Tu faisais semblant, pour voir si je sauverais la petite ou si je me laisserais couler.

– Quel esprit tortueux! Comment aurais-je pu prendre un tel risque? En te laissant une chance de te noyer, c'était mon propre arrêt de mort que je signais!

Rocklin n'était pas convaincu. Il ne le serait jamais. Comment savoir si Roy était le plus dévoué des Acolytes ou simplement un habile thérapeute?

Bouleversé, il constata que peu lui importait. Une seule chose comptait: il était guéri. Il pouvait recommencer à vivre.

À LA CROISÉE DES CHEMINS

Plus tard, Alfieri comprit que pour sauver une vie, il fallait en sacrifier une autre. Pour l'instant, il ne savait qu'une chose : il voulait vivre. A n'importe quel prix.

Il était devenu *l'uomo dal fuoco in bocca,* l'homme qui a du feu dans la bouche. Un cancer lui ravageait la gorge. Grâce au voxophone, il pouvait encore parler mais le moment approchait où le feu dévorant le consumerait jusqu'aux os. Le moment où il n'y aurait plus de Franco Alfieri. Impossible de s'y résigner. Il sollicita un Transfert.

Il avait les moyens de se l'offrir. Car il fallait de l'argent, beaucoup d'argent pour que s'ouvre devant soi la porte d'accès aux autres univers. Les gestionnaires de l'opération étaient rien moins que de purs philanthropes. Ils avaient leurs raisons. Chaque Transfert consommait quelque trois millions de kilowatts, de quoi alimenter en énergie une ville de moyenne importance. Alfieri s'en moquait. Il était prêt à payer. De quelle utilité lui serait bientôt son compte en banque si les êtres qui l'accueilleraient au terme du Transfert ne lui rendaient pas la santé ?

– Montez sur la plaque, dit le technicien. Placez vos pieds sur le triangle rouge. Cramponnez-vous au garde-fou. Ne bougez plus. Attendez.

Alfieri s'exécuta. Depuis longtemps, personne ne

s'était avisé de lui adresser la parole sur ce ton mordant et détaché. Du point de vue du technicien, il ne représentait qu'une signature au bas d'un chèque et cent cinquante livres de viande avariée. C'était ainsi. Il fixa les yeux sur les pointes miroitantes de ses souliers, comme s'il voulait les imprimer dans ses prunelles. Il étreignit le garde-fou de velours jaune. Il ne bougea plus. Il attendait la décharge.

Il avait une idée assez précise de ce qui allait lui arriver. Vingt ans auparavant, quand la grille énergétique avait fait son apparition en Europe, Alfieri n'était encore qu'ingénieur électronicien. Un excellent ingénieur. Par la suite, il avait abandonné sa profession pour jeter les fondations d'un empire industriel qui déployait ses tentacules des Alpes aux vagues dorées de la Méditerranée. Malgré sa réussite spectaculaire, il avait suivi avec une passion jamais démentie l'évolution des technologies de pointe. Il tirait une certaine fierté de cette obstination. Alfieri, disait-on de lui, peut entrer dans n'importe quelle usine sans s'y sentir dépaysé. Il s'approchera d'un établi, observera le travail de l'ouvrier et, s'il se livre à des commentaires, il aura toujours l'air de savoir de quoi il parle. Et il le saura. Bien peu de grands chefs d'entreprises peuvent se vanter d'en faire autant. Aujourd'hui, Alfieri se flattait de ce que le fonctionnement du Transfert n'avait pas plus de secrets pour lui que pour un mordu de technologie peu doué pour les mathématiques.

Il savait qu'à l'instant de la décharge se produirait un phénomène baptisé singularité, observé dans l'univers au voisinage immédiat des étoiles en voie de disparition. Quand une étoile va mourir, quand une nova flamboie de ses derniers feux, l'univers se fracture. Cette faille ouverte sur l'inconnu n'est autre que la singularité. A mesure que l'astre décline il tend vers le rayon Schwarzchild, le point critique où la singularité va l'engloutir. Le temps ralentit. L'éclat faiblissant de l'étoile vire au rouge. A peine est-elle absorbée que le temps s'emballe jusqu'à l'infini. Si un homme se trouvait là, il serait lui aussi précipité dans la singularité. Emporté par un courant attractif d'une formidable puissance, il serait simultanément étiré à l'extrême et comprimé de même. Son volume réduit à zéro, sa densité propulsée vers l'infini, il serait projeté dans une autre dimension. Ailleurs.

Le laboratoire n'avait pas de nova à sa disposition, mais en y mettant le prix, il pouvait simuler les conditions de formation d'une singularité. A la faveur d'une distorsion artificielle de l'univers se produirait la fameuse fissure à travers laquelle le client serait catapulté à l'intersection de plusieurs mondes, en un lieu où les cancers de la gorge avaient cessé d'être des maladies incurables.

Les secondes s'écoulaient. Alfieri regardait la pointe de ses souliers. Deux petits miroirs polis. Il portait son complet de tweed acheté à Londres en 95 et une cravate assortie dans les gris-vert. Ses cheveux blonds désertaient son crâne. Il pouvait avoir cinquante ans. Un saphir jetait un éclat terne à son annulaire droit. Quand le Transfert s'opéra, il ne se rendit compte de rien. L'univers se déchira. Alfieri fut happé par un tourbillon vertigineux qui débouchait en un monde que Newton n'aurait jamais osé imaginer.

Il s'appelait Vuor.

– Vous voilà à mi-chemin, annonça-t-il.

Alfieri jeta un coup d'œil circulaire. A première vue, rien n'avait changé. Une salle aux parois de quartz, vide si ce n'était la plaque métallique sur laquelle il se trouvait. Ses mains n'avaient pas lâché le garde-fou. La seule différence, c'était Vuor. Pas de doute, le Transfert avait réussi. Alors qu'entendait la créature par « mi-chemin ? »

D'une carnation de tubéreuse, son visage se réduisait à sa plus simple expression : une fente pour la bouche, deux fentes pour les yeux, pas de narines visibles. Le tout plat et massif, posé sur un cou trapu surgi d'un torse triangulaire où prenaient naissance des membres noueux. Alfieri ne fut pas surpris outre mesure. Bien que l'espèce de Vuor lui fut inconnue, il avait eu souvent l'occasion de traiter avec des extra-terrestres. Depuis longtemps, leurs aspects extravagants avaient cessé de l'étonner.

Il souffrait atrocement. Il avait opté pour un sédatif léger afin de conserver jusqu'au bout toute sa présence d'esprit. Sa gorge était en feu.

– Quand comptez-vous commencer? demanda-t-il.

– De quoi souffrez-vous?

– Cancer de la gorge. Mon larynx est déjà mort. Je vous parle par le truchement d'un voxophone. Une bête malfaisante me ronge. Détruisez-la.

L'espace d'un instant, les fentes oculaires se réduisirent à deux lignes imperceptibles. Les longs bras se tordirent en un geste de sympathie, de mépris ou de dénégation, tout simplement. De la fente buccale une voix nasillarde s'exprima en italien :

– Ici, nous ne soignons personne. Ce n'est qu'une halte à mi-parcours, un lieu de passage obligatoire où s'effectue le tri des candidats. Le cas échéant, on vous expédie à la destination adéquate.

– Très bien. Envoyez-moi sur un monde où l'on guérit le cancer. Il me reste peu de temps à vivre. La souffrance me taraude jour et nuit et je ne veux pas mourir. Ma tâche est loin d'être accomplie. *Capisce*?

– Que faites-vous, Franco Alfieri? A quoi servez-vous?

– L'ignorez-vous? Vous n'avez donc pas reçu mon dossier?

– Si. J'aimerais entendre la réponse de votre bouche.

Alfieri haussa les épaules. Ses paumes devenaient moites. Il les décolla du garde-fou. Si seulement l'étranger lui proposait de s'asseoir.

– Je dirige un gigantesque complexe industriel, la S.A. Alfieri. Nos secteurs d'intervention sont innombrables : distribution d'énergie, contrôle de la pollution, cybernétique. Nous voulons bouleverser la planète. Nous employons des centaines de milliers d'hommes, mais comprenez-moi bien, nous sommes beaucoup plus qu'une entreprise commerciale à but sordidement lucratif. La S.A. Alfieri a l'ambition de contribuer à l'édification d'un monde meilleur. L'an prochain... (Sa phrase demeura en suspens. Il aurait souri, s'il avait pu. Voilà qu'il se mettait à faire l'article comme un sous-fifre des relations publiques.) C'est une très grosse boîte utile à tous points de vue, conclut-il. Je l'ai fondée. J'en suis le patron.

– Vous avez une fortune colossale, n'est-ce pas? Une excellente raison de vouloir continuer à profiter de la vie. Cela dit, ne sommes-nous pas tous des morts en sursis? Tôt ou tard, notre heure viendra. Un nombre infini de malades nous sollicitent. Tous ne peuvent pas être sauvés. Pourquoi vous, Franco Alfieri?

Il sentit la colère, une colère froide et secrète se cristalliser dans sa poitrine. Il la refoula.

– J'ai une femme, des enfants, cela ne vous suffit pas? Non? Alors mettons que je suis plein aux as. Toujours rien? J'y suis. Ecoutez bien : je suis un génie. Comme Vinci, Michel-Ange, Einstein. Cela vous dit quelque chose? Parfait. Evidemment, je ne peins pas et je n'ai pas la bosse des maths. Mon truc à moi, c'est l'organisation, la planification. Je suis un planificateur de génie. J'ai mis sur pied la plus grosse entreprise d'Europe. J'ai réuni plusieurs sociétés afin qu'elles réalisent ensemble des projets qu'elles n'auraient jamais pu entreprendre isolément. Mieux encore, c'est ma boîte qui a mis au point la technique du Transfert. La source d'énergie, c'est la S.A. Alfieri qui l'a créée. Quand je vous disais que j'étais un génie.

– Je sais. Vous êtes un homme d'affaires avisé et prospère.

– Si c'est ce que vous croyez, vous êtes loin du compte! Nous rendons des services considérables dont l'utilité se fait sentir non seulement sur Terre mais sur les autres mondes qui se croisent ici. Nous exportons partout. Et je n'ai pas dit mon dernier mot. Mon cerveau fourmille de projets qui étonneront l'univers. Que me faut-il? Dix ans de plus et je ne dispose même pas de dix mois! Prendrez-vous la responsabilité d'interrompre mon œuvre? Pouvez-vous ne pas tenir compte de cette force que je sens en moi? Le pouvez-vous?

Il pouvait crier. Le voxophone ne s'enrouait jamais. Il se tut. Epuisé, il s'appuya au garde-fou. Les fentes ne cillaient jamais. Il y eut un long silence.

– Nous ne tarderons pas à vous faire connaître notre décision, dit Vuor.

Il sembla se dissoudre dans la cloison. Resté seul, Alfieri arpenta la petite pièce avec lassitude. Il sentait sur sa langue la saveur amère, la détestable saveur de la défaite. Bizarrement, il ne ressentait aucune colère. Il avait passé ce stade. Il allait mourir. Il n'avait aucun doute à ce sujet. Sa grande œuvre était accomplie. Que pouvait-il demander de plus quand d'autres hommes, plus jeunes, attendaient encore de pouvoir réaliser leurs premières ambitions. A peu de choses près, c'était le discours qu'ils allaient lui tenir.

Dans l'attente de la sentence, il réfléchit à ce qu'il allait faire pendant le temps qu'il lui restait à vivre. Tant de projets méritaient son attention. En premier lieu, les cuves thermiques de Spitzbergen. Ensuite...

Soudain, Vuor se matérialisa derrière la cloison redevenue transparente.

– Alfieri, nous avons pris un rendez-vous à votre intention sur Hinnerang. Là-bas, on vous guérira de votre cancer et vos tissus seront régénérés. Naturellement, le prix est élevé.

– Combien voulez-vous?

– Il n'est pas question d'argent. C'est votre sens de l'organisation et des responsabilités qui nous intéresse. Mettez-le à notre service.

– Qu'attendez-vous de moi?

– Ainsi que vous le savez peut-être, ce centre de distribution emploie des collaborateurs venus de tous les mondes dont les continuums se rejoignent au delà du Transfert. Il se trouve qu'en ce moment, la Terre n'est pas représentée. Un poste va bientôt se libérer et c'est vous qui allez prendre la relève. Vous allez mettre votre « génie » au service de la communauté universelle. Nous vous proposons un contrat d'une durée de cinq ans au terme duquel vous serez libre de rentrer chez vous.

Alfieri pesa le pour et le contre. Il haïssait l'idée de devoir moisir cinq ans dans cette gare de triage alors qu'un travail fou l'attendait sur Terre. Qui, en son absence, serait capable de prendre en main les rênes de l'entreprise? A son retour, il risquait de s'apercevoir qu'il n'était plus du tout dans la course.

D'un seul coup, l'absurdité de ses tergiversations lui sauta aux yeux. Vuor lui offrait une rallonge de dix, vingt, voire cinquante ans en échange de quoi il en réclamait cinq. Avec un pied dans la tombe, Alfieri avait-il le droit de mégoter sur les exigences de ses sauveurs? Il s'était targué d'avoir du génie. On le prenait au mot : quoi de plus normal?

– C'est bon, dit-il. J'accepte.

– Plus le tarif habituel, précisa Vuor, mais déjà Alfieri n'écoutait plus.

Ainsi qu'en n'importe quel autre point de l'espace-temps, une infinité de mondes se croisaient au Transfert, foyer privilégié puisqu'il était encore le seul à pouvoir permettre le passage d'un continuum à un autre. En fait, un réseau serré de singularités criblait d'orifices la trame des structures universelles. Du centre de distribution rayonnaient vers cette nébuleuse les navettes véhiculant les heureux postulants dont les fonctionnaires du centre avaient décidé qu'ils étaient aptes à la renaissance.

Par définition, l'infinité n'a pas de limites. Il n'y avait ni besoins, ni fantasmes auxquels les navettes ne puissent donner accès, qu'il s'agît d'un univers immatériel, d'un univers dont l'atome unique incluait tout, ou d'un univers dont les êtres vivants rajeunissaient au fil du temps.

Il existait des mondes insoupçonnés des enfants d'Eve et d'Adam, peuplés de créatures dont la tête poussait sous les épaules et dont la bouche s'ouvrait à l'endroit du nombril; des mondes de cyclopes unijambistes qui détalaient plus vite que des lapins; des mondes dont les habitants avaient une si petite bouche qu'ils absorbaient leur nourriture à l'aide d'une paille; des mondes où vivaient des amibes intelligentes; des mondes où la réincarnation était un fait bien établi; des mondes où il suffisait de claquer dans ses doigts pour qu'un rêve devînt réalité. Pas de limites, vous dit-on. Mais de tous ces mondes, une poignée seulement pouvaient résoudre les problèmes d'ordre purement pratique, étant liés par une orientation et des objectifs communs.

Sur l'un d'eux, d'habiles chirurgiens pouvaient remettre à neuf une gorge ravagée par le cancer. Plus tard, au terme d'un quelconque accord commercial, cette expérience serait transmise à leurs homologues terriens, mais Alfieri ne pouvait pas attendre. Ses honoraires versés, on l'expédia sur Hinnerang.

A nouveau, le glissement dans la singularité de Schwarzchild se produisit à son insu. Il en conçut une amère déception. Son volume avait été comprimé jusqu'au zéro absolu, sa densité augmentée à l'infini et il n'avait rien senti. Pour un homme avide de sensations rares, c'était frustrant. On simula pour lui une nova agonisante et comme la première fois, il fut entraîné à travers la singularité à une vitesse superluminique. Il émergea dans une nouvelle chambre, identique aux précédentes. Il était arrivé sur Hinnerang.

Là, au moins, on se sentait dépaysé pour de bon. La lumière se teintait de reflets rougeoyants et la nuit venue, quatre lunes évoluaient contre le ciel bizarrement constellé. La pesanteur était inférieure de moitié à celle de la Terre. Les yeux fixés sur les quatre globes qui miroitaient au-dessus de lui, Alfieri se sentait gagné par une exaltante sensation de puissance. Pour la première fois de sa vie, il se sentait presque capable de décrocher la lune, tout au moins l'une d'entre elles. Il suffisait de bondir assez haut. Au fond, il se sentait un peu gris.

Les Hinnerangiens étaient de petites créatures dolichocéphales avec la peau brune et des angles partout. Ils s'exprimaient d'une voix murmurante qui paraissait sortir du fond d'un puits et leur langue semblait aux oreilles italiennes d'Alfieri plus barbare que le basque et plus chargée de consonnes que le polonais. Quand ils devaient s'adresser à lui, l'habituelle boîte magique transposait leurs mots dans la langue de Dante et ce miracle apparaissait à notre ingénieur plus prodigieux que le Transfert lui-même dont il prétendait comprendre le mécanisme.

– Nous commencerons par annihiler la douleur, expliqua le chirurgien.

– En neutralisant les récepteurs sensoriels? s'enquit le patient, agressif. A moins que vous ne préfériez sectionner les faisceaux nerveux?

Une petite lueur s'alluma dans l'œil du chirurgien, un soupçon d'humour tout prêt à se transformer en agacement.

– Je n'ai jamais entendu dire qu'il y eût des récepteurs sensoriels dans le système nerveux humain. Il n'y a que des organes fonctionnels qui perçoivent et classent différentes catégories d'impulsions nerveuses transmises par la peau puis effectuent une sélection et prélèvent les modalités consécutives. La « douleur » n'est qu'une étiquette commode servant à désigner une famille d'expériences pas toujours désagréables. Nous allons régler la grille des réponses de façon à ce que le balayage des impulsions reçues soit orienté différemment. Vous ne souffrirez plus puisque les sensations ressenties ne seront plus identifiées comme douloureuses.

En d'autres circonstances, Alfieri n'aurait pas dédaigné discuter des sophistications sémantiques de la théorie hinnerangienne de la douleur. Pour l'heure, il n'avait qu'un désir : qu'ils éteignent le feu qui lui ravageait la gorge. Qu'ils l'éteignent vite. Il acquiesça.

Ce fut fait, en toute délicatesse, en toute simplicité. Enfoui au fond d'un berceau de caoutchouc mousse, il les regarda préparer l'opération suivante. Résection des tissus, remplacement de la substance cellulaire, régénération des organes. Même pour

Franco Alfieri, toujours à la pointe de l'évolution technologique, cela tenait du prodige. Il s'abandonnait, subjugué. Ils le tailladèrent tant et si bien qu'il craignit d'être décapité pour de bon au prochain passage du rayon chirurgical. Ensuite, ils le reconstituèrent. Quand ils en auraient terminé, il parlerait de nouveau avec sa propre voix. Serait-ce vraiment la sienne, soit dit en passant, puisqu'ils l'auraient créée de toutes pièces? Et alors? C'était toujours de la chair. Le cœur d'Alfieri pomperait le sang d'Alfieri à travers un nouveau tissu.

Et le cancer? Terrassé?

Les Hinnerangiens ne faisaient rien à moitié. Ils traquèrent les cellules monstrueuses jusque dans les moindres anfractuosités de son corps. Le mal était partout. Etabli dans les poumons et les reins, il progressait le long de l'intestin. Alfieri imagina les maraudeuses enfonçant les défenses des cellules saines, répandant sur leur passage la semence mortelle. Il imagina les bataillons de mandibules voraces... Consciencieux, les Hinnerangiens le purgèrent de cette putréfaction. Dans la foulée, ils le soulagèrent de son appendice et ranimèrent son foie ravagé par le vin blanc milanais. Cela fait, ils l'envoyèrent en convalescence.

Il respira l'air de Hinnerang et s'abîma dans la contemplation de ses quatre lunes. Mille fois par jour, il touchait sa gorge, tout heureux de sentir sous ses doigts la tiédeur d'un tissu neuf. Il se nourrit de la chair d'animaux inconnus. D'heure en heure, il reprenait des forces.

Le jour arriva où il se retrouva dans la chambre aux parois de quartz. Ils le propulsèrent à travers l'enchevêtrement du Transfert. Il était de retour au centre de distribution.

– Vous commencez sur-le-champ, dit Vuor. Voici votre bureau.

D'une substance rose et douce, les murs de la pièce ovale lui conféraient l'aspect troublant d'une matrice. Elle était attenante à la salle du Transfert. Vuor lui expliqua le maniement du commutateur permettant à l'occupant du bureau de voir le postulant debout sur la plaque et vice versa.

– Quelles seront mes fonctions? demanda Alfieri avec quelque impatience.

– Venez, je vais d'abord vous faire visiter nos installations.

Le local était modeste, à peine plus vaste qu'un immeuble de bureaux. Pour l'essentiel, il contenait une centrale de force motrice. Alfieri eût aimé examiner les générateurs de plus près mais son guide l'entraîna au pas de charge vers une cafétéria. Ensuite, on lui montra le réduit qui lui servirait de chambre, une chapelle, les bureaux, enfin.

Un petit monde cosmopolite déambulait en silence au long des couloirs. Alfieri compta cinquante espèces différentes. Des fonctionnaires, songea-t-il. De petits bureaucrates vaquant à leurs petites routines. Me voilà logé à la même enseigne. Mais je suis sauvé, et prêt à me débattre dans un océan de formules administratives s'ils ont la cruauté de l'exiger.

– Quelles seront mes fonctions? répéta le Terrien lorsqu'ils furent de retour dans le bureau ovale.

– Interroger ceux qui nous arrivent dans l'espoir d'être envoyés plus loin.

– Mais c'est votre boulot, ça!

– Plus maintenant. Mon contrat arrive à expiration. C'est pour me remplacer que vous avez été engagé. Dès que vous entrez en fonction, je retrouve ma liberté.

– Mais vous parliez d'un poste administratif où je pourrais déployer mes talents d'administrateur!

– Ce n'est pas faire preuve d'organisation que d'avoir à juger du potentiel de chaque candidat?

Quels dossiers retenir, quels dossiers rejeter, ce n'est pas une responsabilité suffisante?

Les mains d'Alfieri furent saisies d'un tremblement incontrôlable.

– Alors c'est moi qui déciderai si untel peut s'en retourner chez lui et crever et untel poursuivre sa route? J'aurai droit de vie ou de mort sur ces gens? Vous rigolez ou quoi? Pour qui me prenez-vous? Dieu le Père?

– Et moi? s'emporta l'extra-terrestre. Croyez-vous que j'aimais ce travail? Justement, j'en ai soupé d'être Dieu. C'est votre tour, Alfieri!

– Je refuse. Confiez-moi d'autres responsabilités. Faites un effort. Donnez-moi un boulot qui me convienne!

– Mais celui-ci vous convient plus qu'à n'importe qui. Que faites-vous de votre remarquable esprit de décision? D'ailleurs, je n'ai pas le choix. Si vous vous défilez, je devrai rester à mon poste jusqu'à ce que se présente quelqu'un qui soit capable de l'occuper. Nous avons conclu un marché, l'oubliez-vous? Vous vous êtes engagé à donner au centre cinq ans de cette nouvelle tranche de vie que vous appeliez de vos vœux.

L'homme le regarda bien en face et l'espace de quelques secondes, il crut déceler une émotion au fond des fentes énigmatiques. Vuor souffrait. Il n'appartenait qu'à lui de soulager de son insupportable fardeau l'être qui lui avait rendu la vie.

– Vous avez gagné, murmura-t-il la mort dans l'âme. J'accepte.

La passation des pouvoirs s'effectua vite et sans bavure. Moins d'une semaine après son arrivée, il pouvait voler de ses propres ailes. Il se coula de bonne grâce dans sa nouvelle existence de rond-de-cuir. Il travaillait dur, dormait dans un cagibi et bouffait du synthétique, mais il vivait. Dans cinq ans, il serait libre. Il se mit à faire des projets.

Un message informa la Terre de sa guérison et de la date de son retour. Il donna son accord à la mise en route du plan A qui permettait d'assurer la bonne marche de l'entreprise en cas d'absence prolongée de son directeur. Il n'était pas question pour lui de cumuler deux fonctions : le centre avait été catégorique sur ce point. De toute façon, il n'en aurait pas eu le temps. Les postulants affluaient vers lui.

Certains n'étaient pas en danger de mort, mais tous éprouvaient le besoin impérieux d'utiliser le Transfert pour se rendre ailleurs. Alfieri statuait sur les raisons de chacun. Aucun contingentement ne venait justifier ses décisions en fixant une limite objective à sa responsabilité. Il pouvait envoyer tous les postulants à bonne destination ou les rejeter tous. La première décision eût été irréfléchie, la seconde inhumaine. Il statuait. Le problème se compliquait du fait qu'il n'existait qu'un nombre bien défini de couloirs temporels donnant accès à tous les mondes de tous les univers. Il se prenait parfois pour un flic de la circulation. Il se prenait parfois pour Rhadamante, un des juges infernaux. Il pensait au jour de sa libération.

Ses refus donnaient lieu à des scènes terribles. Certains laissaient éclater leur rage et proféraient des menaces. D'autres fondaient en larmes. D'autres encore le mettaient en garde d'une voix solennelle contre la grave injustice qu'il commettait. En raison même de sa sensibilité, Alfieri avait résolu de se montrer impassible. Il n'empêche. Le dégoût de sa fonction s'emparait parfois de lui jusqu'à la nausée.

Un jour se présenta devant lui un postulant originaire d'Hinnerang. Alfieri sentit son cœur se glacer en croyant reconnaître le chirurgien qui l'avait opéré. Ressemblance superficielle. Celui-ci n'était pas chirurgien.

– Je suis Tomrik Horiman. Avez-vous reçu mon dossier?

– Nous l'avons reçu et examiné. Mais nous ne sommes que le centre de distribution. Le cas échéant, nous vous affecterons sur une planète où une aide efficace pourra vous être apportée. Parlez-moi de vous, Tomrik Horiman.

Les longues mains noueuses de l'Hinnerangien s'unirent comme des amies désemparées devant une catastrophe.

– Voilà. Je suis promoteur immobilier. Quelques erreurs et la malchance m'acculent à la faillite. Je suis au bord du dépôt de bilan. Si je pouvais écouler mes projets sur une planète disposée à les accueillir, je prendrais un nouveau départ. Melknor serait un point de chute idéal.

– A ma connaissance, Melknor recrute sur place tous les promoteurs dont elle a besoin. Que je sache, il n'y a pas de crise du logement sur cette planète.

– Peut-être, mais les gens y sont avides de nouveauté. Je serais le bienvenu, là-bas. Si vous me refusez cette chance, je n'aurai plus qu'à mettre la clé sous le paillasson. Savez-vous quelle est la sanction d'une faillite sur Hinnerang? La mort. Je songe à ma femme, à mes enfants. C'est horrible.

Tomrik Horiman disait la vérité. A moins d'être autorisé à investir sur Melknor, il perdait sa chemise. Il serait condamné. Comme Alfieri lui-même, il se présentait devant le tribunal du centre sous le coup d'une sentence de mort.

A une différence près, cependant. L'Hinnerangien avait creusé lui-même la tombe qui menaçait de se refermer sur lui. Par ailleurs, il n'avait pas de solution sérieuse à proposer et sa disparition n'affecterait que ses proches. C'était horrible, en effet, mais la décision d'Alfieri était déjà prise.

Il en fit part à ses collègues, comme c'était la règle, et comme il s'y attendait, nul ne la remit en cause. Le moment venu, il s'installa au pupitre. Il éclaircit le mur. Tomrik Horiman n'avait pas bougé d'un pouce.

– J'ai le regret de vous annoncer que votre demande a été rejetée.

Il attendit la réaction. Colère? Diatribe hystérique? Désespoir?

La créature anguleuse demeurait à le dévisager, la tête un peu penchée de côté. Alfieri avait vécu assez longtemps sur Hinnerang pour interpréter les émotions inexprimées de ses indigènes. Il éprouva le besoin quasi frénétique de dissoudre ce regard derrière le rempart de quartz. Horiman avait *pitié* de lui. Une pitié immense. Il la sentait qui l'enveloppait de toute part. Il suffoquait.

– Je suis navré, l'entendit-il murmurer. Vous portez un fardeau si lourd...

La compassion du promoteur raté était plus qu'il n'en pouvait supporter. Fugitivement, il regretta son cancer.

– Dites-moi, reprit Horiman, agrippé au gardefou, les pieds sur les triangles rouges, prêt, sans discussion, pour le voyage de retour, par quel malheur un travail aussi accablant a-t-il pu vous échoir?

– On m'y a condamné! cria Franco Alfieri. Je n'y suis pour rien. C'est le prix que j'ai dû payer pour avoir la vie sauve. (Puis, dans un souffle :) C'est tellement pire à présent. Tellement pire.

D'un geste brutal, il fit disparaître Tomrik Horiman.

LA DIGUE

Le jour où se produisit le premier suicide, Micah IV était de garde sur la digue. Simple question de poisse. Il était difficile de lui faire grief de ce lamentable incident, pourtant il se fit passer un sérieux savon. Simple question de discipline. Comment aurait-il pu prévoir? Que savait-il des noirs remous qui agitent les tréfonds de l'âme humaine?

Le segment de digue sur lequel s'exerçait sa surveillance mesurait mille mètres de long. Pas un de plus, pas un de moins. Sur la carte, cela donnait un rectangle bleu désigné sous l'appellation zone KF-6. La longueur totale de la muraille atteignant six mille kilomètres, il était responsable d'un six millième de digue. C'était peu. C'était considérable.

De la digue dépendait la sécurité de l'espèce humaine. Conscient des devoirs de sa charge, Micah IV ne relâchait jamais sa vigilance. Douze heures par jour, il arpentait son segment. Il faisait de son mieux. Hélas, personne n'est infaillible.

La digue se dressait à soixante mètres au-dessus des flots. Epaisse de vingt mètres à la base, elle s'étrécissait vers son sommet dont la largeur n'excédait pas six mètres. L'ensemble était constitué de blocs de granit gris équarris au millimètre et empilés sans l'aide de mortier. La pierre provenait des fours nucléaires du Wyoming d'où elle avait été transportée par camions à travers tout le continent. Deux générations avaient œuvré à la construction de ce formidable édifice, fruit d'un effort sans précédent de la nation tout entière. Les pyramides, à côté, faisaient figure de cailloux et la Grande Muraille de Chine prenait des allures de ruisselet de sable.

Au delà commençait l'océan, le monstre gris infesté de monstres.

Tandis qu'il cheminait d'un bout à l'autre de son kilomètre, Micah IV avait souvent la vision fugace et terrifiante des créatures qui ondoyaient au milieu des vagues. Il arrivait que, poussée par la nostalgie d'une époque sans digue, la curiosité ou l'espoir, l'une d'elles s'aventurât à proximité de la côte pour s'assurer qu'aucun défaut ne lézardait la cuirasse de l'humanité.

C'était d'ailleurs une proximité relative puisque des nappes d'un poison jaune répandu jour et nuit par des évents ménagés au long de la digue refoulaient l'ennemi à plusieurs centaines de mètres du rivage. S'il parvenait à franchir cette zone infectée, il se heurtait à un barrage électrique d'une profondeur de cinquante mètres susceptible de décharger des milliers de kilowatts au moindre contact suspect. A l'abri derrière ces défenses surgissait la digue, polie comme du bronze, lisse comme un miroir. Infranchissable.

Quelques monstres avaient essayé. Quarante ans auparavant, la zone CJ-9 avait essuyé les assauts furieux d'une créature écailleuse, les yeux flamboyants, la queue formidable et baladeuse. Elle avait traversé sans dommage la zone empoisonnée et supporté le courant à haute tension. Trente tonnes de muscles s'étaient projetées contre la digue avec une rage destructrice. La digue n'avait même pas frémi. Dressé sur de puissantes nageoires postérieures, le monstre avait tenté d'escalader l'obstacle. Il s'était évertué en vain. Sans cesse, il retombait. A la fin, exténué, il s'était laissé choir sur les rochers de la rive. L'espace de longues heures, ses halètements s'étaient fait entendre à une lieue à la ronde. Puis les coups de boutoir avaient recommencé. Deux jours durant, avec une obstination effrayante, le monstre avait donné de la tête contre le mur impassible, et longtemps après que la pierre eut été maculée de sang, il avait continué, encore et encore, puis s'était écroulé, et sa carcasse pourrie, gonflée, avait servi de pâture aux vautours.

Vingt ans plus tard, il s'était produit une autre alerte, beaucoup plus sérieuse. Une sinueuse créature d'ébène, plus longue que le plus grand arbre, avait elle aussi franchi la double barrière. Déployant des tentacules de trente mètres équipés de ventouses, elle s'était mise à grimper jusqu'à ce que la pointe d'un tentacule heurtât le mur à quelques mètres de la plate-forme. A ce contact, les résonnateurs étaient entrés en action. Des ondes d'induction d'une colossale intensité avaient balayé tout l'éventail du spectre, libérant des millions de hertz. L'océan s'était mis à bouillonner. Les tentacules avaient lâché prise. La créature était morte avant même de toucher les rochers.

Micah IV n'avait rien connu de tel. Chaque jour, pendant douze heures d'affilée, il arpentait ce qui était compris entre la frontière méridionale de KF-7 et la frontière septentrionale de KF-5. Tantôt il voyait scintiller les écailles d'une torpille couleur citron, identique à celle de la zone au delà de laquelle elle s'ébattait; tantôt des tentacules géants fouettaient les vagues; tantôt surgissait un aileron grand comme une voile. Parfois, les monstres se jetaient les uns contre les autres et ces jours-là, l'océan semblait secoué jusqu'à l'horizon par ce combat de titans.

Douze heures de guet, douze heures de repos dans le baraquement réservé aux sentinelles. Même une chair synthétique doit pouvoir se débarrasser des miasmes de la fatigue.

Ses consignes étaient simples : arpenter, les yeux fixés sur la mer. En cas d'attaque, aviser les autorités centrales. Déceler les fissures ou les dégradations de la pierre. Aviser le cas échéant le service compétent.

Entrait enfin dans ses fonctions l'accueil des visiteurs qui montaient sur le chemin de ronde pour contempler l'ennemi héréditaire, en famille le plus souvent. Avec beaucoup de courtoisie, Micah IV leur donnait des précisions techniques sur la construction de la digue. A l'occasion, il leur désignait les monstres. Si un enfant prenait peur, il le réconfortait. Si une femme se sentait nauséeuse, il lui proposait un médicament. Si un homme commettait l'imprudence de se pencher par-dessus le garde-fou peu élevé, Micah IV le priait poliment de reculer un peu. Un tentacule est si vite arrivé !

C'était le travail le plus assommant, le plus monotone qu'on pût imaginer. Depuis longtemps, les hommes l'avaient abandonné aux androïdes, plus à même d'en supporter la consternante uniformité. Depuis dix ans, Micah IV patrouillait la zone KF-6. Tous les trois ans, on l'envoyait au labo pour annuler les effets cumulatifs de l'ennui. Cette révision était tout ce dont il avait besoin.

Demi-tour, nord ! Demi-tour, sud ! Coup d'œil à droite, coup d'œil à gauche. La mer, le rivage. Le rivage. La mer. Toutes les deux heures, actionner les manettes du circuit de résonance. Toutes les trois heures, rapport au centre. De temps en temps, accueil des visiteurs.

Neige. Vent. Pluie. Soleil.

Humer les embruns. Laisser palpiter des narines

judicieusement sensibles. Goûter sur la langue la saveur saline de l'air.

En son for intérieur, Micah IV appelait de ses vœux un incident. N'importe quoi. Qu'un monstre tente d'escalader le mur! suppliait-il. Qu'une visiteuse accouche sur le chemin de ronde. Qu'un pan de mur (le sien) soit frappé par la foudre! Bon Dieu! qu'il se passe quelque chose d'imprévu qui donnerait à la zone KF-6 une place dans l'histoire de la digue.

Encore un an avant sa prochaine révision. Micah IV entrait dans sa période critique. Il s'ennuyait effroyablement. Plein d'espoir, il laissait son regard errer sur les flots impétueux. Un jour, peut-être, quelque monstre sensible à sa muette prière se déciderait à passer à l'attaque. Ridicule. La digue ne pouvait être vaincue, il le savait. Il était bien révolu le temps où les maraudeurs surgissaient de l'océan pour engloutir une centaine d'êtres humains chaque fois qu'ils se sentaient un petit creux. Ils en étaient réduits à se bouffer les uns les autres.

Mais quand se produisit l'incident, pris de court, Micah IV fut incapable de l'empêcher.

Il avait presque atteint la limite sud de son secteur quand une discrète sonnerie l'avertit que des visiteurs venaient de pénétrer dans le centre d'accueil situé à l'autre extrémité. Ils n'en bougeraient pas jusqu'à son arrivée puisque le petit local aux parois vitrées ne pouvait être ouvert que par la sentinelle de service. En temps voulu, Micah IV libérerait la porte et le tour commenté de la digue pourrait commencer.

Arrivé au terme de son parcours, il se livra au R.A.S. habituel, exécuta un demi-tour martial et se remit en route. Une-deux, une-deux. A moins de cinq cents mètres de la limite nord, il vit que la porte était ouverte.

Un homme s'avança sur le chemin de ronde.

Grand, presque corpulent, élégant dans sa tunique gris acier. Médusé, Micah IV le regarda franchir d'un pas vif l'espace qui le séparait du garde-fou et l'enjamber.

– Halte! hurla-t-il.

L'espace de quelques secondes il se trouva plongé dans un état d'indécision et d'effarement extraordinaire. Comment la porte s'était-elle ouverte? Pourquoi cet homme risquait-il ainsi sa vie?

Il partit à fond de train.

Il arriva trop tard.

Un moment, l'homme demeura comme suspendu au bord de l'abîme. Son corps oscilla doucement. Puis comme on perd l'équilibre, il bascula.

– Non! cria Micah IV. C'est interdit!

Un suicide, autrement dit un acte d'autodestruction délibérée.

Affolé, l'androïde se pencha par-dessus le garde-fou. L'homme avait actionné un parachute. En douceur, il se posa sur les rochers. Mais alors, quoi? S'il voulait mourir, à quoi bon ce parachute?

– Revenez! s'écria la sentinelle, prête à enjamber le garde-fou afin d'aller récupérer l'énergumène au mépris de tous les monstres de l'océan.

L'homme dérapait sur les rochers glissants. Il se hâtait. Quand l'eau verte lui arriva à la ceinture, écartant les écheveaux de varech, il se propulsa vers le large d'un crawl puissant. Micah IV resta où il était. Il ne pouvait plus rien pour l'inconnu. Il frissonna. Sous le coup de l'émotion ses glandes sudoripares sécrétaient en abondance. Le nageur s'éloignait vite. Sa masse étant trop faible pour réveiller le réseau électrifié, il atteignit la nappe empoisonnée sans danger pour le métabolisme humain. Il atteignit la haute mer.

Ce fut vite fait. Un bref scintillement d'écailles. L'éclat carnassier d'une rangée de crocs énormes. Un grand refoulement d'eau. Quelques remous.

Anéanti, l'androïde fit volte-face. Cinq visiteurs se tenaient près de la porte ouverte.

– Le connaissiez-vous? demanda-t-il. Comment a-t-il pu ouvrir? Pourquoi s'est-il tué?

Pas de réponse. A regarder ces visages impassibles, on aurait juré qu'aucun drame ne s'était produit. D'une voix neutre, plusieurs visiteurs le prièrent de procéder au tour de digue pour lequel ils étaient venus. Micah IV fit un effort pour conserver son calme.

– Pas de visite aujourd'hui, annonça-t-il. Tout est annulé. Rentrez chez vous.

Il fit son rapport. Peu après, la zone KF-6 grouilla de représentants de l'administration. La porte fut examinée sous toutes les coutures. Son ouverture avait été commandée par signal digital, comme d'habitude, affirmèrent les experts. Manifestement l'homme avait été tuyauté par un membre du personnel.

Micah IV fut réprimandé avec une sévérité exemplaire. En vain déclina-t-il toute responsabilité. Il fallait un coupable. La sentinelle semblait toute désignée. Il était interdit aux visiteurs de quitter les centres d'accueil de leur propre chef. Micah IV avait commis une grave faute professionnelle.

Les androïdes sont à l'abri des sanctions matérielles. On ne pouvait toucher ni à son grade, ni à son salaire, ni au montant de sa retraite pour la bonne raison qu'il n'avait, qu'il n'aurait jamais rien de tout cela. Les sentinelles de la digue faisaient partie du matériel. A-t-on jamais vu une table ou une chaise mise à la retraite anticipée? Par contre, sa réputation auprès de ses collègues en pâtit. La nouvelle s'était répandue comme une traînée de poudre. Micah IV avait reçu un blâme. Afin que tout fût clair, on l'accusa devant ses camarades d'avoir laissé un humain se suicider dans son secteur.

Pendant plus d'un mois, Micah IV vécut dans une

sorte d'opprobre. Son soulagement fut immense quand on annonça un second suicide.

Cette nouvelle tragédie s'était déroulée dans des conditions presque identiques à celles de la première. Profitant de l'éloignement de la sentinelle de la zone DV-7, une jeune femme avait ouvert la porte du centre d'accueil. Vite, elle avait enjambé le parapet, utilisé un parachute afin de ne pas s'écraser sur les rochers, puis avait nagé, nagé au-devant des monstres.

De nouvelles mesures de sécurité furent mises en vigueur dans les centres d'accueil. Son cœur synthétique vibrant d'une secrète excitation, Micah IV avait repris goût à l'ouvrage. D'accord, il ne fallait pas compter sur les monstres, mais à tout moment un homme ou une femme au bout du rouleau pouvait se balancer par-dessus le garde-fou. C'était déjà quelque chose.

Le troisième suicidé était un tout jeune adolescent. Il n'avait pas de parachute. Son corps disloqué fit le régal des vautours, à la barbe des monstres.

Un quatrième le suivit de près. Puis un cinquième. Un sixième. Un septième.

L'angoisse chevillée au corps, les sentinelles allongèrent le pas. L'aller-retour s'effectuait désormais en un temps record. Il fut question de fermer les centres d'accueil. Le projet fut vite abandonné. Pourquoi une poignée de détraqués priveraient-ils des millions de gens du plaisir – du besoin – de contempler l'océan? On se contenta d'installer de nouvelles serrures sur les portes des centres. La semaine suivante, quatre visiteurs se suicidèrent.

Dans les baraquements, on se réunissait en conseils de guerre. Micah IV écoutait tout avec ravissement. Non sans fierté, il rappelait à qui voulait l'entendre que tout avait commencé dans la zone KF-6.

– L'humanité est en proie à un délire suicidaire,

déclara un haut responsable devant un aréopage de sentinelles. Il est de votre devoir d'enrayer la crise en démontrant la futilité de nouvelles tentatives. Rien n'est plus précieux qu'une vie humaine!

Le haut responsable devait être le vingt-troisième suicidé.

Ils reçurent la visite d'un psychiatre, petit bonhomme à l'élocution fiévreuse, les cheveux coupés ras.

– L'humanité s'acquitte avec retard de l'indemnité due en compensation de l'effort gigantesque fourni par la collectivité pour l'édification de la digue. Taraudés par un atavique désir d'individualisme, les citoyens s'efforcent de détruire le symbole de la solidarité nationale. Les monstres ne pouvant plus venir à eux, ils vont vers les monstres.

Cette théorie en valait une autre. Son auteur la mit d'ailleurs en pratique peu après.

Fouetté par la bourrasque, Micah IV arpentait la digue. Jamais les visiteurs n'avaient afflué en si grand nombre. Chaque fois qu'apparaissait un nouveau groupe, l'androïde prenait le temps de scruter les visages pour y dépister d'éventuelles tendances suicidaires. Cette femme replette, par exemple, serait-elle capable de se donner la mort? Et que penser de ce jeune homme au regard un peu exalté? A moins que ce père de famille à cran...

Désormais, les visiteurs étaient admis sur le chemin de ronde par groupes de trois. Interdiction de s'écarter de plus d'un mètre du préposé. Ce qui n'empêcha pas plusieurs visiteurs résolus d'échapper à la poigne de leur guide et de sauter.

Quand Noah I, vénérable androïde, exposa son point de vue, Micah IV l'écouta avec beaucoup d'intérêt.

– C'est un phénomène purement mystique, déclara l'ancêtre. J'ai étudié certaines de leurs religions. L'océan les attire comme un aimant. Ils doivent retourner dans le sein maternel.

– Et les monstres?

– Aucune importance. Tout lien comporte des risques. Ils espèrent éviter les monstres et se fondre dans le grand tout océanique. C'est un élan de pure spiritualité.

– Comment cela finira-t-il? murmura Uzziah III.

– Ma foi, on abattra la digue, ou alors un autre culte viendra détrôner celui-ci. Peut-être mourront-ils tous, les uns après les autres.

En attendant, les suicides se succédaient à un rythme accéléré. Les morts se comptaient par centaines, déjà. On redoubla de précautions. Contrairement à certaines espérances, l'arrivée de l'hiver n'apporta aucun répit.

Ce jour-là, la neige criblait le ciel de dessins blancs tourbillonnants. Ce jour-là, Micah IV eut l'occasion de sauver une vie humaine.

Il avait repéré une bosse suspecte sous le manteau de la jeune femme, à l'endroit où s'attache le parachute. Il avait remarqué une certaine flamme dans son regard. Elle était belle, avec une chevelure flamboyante.

A peine le groupe dont elle faisait partie eut-il fait quelques pas sur le chemin de ronde qu'elle s'en détacha et bondit vers le garde-fou.

Elle avait fait vite, mais pas assez vite tout de même. Micah IV s'attendait à une initiative de ce genre. Depuis peu les barres d'appui avaient été électrifiées de façon à décourager ceux qui tenteraient de les toucher. Avec un parachute, naturellement, il suffisait de sauter par-dessus. Comme la jeune femme se ramassait pour franchir l'obstacle, la poigne de l'androïde lui crocheta l'épaule.

– Retournez à l'intérieur! cria-t-il à l'intention des deux autres visiteurs. Dépêchez-vous!

Ils se replièrent en hâte derrière les parois de verre.

La jeune femme se démenait avec fureur. Micah IV la ceintura fermement.

– Lâchez-moi!

– Pourquoi voulez-vous sauter?

– Ça ne vous regarde pas. Lâchez-moi!

– Vous mourrez, le savez-vous? Ils vont vous dévorer.

– Et alors? En quoi cela vous concerne-t-il? Espèce de sale robot, comment osez-vous désobéir aux ordres d'un être humain?

– Je ne suis pas un robot, répliqua-t-il avec une douceur qu'il était loin de ressentir. Je suis un androïde. Un androïde n'est pas tenu d'obéir à un ordre à moins qu'il ne soit conforme à sa programmation.

Prestement, sans lâcher la jeune femme, il passa la main sous son manteau et détacha le parachute dont il désamorça le mécanisme d'ouverture. Elle avait cessé de se débattre. Son corps demeurait tendu. Elle haletait un peu.

– Pourquoi voulez-vous mourir? répéta-t-il.

– Vous ne comprendriez pas. Vous n'êtes qu'une machine.

– D'un point de vue strictement génétique, je suis presque semblable à vous. Je pense, figurez-vous. Je raisonne et je peux même changer d'avis. Répondez-moi. C'est très important. Il faut que je sache pourquoi vous désirez aller dans la mer.

– Pour fusionner avec elle, voilà! Etes-vous satisfait?

– Je ne comprends pas.

– Qu'est-ce que je vous disais? Ne m'empêchez pas d'accomplir mon destin. Laissez-moi sauter!

– C'est impossible, vous le savez bien.

Il l'entraîna vers le local vitré. Les paroles blessantes de la jeune femme lui avaient fait l'effet d'un révélateur. Il lui était arrivé, en de trop rares occasions, d'échanger quelques mots avec des hommes et jamais sa nature synthétique ne lui avait été jetée à la figure avec un tel mépris.

Sur le point d'atteindre la porte, il dérapa sur une plaque de verglas. Une seconde, il demeura en équilibre, au bord de la chute. Une seconde, il relâcha son étreinte. L'instant d'après, la jeune femme courait vers le garde-fou. Elle se garda de le toucher. Elle ne prit même pas son élan. D'une détente, elle se propulsa par-dessus le parapet. Il l'avait suivie. Le vent gonfla ses cheveux roux. Ce fut la dernière chose qu'il vit d'elle avant qu'elle ne disparût, happée par le vide. Quand il regarda, elle gisait, étrangement contorsionnée, sur les rochers chaotiques de la rive.

Cette fois, je suis vraiment responsable. J'aurais pu la sauver. Cette femme est morte par ma faute. Pour tout arranger, il y a des témoins.

Il promena les yeux sur la surface grise, tumultueuse, énigmatique.

Pourquoi? Pourquoi sont-ils fascinés? Qu'espèrent-ils trouver là-bas? *Je suis un androïde. C'est pourquoi je ne comprends pas.*

Sans même s'en rendre compte, il avait sauté sur le parapet. Son système nerveux absorba sans peine le faible voltage. Inspectant son secteur de cette position inhabituelle, il parcourut une centaine de mètres vers le sud, jusqu'à l'endroit où s'interrompait le littoral rocheux. A partir de là, les vagues venaient battre la digue en toute liberté.

Soit. Agissons en humain. Alors peut-être comprendrai-je. De toute façon, personne ne viendra me le reprocher.

Il plongea. A mi-chute, le vent le souleva. L'océan, le ciel et la digue valsaient autour de lui. Il tournoyait comme une toupie affolée. L'impact se produisit à un angle aigu. Le souffle coupé, il s'enfonça sur plusieurs mètres avant de remonter à la surface. Il nagea d'instinct, mais bientôt le courant le saisit dans sa longue main souple et le tira vers le large. Sur le moment, la surprise le paralysa, puis sachant qu'il allait vers son but et qu'il y allait vite, il s'abandonna, délivré de toute peur et de tout ressentiment.

LA NUIT DU FEU

Tard dans l'après-midi, Elena entreprit l'ascension du plus élevé des deux sommets qui donnaient à l'île ce relief de buste féminin. Elle voulait observer les premières phases de l'éruption. Autour d'elle, les essaims d'enfants dessinaient des motifs de hasard et l'exubérance inépuisable de ces chétives créatures à la peau couleur de safran était pour elle une source constante de plaisir et d'étonnement. Suivant le sentier, ils contournèrent le cratère jusqu'à l'endroit d'où l'on avait vue sur l'autre volcan.

– Elena, regarde bien cette colonne de fumée. Bientôt, c'est du feu qu'il crachera!

L'enfant s'appelait Vondik, un des élèves préférés d'Elena. Vondik était intelligent, sensible, perspicace. Quand la jeune femme s'approcha du bord pour mieux voir, il l'imita. D'un geste impulsif, il effleura de ses six doigts le peau nue de la jeune femme, un peu au-dessus de la hanche, en même temps qu'il la regardait par en dessous comme s'il craignait d'être rabroué. Sur terre, un élève qui se permettait une telle familiarité sur la personne de son institutrice était passible d'une punition foudroyante. Ici, il en allait différemment. Vondik n'avait pas encore neuf ans. Dans deux ans, il serait pubère. D'ici là, une fugitive caresse sur la hanche d'une Terrienne demeurait admissible. Nul désir n'en pervertissait l'innocence. L'enfant se montrait amical, voilà tout.

Les autres criaient et gesticulaient. Le réveil du volcan les plongeait dans un état de surexcitation extraordinaire. On aurait dit un troupeau de petits singes charmants et longilignes, incapables de tenir en place à l'approche de l'orage.

– Le volcan va s'embraser, reprit Vondik d'une voix vibrante. Les rochers se liquéfieront et dévaleront la pente. Imagine, Elena! Ils engloutiront les villages et tout deviendra cendre.

– Quand? souffla-t-elle. Quand?

Les doigts de l'enfant remontèrent le long de son dos.

– Le soleil se lèvera encore deux ou trois fois. Pourquoi ne demandes-tu pas à Haugan? Il est notre chef. Il sait. (Un frisson de rire le parcourut.) Interroge-le ce soir, quand tu iras dormir avec lui. Regarde, Elena. Le feu! Le feu!

D'où elle se trouvait, son regard embrassait toute la vallée, l'autre sommet et même le lac au delà. Elle voyait les trois villages qui s'étaient nichés sur les flancs du volcan depuis la dernière éruption, cinq générations plus tôt. Le diamètre de l'île n'excédait pas dix kilomètres. Ses pentes abruptes surgissaient des eaux sombres du lac Muuk, lui-même formé par un gigantesque cratère obstrué, vestige de ce qui avait dû être un volcan cyclopéen. Nul n'en connaissait la profondeur. Trois fois plus large que l'île, il recevait les flots jaunes et limoneux de la rivière d'Or dont Elena discernait les méandres, à l'est. La rivière venait du nord. Son cours se frayait un passage tortueux au travers des amas d'alluvions avant de s'achever dans ce lac de cratère. Des sources d'évacuation souterraines devaient compenser l'absence de réservoir, car les tonnes de limon acheminées quotidiennement par la rivière se dissolvaient dans ses profondeurs insondables.

En toutes saisons, le lac restait noir. Sur la rive opposée, estompée par la lumière et la distance, commençait la savane, vivier de tribus hostiles. Depuis toujours, les insulaires vivaient en autarcie. Jamais ils n'auraient abandonné leur île, malgré ses deux volcans en activité. Au contraire. A présent qu'une éruption menaçait pour de bon, ce peuple paisible manifestait une allégresse inégalée.

Dix ans auparavant, Elena avait vu le Vésuve, gigantesque cône fuligineux d'où s'échappaient de sinistres fumerolles et des spirales noirâtres. Voulait-on allumer une cigarette? Il suffisait d'en poser le bout sur le sol. Ayant gagné l'extrême bord du cratère, elle avait plongé son regard dans la sombre béance et frémi d'horreur en imaginant la fin de Pompéi. Ici, elle n'aurait pas osé s'aventurer aussi près du cratère, lieu sacré pour tous les insulaires. Les villages commençaient dans la vallée, escaladaient les flancs sur quelques centaines de mètres sans jamais franchir la barrière des grands arbres où nulle hache ne frappait jamais. Au delà de cette ceinture inviolable s'étendait jusqu'au sommet une zone aride et dévastée. Quand les premiers grondements souterrains s'étaient fait entendre, l'institutrice avait émis le désir de monter là-haut. Elle voulait, disait-elle, se faire une idée précise du danger. Haugan était demeuré intraitable. Il était non seulement son époux mais le chef des trois villages. Il était le roi de la rivière d'Or. Impossible de lui désobéir. Alors elle avait gravi l'autre versant qui lui offrait par-dessus la vallée une vue plongeante sur le cratère en colère.

– Il y aura beaucoup de morts quand la montagne explosera, dit Vondik.

– Ne dis pas d'absurdités! L'île aura été évacuée bien avant!

Les enfants s'esclaffèrent. Cela commençait par des éclats d'une stridence aiguë et qui décroissaient par degrés jusqu'au silence. Elle n'avait pas oublié combien ces rires lui tapaient sur les nerfs, au commencement. Elle s'était habituée. Les rires d'enfants sont toujours charmants, mais que penser d'enfants qui se réjouissent à la perspective d'une catastrophe meurtrière?

A l'est, les nuages s'amoncelaient, lourds de pluie. Contre ce ciel obscur se détachaient distinctement les jaillissements incandescents. On percevait des sifflements, des roulements étouffés. Soudain le cratère déborda d'un vomissement de scories et de matière en fusion qui dévala son flanc sur plusieurs dizaines de mètres. L'œil collé à la longue-vue, Elena vit une averse de particules enflammées s'abattre sur la zone ravagée ceinturant le cône. Combien de temps avant que le monstre ne projette sa lave sur la forêt interdite? Elle frémit. Comment pouvaient-ils garder leur calme avec une telle menace suspendue au-dessus d'eux? Même ici, même à cette distance on croyait sentir le sol trembler. Le sous-sol de l'île n'était qu'un labyrinthe de failles et de galeries où le feu rugissait. Le volcan avait fini de sommeiller. Son réveil n'était qu'une question de jours, d'heures peut-être. Dans l'intervalle, les enfants riaient.

Elle aperçut Vondik, perché au sommet d'un arbre, la main tendue vers une grappe mûre. Il la cueillit et dégringola vivement. Les autres enfants se saisirent de lui. En triomphe, ils le portèrent jusqu'à la jeune femme.

– Elena! Un cadeau! Un cadeau pour Elena!

Une offrande à la gentille institutrice. D'une caresse sur la joue, elle remercia l'enfant, puis mordit dans le fruit. Ils l'observaient, les yeux brillants. Ils acquiescèrent en riant quand elle déclara combien le fruit était délicieux. Un agréable étourdissement la gagnait à mesure que le jus alcoolisé bouleversait son fragile métabolisme de

Terrienne. Les enfants sautaient, dansaient, batifolaient de plus belle. Leurs maisons seraient bientôt détruites. Ils s'en moquaient. Ils riaient à gorge déployée. Pourquoi? Ils n'étaient ni débiles, ni arriérés d'aucune manière. A maintes reprises, elle avait eu la preuve de leur bon sens. Pourquoi l'angoisse qui l'étreignait leur était-elle épargnée?

Markun, une des nombreuses petites sœurs de Vondik, exécuta une charmante cabriole.

– Là! fit-elle, le bras tendu. Les éclairs!

Pas de crépuscule. La nuit arrivait d'un seul coup. Les gerbes de pierres incandescentes flamboyaient comme une chandelle romaine. Un voile opaque de gaz éruptifs coiffait le cône d'une auréole. C'était cette nuée évanescente que zébraient des éclairs d'un blanc bleuté. Tout d'abord elle crut à un orage. Mais non. Les éclairs n'étaient qu'une manifestation supplémentaire des forces déchaînées dans les entrailles du volcan. Ils crépitaient et dansaient la sarabande annonciatrice de mort.

– Rentrons au village, dit Elena le plus doucement qu'elle pût. Il se fait tard.

Personne ne protesta. Ils s'élancèrent, redoublant de cris de joie; de loin en loin ils s'arrêtaient pour permettre à la jeune femme de les rattraper.

Pour elle, l'incroyable déclivité du sol rendait le retour infiniment plus pénible que l'aller. Pour monter, il n'était besoin que d'endurance. La descente imposait un effort constant à ses chevilles trop minces.

Néanmoins, elle atteignit sans une seule chute le fond de la vallée, molle courbe verte où se disséminaient les premières maisons. Les feux étaient allumés pour le repas du soir. Au lieu des vingt enfants qu'elle avait amenés, c'était maintenant une foule sans cesse grossissante qui l'escortait, la cernait, l'enveloppait de toute part. Tous voulaient la toucher. Ils riaient. Ils hurlaient. Leur allégresse faisait plaisir à voir. Si elle avait abandonné ses vêtements sans trop de problèmes, la Terrienne ne s'était pas encore habituée aux multitudes d'enfants de cette espèce pléthorique. Sur Terre, un contrôle des naissances draconien avait peu à peu transformé les nouveau-nés en phénomènes, mais ici, les femmes mettaient fréquemment au monde des quintuplés. Il n'était pas rare d'accoucher de six, voire sept rejetons à la fois. Tout ce petit monde se portait à merveille. Le climat d'une exceptionnelle douceur, la vallée fertile, le lac poissonneux ne ménageaient pas leurs bienfaits.

L'escorte turbulente accompagna Elena jusqu'à la bifurcation des Trois Chemins.

Il n'y avait qu'un seul peuple. Toutefois, les trois villages se distinguaient les uns des autres par un ensemble de coutumes, de lois de castes aussi infranchissables que des murailles. Largo, au fond de la vallée, pratiquait l'agriculture. Hulgo, situé au pied du volcan, était un bourg d'artisans et de potiers. Gilgo, à flanc de montagne, s'était spécialisé dans les travaux de force, abattage des arbres, menuiserie, maçonnerie, construction de pirogues. Elena discernait mal la finalité de cette répartition arbitraire, sinon qu'elle rendait nécessaires les échanges commerciaux et dotait les insulaires d'une structure exogamique indispensable au brassage des populations.

Haugan, chef des trois villages, vivait dans le plus élevé, Gilgo. Le chef exerçait son autorité sur Hulgo et Largo par l'intermédiaire de délégués. Il n'existait pas à proprement parler de gouvernement, mais une autorité suprême à laquelle on recourait pour les décisions importantes. Elena s'engagea donc sur la route de Gilgo, imitée par quelques enfants, dont Vondik et ses nombreuses cadettes. Une touffeur oppressante s'était abattue sur l'île. La jeune femme haletait. Elle commençait à ressentir les effets de la fatigue. Sa peau se faisait visqueuse. Elle s'appuyait lourdement sur le bâton que Vondik avait coupé à son intention. Arrivée à la hauteur des premières maisons de Gilgo, elle leva les yeux vers le sommet du volcan, visible entre les arbres. Il semblait écrasé par l'énorme masse du nuage éruptif, continuellement lacéré d'éclairs obliques. Les grondements souterrains étaient plus perceptibles. L'espace d'un instant, prise de panique, Elena sentit déferler sur elle des tourbillons de particules grasses et suiffeuses, mais quand elle se passa la main sur la poitrine, elle la trouva aussi lisse, aussi blanche que d'habitude.

Haugan s'avança à sa rencontre jusqu'au seuil de la grande case. Ils s'étreignirent avec des gestes lents, en une sorte de rituel solennel.

– Qu'as-tu donc vu?

– De la fumée. Du feu. Des éclairs. C'est pour bientôt, Haugan!

– Ne nous emballons pas. Viens, le dîner est prêt.

Il passa devant elle. Il était grand, plus grand que tous ses sujets, ce qui convenait à sa fonction. Ses gestes, les plus anodins, étaient empreints d'une grâce indéfinissable à laquelle la jeune Terrienne avait été sensible dès leur première rencontre. Sans tergiverser, elle avait accepté de l'épouser.

A vrai dire, il n'était pas si différent d'un homo sapiens. Certes, il possédait un doigt supplémentaire et davantage d'articulations; certes, la texture de sa peau était étrange au toucher; certes, on ne voyait de ses yeux que d'immenses pupilles et comme tous ceux de sa race, il n'avait ni cheveux, ni ongles. Tout le reste était humanoïde, à condition de fermer les yeux sur le fonctionnement de ses organes internes. Elena fermait les yeux. Depuis longtemps elle avait cessé de le considérer comme une créature exotique au charme vaguement monstrueux.

Ils s'accroupirent sur la natte. Composé de viandes bouillies et de légumes riches en amidon, le repas fut servi par Leegar, la concubine d'Haugan, le ventre gonflé par une maternité prochaine. Elle se montrait timide, mais nullement honteuse. Souriante à son habitude, elle posa le plat devant Elena. Peut-être es-tu l'épouse du roi, semblait dire ce sourire soyeux, mais c'est moi qui porte sa progéniture.

La jeune femme n'était jamais parvenue à surmonter complètement l'espèce de répulsion que lui inspiraient les trois paires de seins des femelles de l'espèce. Abondance logique si l'on considérait l'habitude des naissances multiples. C'était pour elle une différence beaucoup plus choquante que celle qui séparait son époux d'un Terrien. Perplexité réciproque. Indifférentes à la beauté maintes fois vantée des seins d'Elena, les mains d'Haugan aimaient à s'attarder sur son torse, comme si elles s'étonnaient de n'y point trouver les mamelons inférieurs.

– Tu ne manges pas, dit-il. Pourquoi?

– Le volcan me remplit d'effroi, Haugan.

– Dieu nous comble de ses dons. Préparons-nous à recevoir ce qu'il nous destine.

– Mais le temps presse, insista-t-elle. Ce que j'ai vu ne laisse aucun doute. Il faut évacuer, Haugan, l'éruption peut se produire à tout moment.

– Les prêtres veillent. La lave n'atteindra pas le village avant plusieurs jours.

– Plusieurs jours! Te rends-tu compte...

Elle se tut, consciente de l'inutilité de ses paroles et de la vanité de son attitude. Parfois, elle se prenait à jouer devant lui les donneuses de leçon, travers si répandu chez les Terriens imbus de leur supériorité technologique. Elena détestait cet aspect moralisateur de sa personnalité. Haugan était ici chez lui. Cette île était son royaume. Elle eût été bien présomptueuse de s'imaginer plus clairvoyante sous prétexte que sa civilisation avait franchi le cap de la conquête de l'espace alors que la sienne en était encore à la terre cuite.

– Que suggères-tu? demanda-t-il sérieusement.

– Il me semblerait judicieux...

– Eh bien?

– De faire évacuer les trois villages et de transporter tout le monde à l'abri derrière l'autre montagne. Au lieu de ça, tout se passe comme si nous attendions benoîtement d'être ensevelis.

– Chaque chose en son temps.

– Ils sont des milliers, Haugan. Sans compter les animaux domestiques, les meubles, les ustensiles de première nécessité...

– Rien ne presse, Elena.

A nouveau, il lui remplit son verre. L'esprit un peu troublé, elle le dévisageait avec effroi. Il demeurait impassible, monstrueusement impassible. Toujours aussi certain de la sagesse de ses décisions. Cette fois, cependant, il ne s'agissait pas de trancher un banal différend. Il s'agissait de l'avenir de son peuple menacé d'une mort atroce. Et si cette absence de hâte, cette assurance impavide étaient justement l'apanage des chefs?

Le repas terminé, le couple royal traversa le village sous les acclamations pour gagner un promontoire sur le flanc du volcan. De là, ils observèrent le cône menaçant. Le nuage éruptif avait encore pris de l'ampleur, ainsi que le flot rouge débordant du cratère. Elena contempla le reflet pourpre jeté comme un pont en travers des eaux noires du lac. A intervalles réguliers retentissaient de petites explosions caverneuses. Des jets de vapeur fusaient avec violence. L'air lourd, chargé d'une puanteur de brûlé, vous écrasait la figure comme une main.

Quand elle regarda son bras, Elena découvrit de minuscules grains de suie accrochés comme des gouttes d'eau à ses poils. Elle le fit remarquer à Haugan. Il effleura son poignet.

– Merveilleuse toison... Elle couvre non seulement tes bras mais tout ton corps. Tu es dorée des pieds à la tête, ce n'est pas nouveau!

– Haugan, ne fais pas l'innocent. C'est ce dépôt cendreux que je te montre. L'air en est plein.

– Oui. Et ce n'est qu'un commencement.

Voulait-il la rassurer en conservant ce calme olympien? Etait-il complètement inconscient?

Plus tard, un groupe de vieillards vint consulter Haugan. Elena fut reléguée à l'intérieur tandis qu'il recevait ses hôtes devant la case. L'entretien se prolongea plus d'une heure. Impossible pour la jeune femme de saisir les murmures indistincts des vieillards, et le roi lui-même s'exprimait à voix basse. Toutefois, il lui sembla percevoir une nette divergence d'opinion. Certain vieillard prononça une certaine phrase qui lui valut une acerbe riposte. Peu après, les visiteurs prenaient congé. Haugan alla s'étendre à côté d'Elena.

– Que voulaient-ils?

– Parler du volcan. Tirer des plans.

Elle se dressa d'un coup de reins.

– Haugan? Est-ce que par hasard ils me rendraient responsable de l'éruption?

– Responsable? Toi? Pourquoi donc?

– Le roi a pris pour épouse une femme venue d'une autre planète. Croient-ils que c'est une faute qui attire sur eux la vengeance divine?

– S'ils le croyaient, jamais ils n'auraient béni notre union.

– Justement. Certains s'y opposaient.

– C'est absurde. Nous sommes tous tenus de chercher femme à l'extérieur, tu le sais bien.

– A l'extérieur du village, oui. Mais de là à choisir une femme venue d'une autre planète...

– Pensez-vous vraiment sur votre monde que le fait d'épouser une étrangère attire le mauvais sort? Nous croyons le contraire. Plus l'épouse vient de loin, plus nous l'accueillons avec sympathie. Et toi, tu es venue de si loin qu'on ne peut même imaginer la distance. Personne ne songe à te rendre responsable du feu qui nous menace. C'est une idée insensée. Oublie-la.

Elle n'était pas convaincue. Sans pouvoir se l'expliquer, elle demeurait persuadée que les prêtres, tout au moins certains d'entre eux, la tenaient responsable du réveil du volcan.

Cette certitude intime reposait sur un raisonnement impeccable. A travers l'échange exogamique s'effectuait une transmission de messages tacites entre les groupes tribaux. Symboles de ces messages, les femmes étaient des unités de signification économique et biologique. Leurs échanges maintenaient cohérente et dynamique la structure générale de la société insulaire. Haugan avait intégré Elena au processus. Implicitement, le message dont elle était porteuse pouvait-il être interprété par son peuple autrement que comme un message de mort?

Malgré la tradition exogamique, ils n'allaient jamais prendre femme sur les rives du lac. Dans ces conditions, Haugan n'avait-il pas commis un sacrilège en épousant une Terrienne? Plus elle y songeait, plus la jeune femme ne pouvait se défendre d'une sourde culpabilité.

A son réveil, le lendemain, elle constata que la catastrophe ne s'était pas produite. L'échéance se rapprochait, toutefois. Le cratère vomissait d'épaisses nappes hideusement rougeoyantes. Un nuage diaphane stagnait au-dessus du lac. Le cône semblait s'être rehaussé du côté de la rivière d'Or de façon à présenter vers la vallée la partie inférieure de son cratère oblique. A midi, une nouvelle secousse l'ébranla. Une brèche s'ouvrit et pour la première fois, la lave atteignit les arbres de la ceinture boisée. Peu après, ils s'embrasaient. Le vent rabattait sur le village d'énormes et sombres volutes.

Pour les habitants le Largo, Hulgo et Gilgo, la vie suivait son cours.

Les hommes taillaient le bois ou la pierre; les femmes vaquaient aux occupations domestiques. Dans la basse vallée, on moissonnait. Partout, les enfants jouaient. Pas un, pas un qui manifestât le moindre signe d'inquiétude. Haugan demeura presque invisible jusqu'au soir : il conférait avec les prêtres et les anciens dans les cabanes sacrées. Longtemps, Elena espéra que l'ordre d'évacuation serait enfin donné. Il n'en fut rien.

L'obscurité tomba beaucoup plus tôt qu'à l'ordinaire. La fumée faisait obstacle à la lumière. Après le repas du soir s'organisèrent des réjouissances. Le ventre noué, Elena ne pouvait détacher les yeux de la colonne de feu qui prolongeait le volcan. A chaque rafale, elle croyait sentir sur tout son corps l'haleine brûlante du monstre. Il faisait une chaleur de fournaise.

Tandis que la petite fête battait son plein, Haugan dressait de longues listes sur des plaques d'écorce. Elena ne put lui adresser la parole de toute la soirée. Il semblait fébrile, affairé, comme gagné par un tardif sentiment d'urgence. Les prêtres, ces vieillards ratatinés, montraient eux aussi des visages soucieux. On ne pouvait en dire autant du reste de la population. Seule de tout le village, la jeune femme ressentait une terreur croissante.

Pour la troisième fois depuis le commencement

des grondements souterrains, le soleil se leva comme un disque blafard dans le ciel de suie. Les explosions se succédaient toutes les cinq minutes. Une légère couche de cendres recouvrait le village.

– Allons nous baigner, proposa Haugan.

Elena accepta d'emblée, soulagée de l'occasion qui lui était offerte de sortir de Gilgo et de s'éloigner du volcan. Ils furent noirs de cendre avant d'avoir fait vingt pas, Haugan moins qu'elle toutefois en raison de sa peau parfaitement lisse. Il n'y avait pas une vague à la surface de l'eau, à peine traversée de quelques ridules. Haugan y pénétra sans hésiter. Elena l'effleura et recula aussitôt.

– Je ne peux pas! Elle est brûlante.

– Essaie encore. Tu ne risques rien.

Elle se contraignit à avancer. Quand elle fut immergée jusqu'au menton, elle enfonça ses orteils dans la boue agréablement chaude afin de résister à la brûlure de l'eau. Les mains d'Haugan couraient partout sur son corps. Quand il l'eut débarrassée de la pellicule de cendre, elle fit de même pour lui. Ils sortirent en toute hâte. Des cloques s'étaient formées sur la peau rosie de la jeune femme. Celle d'Haugan apparaissait intacte.

Debout sur la rive, Elena parcourut des yeux la vallée jusqu'à l'autre versant où tout était verdoyant et paisible. Pourquoi n'y avait-il pas de villages, là-bas? Pour autant qu'elle sût, les flancs du plus haut sommet de l'île n'étaient pas interdits par les prêtres. Des animaux y paissaient. Des enfants y allaient à l'aventure. Et cependant, personne n'y vivait. Toute la population s'entassait au pied du plus petit volcan. Aujourd'hui seulement ce contraste lui sautait aux yeux. Comme elle allait en demander l'explication à Haugan, le volcan gronda, puis se fit entendre une sorte de sifflement strident, comme une plainte qui n'arrivait pas à jaillir.

Elena étreignit la main d'Haugan.

– Rentrons vite. Il faut ordonner l'évacuation des villages, Haugan ! Hâtons-nous, je t'en supplie.

Son insistance l'amusait visiblement. Il lui ceignit les épaules d'un bras protecteur.

– Crois-tu ? Crois-tu que nous soyons si pressés ?

– Si tu ne te décides pas, nous allons tous mourir.

– Certains mourront en effet. (Il ne semblait pas ému le moins du monde.) Et d'autres non.

Elle se dégagea d'une secousse. Stupéfaite, elle le dévisagea.

– Il n'y en a plus pour longtemps, dit-elle enfin. L'éruption se produira avant la fin de la journée. Ce soir, notre village sera sous la lave.

– Plus tôt que tu ne penses, Elena. La montagne explosera dans l'heure qui va suivre.

– Comment le sais-tu ?

– Je le sais.

– Mais les gens... ces hommes, ces femmes, tes sujets ?

– Ceux qui doivent être sauvés sont déjà en route. Regarde.

Elle regarda dans la direction désignée. Sur les sombres méandres de la route qui parcourait la vallée d'un sommet à l'autre se pressaient les villageois chargés de leurs biens et suivis de leurs animaux. Elle se sentit plus soulagée qu'elle n'aurait pu le dire. L'espace d'un instant, un sourire hésitant aux lèvres, elle suivit des yeux la colonne ténue des émigrés. Quand elle fit volte-face pour regarder de l'autre côté, son sang se glaça. De nombreux villageois étaient encore au travail, sans paraître s'inquiéter de la suite des événements.

– Et ceux-là ? murmura-t-elle. S'il ne reste qu'une heure, qu'attendent-ils ?

– Ils restent. (La voix était neutre, mais d'entendre ces mots dans la bouche de son mari donna soudain à la tragédie une terrible, une irrémédiable consistance.) Quelques-uns seulement vont bâtir de nouveaux villages. Notre population a considérablement augmenté. Nous sommes trop nombreux. J'ai dû désigner ceux qui auront la charge de reconstruire les villages à l'autre bout de l'île. Ce n'est pas la première fois.

– Pas la première fois...?

– La Nuit du Feu revient toutes les cinq générations. A tour de rôle chacune de nos montagnes doit se purifier des villages qui s'accrochent à ses flancs. Nous reconstruisons et ainsi de suite.

Il souriait. Comme elle frissonnait, il prit ses mains dans les siennes.

– J'ai une tâche à accomplir. Viens.

Ils longèrent le rivage jusqu'à l'endroit où l'eau clapotait contre le contrefort du volcan. La végétation s'étiolait sous l'effet de la chaleur intense. Une profonde tranchée avait été creusée du lac à la base même de la montagne. Les hommes y travaillaient depuis plusieurs mois, la jeune femme ne l'ignorait pas. Elle comprenait à présent la raison d'être de l'ouvrage. L'entaille venait buter contre une barricade de rondins solidement assujettis à l'aide de ligatures. Une vanne, en somme. L'eau venait battre contre l'obstacle sans aller plus loin.

Haugan s'agenouilla. Tout en s'enduisant le corps de boue, il marmonna des paroles incompréhensibles. D'un index impérieux, il montra le cratère.

– Dans les entrailles de cette montagne bouillonne le feu purificateur. Lorsque l'eau du lac le rejoindra, des torrents de lave jailliront. Voici la grande porte qui ferme le lac. Je vais l'ouvrir.

Il se saisit d'un pieu.

– Si je comprends bien, le lac communique avec la cheminée du volcan et tu vas supprimer l'obstacle?

Elle ne questionnait pas. Ce n'était plus la peine.

Le désespoir s'emparait de sa gorge comme une nausée.

– C'est très simple. Regarde.

Il inséra le pieu entre deux ligatures. Cinq ou six coups de boutoir et la vanne bascula sur un axe invisible. Très simple, en effet. Pétrifiée, elle regarda de tous ses yeux. Pas de feu, pas même un rayonnement, mais les ténèbres où s'engouffraient les eaux du lac Muuk pour se précipiter sur le magma et déclencher la phase finale de l'éruption. La pente du talus s'éboula. Elle serait tombée sans la poigne d'Haugan. En vérité, quelles ténèbres étaient plus insondables de celles du volcan ou de celles d'un peuple qui s'accrochait encore à l'horrible pratique du suicide rituel? Prise de panique, la Terrienne se débattit frénétiquement comme un poisson qui veut s'échapper des mailles du filet. Il la maîtrisa sans difficulté. Pour la première fois, le contact de sa peau parut franchement odieux à la jeune femme.

– Rentrons, dit-il.

– Oui, souffla-t-elle, calmée, et gagnons vite l'autre montagne.

– Non. Le roi demeure avec ceux qui restent.

La vérité se fit jour dans son esprit sur le rite auquel se soumettaient les insulaires. Deux volcans, deux sites, alternativement occupés par trois villages, la mort terrassant l'un tandis que l'autre accueillait les rescapés désignés, la reconstruction des trois nouveaux villages, le rite cyclique de purification (remède draconien à la surpopulation), le déclenchement délibéré du drame final, le sacrifice du guide suprême... Rien d'étonnant à ce que l'autre montagne fût inhabitée! Sous ses versants boisés gisaient les ruines d'innombrables villages, aux emplacements précis où les survivants allaient s'établir. Mille interprétations se présentaient à l'esprit de la jeune femme. Aucune cependant qui pût justifier ce suicide collectif.

Ils traversèrent Hulgo et poursuivirent en direction de Largo. Un flot continu de réfugiés les croisait sans manifester la moindre hâte ou la moindre peur. Les villageois dont le destin était de rester souriaient sur leur passage. Un formidable frémissement naquit du volcan et, courant vers son crescendo, se propagea à travers toute l'île.

Les vieillards les attendaient dans leur case. Tous arboraient des visages sereins.

– Me croiras-tu à présent si je répète que tu n'es nullement responsable de ce qui arrive? (Haugan lui parlait comme à une enfant qu'il s'agit de rassurer.) Cette éruption est pour nous une véritable bénédiction.

– C'est une bénédiction que de périr ensevelis sous une coulée de lave?

– Nous en avons la conviction depuis des siècles et des siècles. Mais tu es libre de partir. Tu es libre de courir te mettre à l'abri. Sauve-toi, Elena. Il est encore temps.

Elle les regarda tour à tour. Elle demeura à les dévisager, bouche bée, la tête un peu penchée de côté, saisie dans la révélation directe, implacable, du gouffre qui les séparait... Un gouffre mesurable en centaines de milliers d'années-lumière et qu'aucun attachement conjugal ne comblerait jamais. Elle leur était si étrangère. De tout son être, elle s'insurgeait contre ce rite de mort.

Bien qu'il fût midi, il faisait presque nuit. L'île gémissait. Elena eut la vision fugitive des cadavres pétrifiés de Pompéi. A côté d'elle, les prêtres psalmodiaient.

Une flèche de feu zébra le ciel.

Un piétinement ponctué de hurlements de joie s'enfla en une galopade effrénée le long du chemin.

– Le feu arrive! cria Vondik autour duquel gambadaient ses petites sœurs. Nous allons bientôt le voir.

Une dernière fois, Elena chercha en elle-même la force de fuir l'horreur qui dévalait la pente. En vain. Quelque chose la clouait sur place. Comme si la décision s'était prise à son insu. Il était trop tard. Désormais, les croyances folles d'Haugan étaient siennes. Désormais, elle n'était plus libre de choisir. Suprême affectation de sa part? Elle n'aurait su le dire. C'était sans importance.

– Sauve-toi, répéta Haugan.

– Comment le pourrais-je? Comment pourrais-je te quitter?

Assise contre lui, elle l'entoura de ses bras. Avec les villageois, elle attendit la Nuit du Feu.

L'ÉPOUSE 91

C'était le contrat classique. Je signai; Landy signa, et nous étions déclarés mari et femme pour une durée de six mois. Le registre cliqueta, hoqueta et régurgita notre acte. Mes amis me balancèrent de grandes claques dans le dos. Congratulations. Cinq des sœurs de la mariée gloussèrent et bourdonnèrent en chœur. Leurs fronts passèrent par toutes les couleurs du spectre. Nous nagions dans l'euphorie.

– Un baiser pour la mariée! Un baiser! Un baiser!

Landy se nicha dans mes bras. Je les refermai autour de son corps mince et flexible. J'approchai mes lèvres de son orifice buccal dont les pétales frémirent délicatement à ce contact. L'espace de trente secondes, nous gardâmes la pose. Non sans mérite en ce qui concerne Landy. On ne s'embrasse pas sur sa planète natale. Pas de cette façon, en tout cas. Elle a dû trouver l'expérience éprouvante, mais elle a tenu le coup. Bien obligée. Notre contrat ne stipulait-il pas que nous étions mariés sous le régime terrien? Avec la fureur des mariages interplanétaires, on n'est jamais trop prévoyant. Chez nous, on embrasse la mariée. Je l'embrassai donc. Mon copain Owens eut moins de chance. Dans le feu de l'action, il saisit à bras le corps une des sœurs de Landy pour lui faire subir le même traitement.

D'une chiquenaude, elle l'envoya valser au milieu de la chapelle. Ce n'était pas son mariage, n'est-ce pas?

La cérémonie terminée, on passa au gâteau, puis aux hallucinogènes. Sur le coup de minuit, quelqu'un se décida à faire une proposition sensée.

– Vous ne croyez pas qu'il serait temps de les laisser roucouler?

Sitôt le dernier invité parti, nous filâmes à l'anglaise par une porte dérobée derrière laquelle nous attendait une capsule de transport biplace, douillette comme un édredon de plumes. Les narines grisées par la suave odeur de mélasse qu'exhalait ma compagne, ses membres adorables lovés autour des miens, j'enfonçai du coude la touche de contact. Nous descendîmes Harriman Channel à trois cents kilomètres à l'heure. Pas de remous. Une vraie balade d'amoureux. Landy assimilait vite nos coutumes barbares. Je m'en rendis compte lorsqu'elle m'embrassa de nouveau.

Quinze minutes plus tard, nous atteignions la destination programmée. La capsule opéra un brusque virage à gauche, s'enfila dans une écoutille et vint s'amarrer contre la membrane plissée de notre hôtel. Son nez produisit le degré d'excitation requis. La membrane s'entrouvrit. Nous fûmes catapultés de l'autre côté. Ayant déverrouillé la capsule, galamment, j'aidai Landy à mettre pied à terre, c'est-à-dire sur la moquette de notre chambre. Ses prunelles dorées scintillaient d'une tendresse radieuse. D'une pichenette, j'opacifiai les murs de l'alcôve.

– Je t'aime, fit-elle dans un anglais approximatif.

– Je t'aime, fis-je dans sa langue.

Moue désapprobatrice.

– C'est un mariage terrien, non?

– Bien sûr. Champagne? Caviar?

– Champagne et caviar.

J'établis la commande. Glacé, alléchant, notre petit en-cas nous fut servi sur des roulettes par le distributeur de service. Je fis sauter le bouchon. J'arrosai le caviar de citron. Nous primes notre repas. Rien que des œufs de poissons et du jus de raisin, me répétais-je.

Ensuite, nous actionnâmes le périscope. Par-delà une centaine d'étages, nous contemplâmes les étoiles. Ce soir-là, la lune était merveilleusement poétique et l'un des cartels avait eu la riche idée de suspendre sur un arc de vingt degrés une flamboyante rivière de diamants. La main de Landy était pelotonnée dans la mienne.

Puis nous dissolvâmes nos habits de cérémonie. La phase consommation pouvait commencer.

Ne comptez pas sur moi pour vous donner *tous* les détails. Même à notre époque, certaines choses demeurent sacrées. Si vous voulez savoir comment on fait l'amour avec une Suvornaise, il faut en épouser une, comme votre serviteur. Toutefois je peux vous mettre sur la voie. Sans insister. Anatomiquement parlant, le processus est analogue à ce qui se pratique sur notre planète. Le partage des tâches est respecté. Grosso-modo, le mâle donne et la femelle reçoit. Qu'on se rassure, il existe des différences. Elles tiennent à la position, la texture, la sensation, la réaction. Sinon, à quoi bon épouser une extra-terrestre?

Si j'étais nerveux? Un peu, je l'avoue. C'était peut-être ma quatre-vingt-onzième nuit de noces, mais Landy était ma première Suvornaise, conjugalement ou non. D'ailleurs pour peu que vous soyez familiarisé avec le code moral en vigueur chez eux, vous comprendrez combien la seconde hypothèse est saugrenue. A vrai dire, j'avais bien potassé un manuel suvornais d'éducation sexuelle, mais il y a loin de la pratique aux explications et croquis, fussent-ils en 3-D. Tous les adolescents de toutes les planètes vous le diront.

Landy se montra très coopérative, alors qu'elle n'était pas mieux renseignée sur les Terriens que je ne l'étais sur les Suvornaises. Elle témoignait d'une grande hâte à combler nos lacunes réciproques. Tout se passa comme sur des roulettes. L'érotisme, c'est une question de doigté. Certains l'ont, d'autres pas. Je l'ai.

Le lendemain matin, nous prîmes notre petit déjeuner sur une terrasse baignée de soleil avec vue sur un bassin turquoise dans lequel s'ébattaient de splendides amiboïdes. Plus tard, la capsule nous conduisit au spatioport. Notre voyage de noces commençait pour de bon.

– Heureuse? demandai-je.

– Très. Tu es déjà mon époux favori.

– L'un de mes prédécesseurs était-il terrien?

– Bien sûr que non.

Je rayonnai. Quel mari n'aimerait avoir l'assurance d'être le premier?

Au spatioport, Landy signa le registre sous le nom de Mme Paul Clay, délicate attention qui me toucha aux larmes. Après l'inspection, nous fûmes admis à bord où le personnel nous accueillit comme si nous étions les enfants prodigues de retour au bercail. Une ravissante hôtesse à la carnation indigo nous précéda jusqu'à notre cabine. Ses souhaits de bon voyage semblaient si sincères que je ne pus y résister. Saisissant sa fiche de crédit, j'en fis tourner le cadran d'un cran. Scandalisée, elle la remit dans sa position antérieure.

– Monsieur, je vous en prie! Les pourboires sont interdits.

– Excusez-moi. Vous êtes si charmante.

– Votre femme n'est pas mal non plus. Honirangi?

– Suvornaise.

– Je vous souhaite tout le bonheur possible, monsieur.

Nouveau tête-à-tête. Landy se blottit contre moi. N'allez surtout pas imaginer que victime de la folie des mariages interplanétaires, j'ai épousé une Suvornaise par caprice. Il se trouve que nous nous plaisons. Aux quatre coins de la galaxie, n'importe qui se colle avec n'importe qui afin de pouvoir s'en vanter et parader ensuite. On assiste partout aux unions les plus extravagantes. Des Terriens épousent des Sthènes, des Gruules, même des Hinamors! C'est du dernier grotesque. Loin de moi la conviction qu'on se marie uniquement pour s'envoyer en l'air ou qu'il faille se limiter à sa propre espèce sous prétexte que les rapports physiques seront nécessairement plus faciles. Cela dit, je suis un partisan résolu de l'harmonie au sein du couple. Que l'on m'explique l'art et la manière d'entretenir des relations harmonieuses avec une Hinamor qui se présente sous la forme de sept reptiles d'un bleu diaphane confinés en permanence dans une atmosphère d'argon! Landy a le mérite d'être mammifère et humanoïde. Certes, notre union demeurera infertile, mais en homme de principe, j'évite autant que faire se peut de commettre des horreurs. Je suis tout disposé à laisser à ceux dont c'est la fonction le soin de perpétuer l'espèce et soyez certains que même si nos chromosomes avaient été compatibles, jamais je n'aurais évoqué devant ma femme cette répugnante question. Le mariage, c'est le mariage. La reproduction, c'est la reproduction. Quel rapport l'un peut-il avoir avec l'autre, je vous le demande?

Mettant à profit les six semaines de temps subjectif que dura notre croisière, nous nous sommes amusés comme des fous. Nous avons forniqué abondamment, cela va sans dire. Nous avons gravi-nagé et joué au paddle-polo dans le salon sidéral. Nous avons lié connaissance avec d'autres couples de jeunes mariés et même un super-couple composé de trois Banamons et deux Ghinois.

Pour couronner le tout, Landy s'est fait transplanter de vraies dents. En secret, pour m'en faire la surprise.

Les dents suvornaises sont très différentes des nôtres, c'est la moindre des choses. Ce sont d'élégantes petites aiguilles recourbées montées sur pivots. Leurs propriétaires s'en servent pour empaler la nourriture tandis que la langue fait office de râpe. Parfaitement fonctionnelles dans le contexte d'une morphologie suvornaise, ces dentures sophistiquées, barbares au regard étranger, réussissent parfois le tour de force de concilier l'utile à l'esthétique. Landy avait des aiguilles adorables. Dieu m'est témoin que jamais je ne fis la moindre réflexion à leur sujet, mais pour une obscure raison, elle avait dû se fourrer dans le crâne l'absurde certitude que je les trouvais antiérotiques ou je ne sais quoi. Peut-être émanait-il de moi une aversion inconsciente alors même que pour la centième fois je me faisais la réflexion que ce système ingénieux était absolument ravissant. Quoi qu'il en soit, elle avait pris rendez-vous avec le chirurgien-dentiste du bord afin de se faire greffer un assortiment complet de dents terriennes.

Moi, évidemment, je n'étais au courant de rien. Elle s'était éclipsée après le petit déjeuner, prétextant une course importante. J'ajustai une paire d'ouïes et piquai une tête dans la piscine pendant que ma femme abandonnait ses aiguilles entre les mains du praticien. Ce fut vite fait. Après avoir nettoyé les alvéoles, il greffa une souche d'implantation synthétique analogue au tissu gingival dans laquelle il cisela de nouvelles cavités réceptrices. Puis il retailla à ses mesures un jeu de dents humaines qu'il scella dans le périoste au moyen d'une rapide injection de ciment homogreffant. En moins de deux heures, tout était terminé.

Quand j'ai vu réapparaître Landy, la zone à pigmentation variable qui forme une barre en travers de son front menaçait de virer au violet. Un sombre pressentiment m'assaillit.

Elle sourit. Aspirant les pétales de son orifice buccal, elle découvrit sa nouvelle acquisition.

– Landy! Seigneur, qu'as-tu fait?

Impossible de me retenir. Chacun de mes pores irradiait l'effroi et la consternation. Derechef Landy manifesta sa consternation de me sentir ainsi contrarié. En un clin d'œil son front quitta la zone visible du spectre et m'inonda de radiations ultra-violettes qui pour être invisibles n'en accroissaient pas moins ma détresse. Ses pétales s'avachirent. Ses yeux s'emplirent de larmes. Ses narines se pincèrent.

– Tu n'aimes pas?

– Je m'y attendais si peu... tu me prends au dépourvu!

– C'est un cadeau! Pour toi. Pour te faire plaisir.

– Mais j'adorais tes anciennes dents!

– C'est faux! Elles te faisaient peur. Non, ne le nie pas. Je sais comment les Terriens embrassent. M'as-tu embrassée ainsi une seule fois? A présent que j'ai des dents humaines, tu n'as plus d'excuse. Embrasse-moi!

Elle frémissait dans mes bras. Je l'embrassai.

Nous vivions notre première crise. Elle avait sacrifié ses aiguilles pour m'être agréable. Elle avait raté son coup et elle m'en voulait. Je fis mon possible pour la calmer sans aller jusqu'à lui suggérer de retourner illico chez le dentiste afin de réparer les dégâts. Question de tact.

Je suai sang et eau pour m'habituer aux robustes rangées d'ivoire étincelant qui ornaient désormais le délicat orifice buccal de ma bien-aimée. Irréprochables, peut-être, mais totalement incongrues. C'est bien simple, chaque fois qu'elle ouvrait la bouche je devais faire un effort pour ne pas sursauter. Quand on s'offre une cathédrale gothique, est-ce qu'on va demander au premier architecte venu d'ajouter à sa flèche des structures bioplastiques ondoyantes? Quand un homme prend la peine d'épouser une Suvornaise, il n'a pas envie qu'elle se métamorphose morceau par morceau en Terrienne. Où cela finirait-il? Allait-elle se faire poser un nombril synthétique, se faire changer les seins de place ou trafiquer l'appareil génital pour me permettre...

Landy n'a rien fait de tout ça. Elle a conservé ses dents humaines pendant dix jours au cours desquels d'un accord tacite nous avons évité d'y faire la moindre allusion. Un beau matin, sans tambour ni trompette, elle est retournée voir le dentiste. Quand elle est sortie de son cabinet, tout était rentré dans l'ordre. Au fond, me suis-je dit avec philosophie, cette histoire de dents n'aura été qu'une lubie assez coûteuse. Je me gardai du moindre commentaire mais je suis persuadé que Landy trouvait plus convenable qu'une épouse « terrienne » exhibât des dents terriennes. Pour ma part, j'étais fichtrement content d'avoir retrouvé une vraie Suvornaise.

Un tendre malentendu, c'est cela le mariage. Deux êtres s'échinent à se combler d'attentions et n'y parviennent pas toujours. Parfois, ils obtiennent le résultat inverse de ce qu'ils avaient escompté. Ainsi en allait-il de Landy et de moi. Nous avions assez de maturité pour surmonter cette « rage de dents », mais si j'en avais été, disons, à mon douzième mariage, ç'aurait pu être la catastrophe. Avec l'expérience, on apprend à oublier ce genre de piège.

Nous avons beaucoup fréquenté nos compagnons de traversée. Si nous avions besoin de leçons sur les quatre-vingt-dix-neuf meilleures façons de saborder un mariage, il nous suffisait de regarder autour de nous. La cabine contiguë à la nôtre était occupée par un couple également mixte, bonne excuse pour frayer. Très vite, cependant, nous avons déchanté. L'un et l'autre visaient la rupture de contrat et croyez-moi, le spectacle n'était pas beau à voir.

La femelle était terrienne, une grande pouliche voluptueuse, la chevelure flamboyante, la prunelle irisée. Marje, c'était son nom. Son époux encore récent était lanamorien. Ce sont des humanoïdes grand format, l'allure bovine, avec une peau bleuâtre et striée, quatre bras télescopiques et un système tripode en guise de jambes. Au début, nous les considérions comme des gens charmants, un peu originaux peut-être, des baroudeurs sidéraux revenus de tout qui s'offraient le luxe de six mois de calme et de félicité conjugale. Nous étions loin du compte. Ils ne rataient pas une occasion de se balancer les pires vacheries à la figure, de préférence devant témoin. Ils cherchaient la rupture.

Vous connaissez le principe de ces contrats semestriels. Chacune des deux parties rédige une déclaration d'abandon de conjoint. Si l'un des deux flanche avant la date légale de dissolution, le contrat est dénoncé. Avouons-le, il ne devrait être au-dessus des forces de personne de « tenir » pendant six mois et l'on voit de moins en moins de contractants tellement pressés d'en finir qu'ils préfèrent payer la caution. Nous sommes des créatures civilisées. Des abus de confiance ont pu être commis par le passé, comme comploter pour amener le conjoint à prendre l'initiative de la rupture afin d'empocher ensuite le dédit. Qu'on se rassure. Ces pratiques infâmes sont depuis longtemps périmées.

Et pourtant, Marje et son Lanamorien cherchaient tous deux à décrocher la timbale. Décourager l'autre, l'acculer à la rupture, telle m'apparut la course éreintante dans laquelle ils étaient engagés. Je suggérai à Landy d'espacer nos rencontres et de nous mettre à la recherche de compagnons moins compromettants.

Sans le savoir, j'avais déjà ouvert notre seconde crise sentimentale.

Dans le cadre de leur campagne de coups bas réciproques, Marje et son Lanamorien décidèrent d'ajouter l'infidélité au chapelet des turpitudes conjugales. Sur ce chapitre, je suis très vieux jeu. Quand on prend l'engagement d'aimer, de servir et d'honorer quelqu'un pendant six mois, le moins que l'on puisse faire c'est de s'abstenir d'aller batifoler tous azimuts. Si un type n'est pas capable de rester monogame pendant une période aussi brève, qu'il se fasse faire une greffe dans la moelle épinière. J'étais certain que Landy partageait mon point de vue. Je me trompais.

Nous étions tous les quatre dans le grand salon, pas mal imbibés d'huile de fusel et autres esters. Soudain, sans crier gare, Marje est passée à l'offensive. Impossible de s'y méprendre. Désopacifiant sa tunique elle m'a collé sous le nez ses chairs abondantes.

– Viens dans ma cabine, trésor. Il y a un chouette lit à deux places.

– Ce n'est pas l'heure d'aller se coucher.

– Question de point de vue.

– Je n'ai pas sommeil.

– Ne te fais pas prier, Paul. Voilà des semaines que ce monstre se vautre sur moi. J'ai envie d'un Terrien.

– Regarde autour de toi, poulette. Ça grouille de Terriens.

– C'est toi que je veux.

– Désolé. Je suis déjà en main.

– Tu te fiches de moi? Donne-moi une seule

raison valable pour laquelle tu refuserais de rendre ce petit service à une compatriote.

Elle bondit sur ses pieds, tremblante de fureur, exposant à tous les vents des kilomètres de peau laiteuse. En termes impitoyables, elle décrivit par le menu ses ébats intimes avec le Lanamorien. En conclusion, elle me supplia de lui accorder une heure de plaisirs plus classiques. A défaut, accepterais-je de me laisser reproduire et d'expédier mon duplicata dans son lit? Je secouai la tête. Pas question.

Stoïque, j'attendis que l'orage s'éloigne. Elle cria beaucoup, me jeta au visage le contenu de son verre et sortit du salon d'une démarche qui dut ébranler le vaisseau, son époux sur les talons.

Alors seulement je me tournai vers Landy dont j'avais soigneusement évité le regard pendant cette embarrassante conversation. Son front frôlait l'infrarouge. Autrement dit, elle était au bord des larmes.

– Tu ne m'aimes pas, déclara-t-elle.

– Je te demande pardon?

– Si tu m'aimais, tu serais allé avec elle!

– Qu'est-ce que tu racontes? C'est une coutume suvornaise ou quoi?

– C'est une coutume terrienne et tu le sais très bien! (Elle renifla à fendre l'âme.) Ne fais pas l'innocent. Tous les maris attentionnés trompent leur femme de temps en temps. Je le sais! Je l'ai lu dans un livre.

Fallait-il rire ou pleurer? J'écarquillai les yeux.

– Mais c'est le contraire, petite idiote! C'est parce que je t'aime que j'ai refusé...

– Menteur! Menteur! Menteur!

Nous étions au bord de la crise d'hystérie. Avec une infinie patience, je tentai de lui faire valoir qu'intoxiquée par la littérature historique, elle oubliait combien l'adultère était tombé en désuétude. Elle n'en démordait pas. Après un quart d'heure d'une joute épuisante, elle se réfugia dans sa coquille. Elle faisait peine à voir, tassée sur elle-même, frémissante d'émotion contenue. Je la cajolai en vain. A la fin, mes efforts furent récompensés par un sourire à la grimace. Croyez-moi, ce n'est pas une sinécure que d'épouser une extra-terrestre.

Deux jours plus tard, ce fut elle qui essuya les assauts impertinents du gros Lanamorien.

Je loupai les préliminaires. Le vaisseau avait percuté un essaim de sphères énergétiques et comme la plupart des passagers, je me trouvais devant la baie d'observation. Bouche bée, nous contemplions l'extraordinaire ballet de ces citoyens de l'hyperespace. Landy connaissait le spectacle par cœur. Elle était redescendue au scintillarium où je devais la rejoindre.

Quand j'arrivai, une douzaine de créatures traçaient de fulgurants sillages bleus dans le vert fluorescent du bassin. Je cherchai ma femme du regard. Elle était sortie. Elle se trouvait non loin du bord, nue, le corps ruisselant de fluide polychrome. L'énorme Lanamorien la serrait de près, de si près même qu'en fait d'entorse à la décence, il en était déjà à la fracture. Le front de Landy avait pris une teinte alarmante. Elle avait tout, absolument tout de la jeune épouse en détresse. Je volai à son secours. Précaution superflue, je m'empresse de le dire.

A ce stade du récit, quelle image vous faites-vous de Landy? Une poupée de porcelaine, fragile, délicate? Vous avez gagné. Un petit bout de femme de quarante kilos tout habillée et pas d'os dans le sens où nous l'entendons. Rien que du cartilage. Avec ça une timidité maladive, une sensibilité à fleur de peau, s'offusquant de la moindre parole un peu sèche, la moindre nuance maladroite. L'un dans l'autre, le type même de la gracieuse geisha, incapable de faire un pas sans son porte-flingue. C'est ainsi que vous la voyez? Vous vous fourrez le doigt dans l'œil. Les requins sont à base de cartilage, eux aussi, et quarante kilos de requin, ça n'a jamais eu besoin d'un coup de pouce pour se tirer d'affaire. Agilité, excellente coordination, rapidité foudroyante, robustesse inattendue, tels sont les atouts des Suvornais. Stupeur douloureuse de mon copain Owens quand la sœur de Landy l'avait expédié au tapis. Stupeur douloureuse du Lanamorien. Je fus rapide, mais beaucoup moins rapide qu'elle. Elle eut le temps de lui démettre trois bras. Quand j'arrivai, elle était en train de le projeter sur le sol où il demeura à se tortiller en geignant et en fléchissant son espèce de trépied. Je ne dirais pas que Landy rayonnait, mais son expression doucereuse masquait mal une méchante satisfaction. Elle se lova contre moi.

– Qu'a-t-il fait pour être torturé de la sorte? m'enquis-je innocemment.

– Il m'a fait une proposition malhonnête, si tu veux le savoir.

– C'est épouvantable! Landy, tout de même, n'est-ce pas un peu disproportionné?...

– C'est de sa faute. Pourquoi m'a-t-il fait sortir de mes gonds?

En fait, elle n'avait pas l'air fâché pour deux sous. Au contraire, je ne l'avais jamais vue aussi câline.

– Landy, tu es la plus adorable et la plus incohérente des épouses. De quoi m'accusais-tu, pas plus tard que l'autre jour? De ne pas t'aimer sous prétexte que j'avais repoussé les avances de Marje. Si tu penses vraiment que l'infidélité est indispensable à un mariage terrien, que n'as-tu cédé à ce grossier personnage?

Elle me glissa entre les doigts. Ses yeux dorés braqués sur les miens, elle déclara :

– L'infidélité est le privilège des *maris* terriens. Au contraire, on exige des épouses une chasteté absolue. Comme si tu ne le savais pas. C'est ce qu'on appelle la double convention.

– La double quoi?

Elle m'expliqua en quoi cela consistait. Je tins aussi longtemps que je pus, puis tant de fraîcheur et d'innocence eurent raison de mon sérieux. Je lui ris au nez.

– Quel amour!

– Quel monstre! Pour qui me prends-tu? Comment oses-tu me pousser dans les bras d'un autre?

– Landy, pour l'amour du ciel...

Volte-face. Drapée dans sa dignité à défaut d'autre chose, elle me planta comme un ballot. En avant pour le troisième accrochage. Pauvre Landy. Déterminée à vivre son mariage « à la terrienne », elle allait de déconvenue en déconvenue. Elle me fit la tête jusqu'à la fin de la semaine, et même lorsque nous eûmes fait la paix, il demeura quelque chose, comme un fossé entre nous. Il avait toujours été là, me direz-vous; possible, mais il devenait presque impossible de nier son existence.

Six semaines plus tard, nous arrivions à destination.

Thalia, le *Niagara Falls* interplanétaire, la planète des amoureux. J'y étais déjà venu une bonne douzaine de fois dans des circonstances identiques, mais Landy avait jusqu'alors échappé à cette halte obligée. Pour lui plaire, j'avais accepté d'y revenir.

Thalia, densité une fois et demie supérieure à celle de la Terre, deux lunes bicolores, firmament vert pâle, végétation luxuriante en recul sous la poussée d'une exploitation galopante, propriété du cartel qui dirige l'extraction de métaux préalliés dans l'hémisphère nord. Ils ont eu l'idée de transformer un petit continent de l'hémisphère sud en centre de villégiature pour jeunes mariés. Imaginez un ranch à l'échelle de la galaxie. Le personnel est terrien, la clientèle vient du cosmos entier. C'est fou ce qu'on arrive à tirer d'une planète habitable inhabitée si on sait l'exploiter par le bon bout.

Encore un peu en froid, nous avons quitté le vaisseau. Avant de pouvoir dire ouf, nous étions catapultés dans notre bungalow. Force me fut de reconnaître qu'en l'espace de quelques minutes, le charme de l'environnement réussit là où j'avais échoué pendant six semaines : Landy se dérida. On nous avait attribué un ballon à structure monomoléculaire flottant à quelque cent mètres au-dessus du bâtiment principal. Nous jouissions de cette solitude absolue qu'appellent de leurs vœux tous les jeunes mariés. (Vraiment? Il y a des exceptions!)

Nous nous donnâmes un mal de chien pour profiter au maximum de notre séjour. Tour du continent en cerf-volant ptérodactyle, dégustation de cocktails au radon, grignotage de steaks aux algues sur feu de bois, chasse, pêche, fornication. Bains de soleil. Ma peau prit une belle couleur cuivrée. Landy se mit à ressembler à une fine porcelaine sang-de-bœuf de Kang Hsi. Inimitable. En somme, les jours filèrent agréablement malgré la tension qui distillait sournoisement son poison dans nos rapports.

Rien de grave, en tout cas, jusqu'au jour où l'étalon sauvage prit la clé des champs. Quand je dis étalon sauvage, c'est pour simplifier. Il s'agissait d'un quadrupède vésilien d'une taille gigantesque, bleu avec des rayures orangées, doté d'une queue formidable et de mâchoires plus formidables encore. Soit deux tonnes de bestialité sauvage et agressive. Ils le gardaient dans un corral, derrière les réservoirs protoniques, en compagnie d'autres bestioles du même acabit, domptées, celles-ci, en prévision des rodéos impromptus organisés pour la plus grande joie des clients. Personne n'avait jamais réussi à tenir plus de dix secondes sur cet animal.

Un homme au moins avait été si effroyablement piétiné qu'on n'avait pu le ranimer : il ne restait même plus assez de bidoche intacte à mettre dans le centrifugeur.

L'étalon fascinait Landy. Toutes les fois qu'un rodéo était annoncé, elle m'entraînait jusqu'au corral et des étoiles plein les yeux assistait aux acrobaties des cow-boys. Elle se trouvait juste derrière la barrière quand l'indomptable, ayant désarçonné une fois de plus son cavalier, se mutina, échappa à ceux qui tentaient de le maîtriser et fila dans la nature.

– Abattez-le! hurlait-on de tous côtés.

Personne n'était armé à l'exception des cow-boys, tous plongés dans un état de désarroi et d'anéantissement extraordinaire, bref, incapables d'initiative. Le quadrupède galopa sur une vingtaine de mètres avant de s'arrêter pile, raclant le sol de ses sabots, perplexe. Il avait l'air affamé. Il avait l'air mauvais.

En face, une cinquantaine de maris placés devant l'occasion rêvée de montrer à leur toute jeune moitié qu'elle n'avait pas épousé n'importe qui. Il leur suffisait d'arracher le pistolet thermique qui pendait à la ceinture de l'un des gardiens paralysés et de viser entre les deux yeux.

Aucun candidat à l'héroïsme ne se manifesta. Ce fut une débandade générale. Certains maris attrapèrent leur femme au passage; la plupart n'y songèrent même pas. J'étais bien décidé à décamper moi aussi, mais à ma décharge, je jure que j'avais l'intention de protéger Landy. Je regardai autour de moi : pas de Landy. Soudain je la vis, à moins d'un mètre du monstre renâclant. Elle saisit une longe suspendue à son flanc et hop, sauta sur le dos de la bête, empoignant sa crinière à pleines mains. L'étalon se cabra et piaffa. Landy tint bon. On aurait dit une gosse, juchée sur ce dos massif. Elle se pencha. Elle se pencha au point que sa bouche entra en contact avec le cou de l'animal. J'imaginai les fines aiguilles transperçant le formidable épiderme.

J'entendis une sorte de hennissement. D'un seul coup, l'indomptable se calma et reprit au petit trot le chemin du corral. Landy lui fit même sauter la barrière. Peu après, les cow-boys en état de marche passèrent un licol à la monture et la cavalière put sauter à terre.

– Quand j'étais petite, m'expliqua-t-elle, chaque jour je montais un animal très semblable à celui-ci. Ils sont beaucoup moins féroces qu'ils en ont l'air! Je suis rudement contente d'avoir eu l'occasion de recommencer. Ces gens ne savent pas s'y prendre avec lui!

– Landy... articulai-je d'une voix rauque.

– Quelle drôle de tête tu fais! Serais-tu furieux, par hasard?

– Landy, espèce d'écervelée! Tu aurais pu te faire jeter à terre et piétiner!

– Certainement pas! (Le front, cependant, tirait vers le violet.) Je te répète que j'ai l'habitude. Si je n'avais pas eu mes vraies dents, ç'aurait été une autre histoire...

– Landy, ne recommence jamais! Jamais, tu entends?

– Pourquoi te mettre dans tous tes états? demanda-t-elle d'une voix étonnamment curieuse et douce. Oh, je comprends. Les épouses terriennes ne se livrent pas à ce genre de démonstration, surtout en présence du mari, n'est-ce pas? J'ai usurpé ton rôle, c'est cela? Tu me pardonnes? N'est-ce pas? N'est-ce pas?

Je passai l'éponge. Il ne nous fallut pas moins de trois heures de fastidieux débats théoriques pour démêler l'écheveau embrouillé de la situation. D'un commun accord, nous décidâmes que si les circonstances l'exigeaient encore, ce serait à moi de dompter le dragon. Dussé-je y laisser la vie, j'assumerais jusqu'au bout mon rôle d'époux terrien.

Grâce au ciel, je survécus à notre lune de miel et coulai des jours paisibles jusqu'à l'expiration du contrat. Une fois notre mariage automatiquement annulé, Landy me fit face et sur ce ton suave auquel j'avais appris à ne plus me fier émit la proposition la plus scandaleuse jamais proférée par une représentante du sexe faible.

– Epouse-moi une seconde fois. Sur-le-champ!

J'en restai muet de stupeur. Cela ne se fait pas. Ephémère par nature, une union semestrielle ne supporte pas les prolongations. J'adorais Landy, mais toutes les bonnes choses ont une fin. Quand c'est terminé, on tourne la page. Cependant, une fois que la diablesse m'eut expliqué ce qu'elle avait en tête, j'ai senti fléchir ma résolution. Tant et si bien que nous nous sommes retrouvés devant la machine enregistreuse de l'état civil pour un renouvellement de contrat.

Chronologiquement consécutifs, nos deux mariages ne le sont nullement dans leur esprit. Pourquoi? Parce que cette fois-ci, je l'épouse sous le régime suvornais et si j'ai bien compris, cela n'a pas grand-chose à voir avec nos habitudes de clocher. Mais n'anticipons pas. J'en saurai davantage dans quelques mois et l'effet de surprise n'est pas le moindre charme de l'union matrimoniale. Nous partons demain pour Suvorna. Déjà, j'ai dû me faire changer les dents pour me conformer au désir de Landy. On se sent vraiment un autre homme avec des aiguilles plein la bouche et quelque chose me dit que cette concession de taille est la première d'une longue série. Chacun son tour, n'est-ce pas? Les cinq sœurs de Landy prennent avec nous le chemin de leur planète natale où les onze dernières nous attendent avec une impatience bien compréhensible et plutôt flatteuse puisqu'au regard de la loi suvornaise, j'épouse toutes les sœurs à la fois.

De sorte que pour moi la mariée quatre-vingt-onze et la mariée quatre-vingt-douze ne font qu'une, reproduite en dix-sept exemplaires exquis, aux prunelles dorées, au délicat parfum de mélasse. Je ne hasarderai aucun pronostic sur l'issue de cette nouvelle union, mais je suis optimiste. On le serait à moins, vous ne trouvez pas?

NOUS SAVONS QUI NOUS SOMMES

« Nous savons qui nous sommes et ce que nous voulons être », déclarent volontiers les habitants de la cité des Lumières quand l'incertitude les gagne. La Cité est vieille d'au moins mille ans, davantage sans doute, mais qui peut en être sûr? Elle surgit des dunes pourpres du désert qui s'étend du lac du Non-Retour à la rivière Sans Poisson. Elle peut abriter six cent mille habitants. Pour l'instant, ils ne sont guère que six cents, certains de ce qu'ils sont et de ce qu'ils veulent être.

La situation se détériora quelque peu avec l'arrivée de l'étrangère. Elle portait des vêtements et venait d'au delà du désert.

Skagg l'aperçut le premier. Tout de suite, il vit qu'elle était différente. Ce n'était pas uniquement une question de vêtements. Quiconque était assez fou pour s'aventurer dans le désert s'habillait tant la chaleur y rôtissait la peau – pas de Machine Rafraîchissante là-bas – si on ne prenait pas la peine de se couvrir, sans parler du sable qui cinglait les jambes. Non, ce qui retint l'attention de Skagg, ce fut le visage de la jeune fille. Un visage inconnu. Il était certain de ne l'avoir jamais vue dans la Cité où tout le monde se connaissait. Par conséquent, elle devait être étrangère. Or, les étrangers n'existaient pas.

Plus tout à fait une enfant, pas encore une femme.

Mince, des cheveux de jais, une démarche balancée, presque masculine, de la tête aux pieds, une créature bien propre à semer le trouble dans l'esprit du jeune Skagg. D'autant qu'aucune femme ne l'avait encore jamais bouleversé.

– Bonjour! lança-t-elle. Je parle la Langue. Et toi?

La voix était profonde, rauque, avec quelque chose du sifflement du vent s'engouffrant entre deux tours un jour d'hiver. Elle s'exprimait avec un fort accent, comme si sa langue se livrait à une gymnastique incongrue. Tout de même, il la comprenait.

– Moi aussi, je parle la Langue. Mais qui es-tu?

– Fa Sol La.

On aurait dit une chanson.

– C'est ton nom?

– C'est mon nom. Comment t'appelles-tu?

– Skagg.

– Tous les habitants de la Cité ont-ils des noms comme le tien?

– A ma connaissance, il n'y a pas d'autre Skagg. D'où viens-tu?

Elle désigna l'est.

– D'une autre cité, près de la rivière Sans Poisson. Suis-je arrivée à la cité des Lumières?

– Tu es aux portes de la cité des Lumières.

– Alors, j'ai atteint mon but.

Elle défit le balluchon qu'elle portait sur l'épaule et le posa par terre. Elle fit voler sa robe par-dessus sa tête. A présent, elle était aussi nue que Skagg. Il aurait pu compter ses côtes tellement elle était maigre. Avec ses seins à peine marqués et ses fesses plates, Skagg aurait vraiment pu la prendre pour un garçon. Elle ramassa son petit fourbi.

– Conduis-moi à l'intérieur, veux-tu?

Autour d'eux se dressaient les tours inhabitées des faubourgs, une zone de transition entre la Cité et le désert où Skagg aimait à se réfugier quand trop de questions l'assaillaient.

– Où veux-tu aller? demanda-t-il.

– Je veux voir la Machine Qui Sait.

Il la dévisagea, stupéfait.

– Comment connais-tu l'existence de la Machine Qui Sait?

– Mais tout le monde sait qu'elle existe, voyons! Je veux la voir. J'ai fait un long chemin depuis la rivière Sans Poisson rien que pour savoir à quoi elle ressemble. Montre-la-moi, Skagg.

– Si tu y tiens vraiment... (Il haussa les épaules.) Mais tu ne pourras t'en approcher, je te préviens. Tu as fait ce long voyage pour rien.

Ils se mirent en route vers le centre.

Elle marchait à longues enjambées élastiques, de sorte que plus nonchalant, il devait parfois faire un petit saut pour rester à ses côtés. A plusieurs reprises, la cuisse de la jeune fille frôla la sienne. Il frissonna. Longtemps, ils gardèrent le silence. Le soleil du matin déclinait. Le soleil du soir prenait son essor. Leur double lumière projetait d'étranges ombres boursouflées. Non loin des Murs-Miroirs, une Buvette vint à leur rencontre. Fa Sol La plongea dedans ses mains en coupe et but à longs traits, avidement, comme si elle se désaltérait pour la première fois depuis des mois. Ensuite, elle s'aspergea le corps. Plus tard, un Taxi offrit de les conduire au centre. Skagg lui proposa de monter; elle refusa.

– C'est encore loin, dit-il.

– Je préfère marcher. Je marche depuis si longtemps que la distance a cessé de m'effrayer. Je ne veux rien perdre de ce qui m'entoure.

Skagg renvoya la machine. Le soleil du matin avait disparu. La Cité baignait dans la lumière verte de l'après-midi.

Tout à coup:

– As-tu une femme, Skagg?
– Je ne comprends pas.
– Je te demande si tu as une femme?
– J'ai entendu. Je ne comprends toujours pas. Comment pourrais-je « avoir » une femme? Qu'est-ce que cela veut dire?
– Avoir une femme, c'est vivre avec elle. Dormir avec elle. Faire l'amour avec elle. Et même avoir des enfants avec elle.
– Nous vivons en solitaires, expliqua-t-il. Il y a tant de place dans la Cité que nous n'éprouvons pas le besoin de nous regrouper. A l'occasion, nous dormons avec quelqu'un. Tout le monde couche avec tout le monde. Il naît peu d'enfants.
– Alors vous n'avez pas de compagne régulière?
– C'est une idée singulière. Est-ce ainsi que vous vivez dans la cité d'où tu viens?
– Chez moi, un homme et une femme décident de vivre ensemble et de tout partager. Il arrive qu'ils cessent de s'aimer. Dans ce cas ils se séparent et chacun se met en quête de quelqu'un d'autre. Souvent, ils s'aiment jusqu'à ce que la mort les sépare.
– De plus en plus étrange, murmura-t-il.
– C'est ce que nous appelons l'amour.
– Nous connaissons l'amour dans la cité des Lumières. Tout le monde s'aime d'amour. Autre lieu, autre tradition, je suppose. Et toi, Fa Sol La, as-tu un compagnon?
– Plus maintenant. L'homme qui partageait ma vie était trop simple. Je l'ai quitté pour venir ici.
A ces mots, obscurément, Skagg sentit croître son malaise.
Laissant derrière eux les longues avenues désertées du quartier mort, ils venaient de pénétrer dans le cœur vibrant de la Cité, maelström de bruit, de lumière, de mouvement.

– Etes-vous heureux ici? demanda Fa Sol La.

Ils passèrent entre les piliers d'une Machine de Désinfection et furent enrobés d'un brouillard bleu.

– Nous savons qui nous sommes et ce que nous voulons être, affirma-t-il. Oui, je crois que nous sommes heureux.

– Peut-être... et peut-être pas! riposta-t-elle en riant.

Un instant, elle se plaqua contre lui puis se dégagea d'un brutal coup de reins et fila devant lui à toutes jambes.

Une Machine Milicienne se dressa en travers de son chemin. De son coffre jaillirent des filaments argentés prêts à entortiller leur proie au moindre geste hostile. Fa Sol La s'était pétrifiée. Skagg s'élança à son secours.

– Ça va, dit-il. Elle vient d'arriver. Passe-la au rayon et laisse-nous aller.

La Machine les balaya de son faisceau ambré. De bas en haut; de haut en bas. Elle s'éloigna.

– Avez-vous des ennemis? s'étonna la jeune fille.

– Seulement les animaux du désert. Ils s'aventurent parfois jusqu'ici. Ne me dis pas que cette Machine t'a fait peur?

– Elle m'a déconcertée.

Des gens s'approchaient. Skagg reconnut Glorr, Derk, Prewger et Simit. Il en venait d'autres. Un petit attroupement se forma autour de la jeune fille. On la scrutait sans vergogne, mais personne n'osait la toucher.

– Elle s'appelle Fa Sol La, dit Skagg. C'est moi qui l'ai découverte. Elle vient d'aussi loin que la rivière Sans Poisson. Elle a traversé le désert pour arriver jusqu'à nous.

– Comment s'appelle l'endroit d'où tu viens?

– La cité de la Rivière.

– Etes-vous nombreux?
– Pas tellement.
– Quel âge as-tu?
– Cinq sans-soleils.
– Tu es venue seule?
– Toute seule.
– Pourquoi es-tu venue? voulut savoir Prewger.
– Pour voir la Machine Qui Sait.

Alors ils s'écartèrent comme si elle avait jeté le masque et révélé qu'elle était la déesse de la mort en personne.

– La Machine Qui Sait est dangereuse, murmura Prewger.
– Nous la craignons, souffla Glorr.
– Elle te détruira, gronda Derk.
– Où est-elle? Où est-elle? psalmodia Fa Sol La.

Ils battirent en retraite. Derk héla une Machine Calmante qui lui administra un sédatif. Prewger se réfugia dans une Machine Protectrice. Simit rejoignit ceux qui s'étaient regroupés pour discuter à voix basse des réponses qu'elle leur avait données. Glorr se détourna et baissa la tête.

– Pourquoi avez-vous si peur? questionna-t-elle.
– Quand la Cité sortit de terre, ses bâtisseurs utilisèrent la Machine Qui Sait pour se proclamer les égaux des dieux. Les dieux les ont punis. Ils sortirent de la Machine le cœur gonflé de haine et se jetèrent les uns contre les autres. Les survivants de ce carnage fratricide jurèrent que jamais plus un enfant des hommes ne franchirait le seuil de la Machine.
– Quand cela s'est-il passé?
– Comment le saurions-nous?
– Montre-la-moi. Montre-moi la Machine.

Skagg hésita. Il marmonna de vagues refus. Elle se frotta contre lui. Ses dents lui grignotèrent le lobe de l'oreille. Elle fit courir ses ongles contre son dos musclé.

– Conduis-moi, Skagg. Je t'aime. Peux-tu refuser de me montrer la Machine?

Il frémit. Il se sentait tout prêt à succomber à son étrange magnétisme. A huit sans-soleils, Skagg avait déjà épuisé les charmes des femmes de la Cité. Elle était différente. Elle l'attirait comme un aimant.

– Suis-moi.

Ils longèrent de larges artères illuminées et des promenades éblouissantes. Ils enjambèrent des ruisseaux, traversèrent des bassins et des étangs. Parfois surgissait une statue hérissée sur laquelle dansaient des cônes de lumière. C'était une cité magnifique, sans doute la plus belle du monde. Tous les cent mètres Fa Sol La criait son admiration; tous les cent mètres elle soupirait d'extase.

– On dit que ceux qui vivent ici n'ont pas le désir de s'en aller. Je commence à comprendre pourquoi. As-tu visité d'autres cités, Skagg?

– Jamais.

– Il t'arrive de sortir, tout de même?

– Quelquefois, je vais dans le désert. Nous sommes très peu nombreux à dépasser les faubourgs.

– Il existe d'autres cités, Skagg. Le monde est là, au delà du désert. N'éprouves-tu donc aucune curiosité?

– Nous sommes bien, ici. Nous savons ce que nous voulons.

– C'est la plus belle cité que j'aie jamais vue, concéda-t-elle. Pourtant il n'est pas bon de moisir toujours au même endroit. L'esprit s'étiole. Le regard s'atrophie à considérer toujours le même horizon. L'espèce humaine a toujours été tenaillée du désir d'aller voir plus loin. Comment serions-nous venus sur cette planète si nos ancêtres avaient été comme vous?

– Je m'en moque. La cité des Lumières nous comble de ses bienfaits, pourquoi partirions-nous? D'ailleurs les autres peuples ne doivent guère s'aventurer hors de leurs villes car de mémoire de Skagg, nous n'avons reçu d'autre visite que la tienne.

– La cité des Lumières est trop à l'écart, dit-elle. J'en connais beaucoup qui rêvent de venir ici, mais bien peu osent se mettre en route et plus rares encore sont ceux qui réussissent. Nous allons partout ailleurs. Je connais déjà sept cités en plus de la mienne.

Il ressentit une culpabilité diffuse, comme s'il prenait conscience à regret d'avoir différé quelque chose qu'il ne pourrait plus repousser longtemps.

– Les voyages ouvrent l'esprit, reprit-elle. Ils font découvrir des aspects de soi-même qu'on était loin de soupçonner.

– Nous savons qui nous sommes, répéta-t-il.

Elle inclina la tête de côté.

– Tu n'as pas le moindre doute?

Il lui lança un regard noir. Il s'était arrêté. Il tendit le bras.

– La voici. La Machine Qui Sait.

Et pour une fois, il était ravi de la voir. Elle tombait à pic pour lui permettre de changer de conversation.

Ils se trouvaient au centre de la grande cour pavée. A deux cents pas à l'est s'élevait la Colonne d'un noir luisant flanquée de pylônes protecteurs de métal nacré. On discernait à peine l'emplacement de la porte. Au faîte de la Colonne les lumières clignotaient, égrenant toute la gamme du spectre comme elles l'avaient toujours fait depuis mille ans.

– Comment entre-t-on? demanda-t-elle.

– On n'entre pas.

– Moi, je veux entrer. Viens avec moi, Skagg.

Il rit. C'était son rire pour rire, quand il ne riait pas du tout.

– Je ne veux pas mourir. Ceux qui entrent n'en ressortent pas vivants.

– C'est faux! La Machine t'apprend l'amour. Elle te révèle ce qu'est l'univers. Elle réveille ton esprit. Nous avons des livres là-dessus. Je sais de quoi je parle.

– La Machine tue.

– Non! C'est un mensonge inventé par des gens remplis de haine, ne l'as-tu pas reconnu toi-même? Ils ont fait en sorte que personne ne puisse profiter de la Machine. Ce n'est pas la première fois que par crainte de l'amour des hommes interdisent à d'autres l'accès à la connaissance.

– Etrangère, l'amour ne me fait pas peur, fit-il d'un ton léger. Simplement, je ne veux pas mourir.

Le mépris se cristallisa dans les yeux de la jeune fille. Sans un mot elle tourna les talons et traversa la place. Il la suivit des yeux. Il admirait le jeu subtil de ses muscles. Il ne croyait pas qu'elle entrerait dans la Machine.

Elle franchit la zone du Respect et la zone de l'Obéissance, puis la zone de la Contemplation. Elle entra dans la zone de l'Approche et il n'y croyait toujours pas; mais sans s'arrêter elle atteignit la zone du Péril. Quand elle pénétra dans la zone de l'Impiété, il jura et se lança à sa suite. Il lui cria de l'attendre.

Elle se tenait sur les Marches de Lumière. Elle les gravissait. Elle effleura la porte qui coulissa.

– Attends! hurla-t-il. Non! Je t'aime!

– Alors, viens.

– Elle va nous tuer.

– Adieu.

Elle disparut dans la Machine Qui Sait.

Skagg s'effondra sur les pavés de la zone de l'Approche. Face contre terre, il sanglota. Comment un corps aussi frêle pouvait-il contenir tant de volonté ? Il évoqua la courbe à peine sensible de ses seins et ses minces cuisses de sauterelle. Il évoqua le trouble inexplicable qu'il avait ressenti à leur contact. Pourquoi avait-elle choisi de mourir ainsi ?

Longtemps après, il se releva et commença à s'éloigner. La nuit était tombée. Les premières lunes brillaient déjà. Sa langue pesait comme une pierre dans sa bouche.

– Skagg ?

Il fit volte-face. Elle l'appelait depuis l'escalier. Elle courut vers lui, le visage frémissant d'excitation, les yeux radieux.

– Tu es vivante ? marmonna-t-il, partagé entre le soulagement et l'effroi. Comment as-tu fait ?

– Ils mentaient, Skagg. La Machine ne tue pas. Au contraire, elle peut nous aider. Si tu savais...

– Raconte-moi.

– Des voix te parlent. Elles te disent ce que tu dois faire. Tu te coiffes d'un objet en métal et le feu jaillit dans ton esprit. Et tu vois, Skagg. Tu vois tout. Tes yeux s'ouvrent pour la première fois.

– Qu'est-ce que je vois ?

– La vie. L'amour. Les étoiles. Les relations qui soudent les êtres entre eux. Tout est là. C'est comme faire l'amour avec une planète entière. L'extase. Tu découvres les arcanes de l'univers et quand tu émerges à la réalité, tu n'as qu'un désir : faire partager ce bonheur à tous afin qu'ils ne passent pas le restant de leurs jours sourds et aveugles à la beauté. Encore n'ai-je fait qu'essayer timidement. Il y a différents niveaux d'intensité, mais dès que les signaux te parviennent, tu commences à comprendre. Pour la première fois de ta vie, tu es en harmonie avec le monde. Tu n'as jamais été aussi puissant. Tu n'as jamais été aussi humble. Tu n'as jamais été aussi heureux. Viens, Skagg. Je veux y retourner pour apprendre davantage. Tu ne peux pas refuser, cette fois.

Elle lui prit le poignet. Il se dégagea d'une secousse. Il recula.

– J'ai trop peur.

– Mais pourquoi? Je suis entrée et la Machine ne m'a pas dévorée. Alors?

– C'est interdit.

– Parce que c'est bien! Parce que la haine t'apprend à redouter le bonheur. Quand tu auras ressenti cette plénitude, tu seras hors d'atteinte. Tu ne connaîtras plus jamais la peur.

Elle lui tendit la main. Il secoua la tête avec accablement.

– Je ne peux pas.

– As-tu tellement peur de mourir?

– On nous a dit que la Machine rendait les gens monstrueux.

– Suis-je un monstre?

– On nous a dit que certaines choses ne devaient jamais être révélées.

– Ceux qui ont proféré une telle bêtise sont les seuls véritables monstres, Skagg.

– Peut-être. Cela ne change rien. Je ne peux pas venir. Regarde.... tu vois ces silhouettes dans les zones d'ombre? Ils sont tous là. Ils nous observent. Comment pourrais-je te suivre? Comment pourrais-je enfreindre notre loi la plus sacrée devant tous les habitants de la cité des Lumières?

– Je te plains, dit-elle gravement. Je te plains d'être à ce point ignorant et prisonnier de toi-même.

» J'y retourne, Skagg. Cette fois, je vais être vraiment exigeante. Je vais tout demander. Si ton cœur n'est pas complètement tari, tu me suivras. Je t'attends à l'intérieur. Ensuite, nous partirons ensemble. Nous ferons le tour du monde.

Il garda le silence. Les yeux dilatés par la crainte, il recula vivement quand elle fit mine de lui prendre la main. Elle effleura ses lèvres du bout des doigts et s'en retourna. Il demeura parfaitement immobile.

Les lunes traversèrent le ciel. La sphère de pluie passa elle aussi, suivie des oiseaux de nuit. Un Taxi s'offrit à le ramener chez lui. Le soleil du matin dardait ses doigts pourpres à l'horizon. La porte demeurait close. Fa Sol La était toujours dans la Machine. Les autres avaient déserté la place.

« Je t'attends, avait-elle dit. Je t'attends à l'intérieur. »

Au lever du soleil, il s'avança dans la zone du Péril, y resta une heure avant de s'aventurer dans la zone de l'Impiété. Quand s'installa pour de bon la chaleur diurne, il gravit les marches. Tranquillement, il fit coulisser la porte.

– Bienvenue au Centre Thérapeutique Sept, déclara une voix lointaine.

Elle parlait la Langue et cependant son accent lui parut plus exotique encore que celui de la jeune fille.

– Pour le développement des sensations élémentaires, veuillez prendre à gauche. Des casques vous attendent contre le mur. Choisissez-en un et placez-le sur votre tête...

– Où est-elle? demanda Skagg.

La voix continua de débiter ses instructions. Sans en tenir compte, il prit à droite le couloir qui contournait la colonne. Il la trouva derrière la courbe, les yeux grands ouverts sous son casque. Elle s'appuyait contre le mur, étrangement figée, étrangement pâle. Il colla son oreille entre ses seins et ne perçut rien. Sous ses doigts, la peau était déjà froide. Elle ne cilla même pas.

Son visage fixe exprimait une joie si violente qu'il ressentit un coup au cœur.

– En début de traitement, il est recommandé de ne pas forcer la dose. Vous augmenterez progressivement le niveau de stimulation sans chercher à capter plus d'informations que vous ne pouvez en recevoir à ce stade...

Délicatement, il la débarrassa du casque. Un moment, il le garda entre ses mains, percevant les instructions plus qu'il ne les écoutait vraiment, comparant ce qu'il voyait autour de lui avec ce qu'il avait toujours su au sujet de la Machine. Il laissa tomber le casque. Il souleva Fa Sol La et l'emporta à l'extérieur. Elle ne pesait rien dans ses bras.

Ils étaient revenus. Les voisins, les amis. Ils n'auraient pas eu l'air plus surpris si le soleil du matin venait de choir sur les pavés.

– Alors tu es entré? demanda Simit d'une voix étranglée.

– Je suis entré.

– La Machine a tué la fille et t'a épargné? murmura Derk.

– Elle l'a utilisée. Pas moi. Tout d'abord, elle s'en est servie avec modération puis elle a voulu aller trop loin. Elle n'a pas supporté le choc.

Il continuait d'avancer tout en parlant. Les autres suivaient.

– On peut mourir du seul fait de pénétrer dans la Machine, proclama Prewger.

– Tu dis n'importe quoi, répliqua Skagg. La mort vient de l'utilisation abusive de la Machine, c'est tout.

– Cette fille était idiote. La voilà punie de son imprudence.

– Exact, reconnut Skagg. Sauf qu'elle disait la vérité. La Machine est source de connaissance et de bonheur.

Il déposa Fa Sol La sur les pavés. Une Machine Secouriste accourut à son appel. Il lui remit le balluchon de la jeune fille en ordonnant qu'il fût garni d'un distributeur d'eau, de nourriture et de soins médicaux. La Machine revint peu après avec le sac. Il en examina le contenu, le balança en travers de son épaule et reprit la jeune fille.

– Où l'emportes-tu? demanda Glorr.

– Dans le désert. Là elle pourra reposer en paix.

– A ton retour, comptes-tu entrer dans la Machine?

– Je ne reviendrai pas de sitôt. Je veux voyager. J'irai d'abord jusqu'à la cité de la Rivière, puis j'irai dans d'autres cités, beaucoup d'autres. Quand je saurai qui je suis et ce que je veux réellement être, je reviendrai et j'entrerai dans la Machine. Je l'utiliserai comme elle doit l'être. Alors rien ne sera plus comme avant dans la cité des Lumières.

Il pressa le pas. Au delà des faubourgs commençaient les dunes de sable rouge. Il se demandait combien de temps il lui faudrait pour atteindre la rivière Sans Poisson et s'il trouverait là-bas une nouvelle Fa Sol La.

Ses amis le regardèrent s'éloigner. Longtemps après qu'il eut disparu, ils regardaient toujours.

– Il est devenu fou, fit observer Prewger.

– Et dangereux, dit Glorr. Bon débarras.

– En ferais-tu autant? demanda Simit.

– Quoi? Entrer dans la Machine ou quitter la Cité?

– L'un ou l'autre.

– Jamais de la vie! s'écria Derk.

– Jamais de la vie, répéta Glorr. Je sais qui je suis. Je sais ce que je veux être.

– En effet, dit Simit d'une voix incertaine. Pourquoi le ferions-nous? Nous savons qui nous sommes.

– Nous savons ce que nous voulons être.

SAUVE QUI PEUT!

Il était l'unique passager de l'étincelant cylindre fuselé qui fuyait le Monde de Bradley à 15 000 km/seconde. Pourtant il ne risquait pas de souffrir de la solitude. Une foule de gens bien intentionnés l'accompagnaient. La famille, d'abord : père, épouse, fils et fille. La culture et l'histoire, ensuite : Ovide, Hemingway, Platon, Shakespeare, Goethe, Attila, Alexandre le Grand. Sans oublier Juan, l'ami de toujours, le complice, le compagnon de route jusqu'à la fin ou presque. Non, la solitude ne lui pèserait guère au cours des trois années interminables que durerait cette traversée vers l'exil.

Trois heures s'étaient écoulées depuis son départ en catastrophe. Déjà s'estompait l'horreur des instants qui avaient précédé le décollage. La fuite éperdue à travers le tunnel de secours (voilà quelque chose qu'il n'était pas près d'oublier : la puanteur du tunnel), l'horrible corps à corps avec la sentinelle alors que les gorilles des sections d'assaut lui collaient au train, l'ouverture miraculeuse de la grille... le vaisseau... la délivrance... à un poil près, il avait sauvé sa peau. Il était calme, à présent. Il avait pris le temps de se changer, d'enfiler des vêtements propres et de se reposer. Il était calme.

Essayons quelques cubes, songea-t-il.

Le récepteur situé dans la salle de contrôle pouvait en contenir six d'un coup. Il les préleva au hasard, les inséra, puis activa l'évocateur. Il se dirigea vers la serre. Ecrans et haut-parleurs étaient disséminés à travers tout le vaisseau.

Il faisait chaud dans la serre. Une chaleur moite, alourdie de parfums mêlés. Un individu rasé de près, le nez bourbonien, l'embonpoint drapé d'une toge, se matérialisa sur l'un des écrans.

– Quel jardin superbe! s'écria-t-il. Et moi qui adore les plantes! Vous devez avoir la main verte pour obtenir semblables phénomènes.

– Oh, cela pousse tout seul. N'êtes-vous pas...

– Publius Ovidius Naso.

– Thomas Voigtland, ex-président du Conseil du Peuple du Monde de Bradley. Déposé il y a quatre heures par un coup d'Etat militaire.

– Condoléances. C'est tout à fait regrettable.

– J'ai eu la chance d'en sortir vivant. Hélas, me voilà condamné à l'exil jusqu'à la fin de mes jours. A l'heure qu'il est ma tête doit être mise à prix.

– Je sais ce que vous ressentez. Je connais les souffrances de l'exil. Votre épouse a-t-elle pu s'enfuir avec vous?

– Je suis là, Tom. (Lydia venait d'apparaître.) Tom? Présente-moi à M. Naso, veux-tu?

Trois écrans séparaient Lydia d'Ovide. Elle s'épanouissait au-dessus d'un pied de fougère. En pleine forme et d'un réalisme saisissant, si ce n'était la nuance un rien trop sombre de ses cheveux auburn. L'élaboration du cube remontait à deux ans, avant que l'aggravation brutale du climat politique n'eût laissé des traces indélébiles sur ce beau visage.

– Il s'appelle Ovide, ma chérie. Tu sais bien, le poète.

– Mon Dieu, je suis confuse. Je me demande ce qui a pu dicter ton choix?

– Le charme de son œuvre. Sa sophistication. Il a connu l'expérience douloureuse de l'exil. Je me sens en affinité avec lui.

– Dix ans sur les rives de la mer Noire, déclara sombrement le poète. Avec pour tous compagnons des barbares aux senteurs de boucaniers. On se fait à tout, vous savez. Ma femme était restée à Rome pour s'occuper de la gestion de mes biens et plaider ma cause.

– La mienne est demeurée sur le Monde de Bradley, ainsi que...

– Pourquoi parlez-vous d'exil? coupa Lydia avec impatience. J'aimerais comprendre. Que s'est-il passé?

Il expliqua. McAllister. Le putsch. Au moment de la fabrication de ce fac-similé, il s'était bien gardé de lui révéler pourquoi il tenait tant à la mettre en cube. Le coup d'Etat, il le sentait venir depuis longtemps. La pauvre Lydia était loin de se douter que la situation se dégraderait aussi vite.

Il n'avait pas terminé quand un troisième écran s'alluma entre Ovide et Lydia.

– Alors c'est arrivé, dit Juan, et jamais son visage cisaillé de cicatrices n'avait paru si grave. Nous savions qu'ils y parviendraient tôt ou tard. Quelles sont nos pertes?

Vingt ans auparavant, ils avaient modifié ensemble la constitution du Monde de Bradley.

– Je l'ignore, balbutia Voigtland. Dès que les troupes sont sorties des casernes, j'ai compris et j'ai... (La voix lui manqua.) Ils avaient merveilleusement préparé leur coup, reprit-il. Tu es sur place. Tu dois déjà être en train d'organiser la résistance. Et moi... Et moi...

Une souffrance aiguë lui enfonça la poitrine.

Et moi j'ai pris la fuite, articula-t-il mentalement.

D'autres écrans s'étaient animés. Sur le quatrième, un personnage en robe blanche avec de petits yeux vifs et pénétrants sous une couronne de boucles sages. Platon, sans doute. A côté, reconnaissable entre tous, Shakespeare d'après le portrait de

Swaine. Sur le sixième écran gesticulait un petit bonhomme à la physionomie démoniaque qui devait être Attila. Ils parlaient tous en même temps, affables, déférents, diserts. Ils se présentaient les uns aux autres et ne cessaient d'interpeller Voigtland qui avait depuis longtemps perdu le fil. Le brouhaha des conversations formait comme un crépitement prolongé à la périphérie de sa conscience. Une voix opéra une brèche soudaine.

– Où vas-tu ? demanda Lydia.

– J'ai mis le cap sur Rigel XIX. J'attendrai là-bas de voir comment les choses vont tourner. C'était ma seule chance quand la tornade a déferlé. Atteindre le vaisseau et...

– C'est tellement loin. Es-tu seul à bord ?

– Mais non. Tu es là. Vous êtes tous là. Mark et Lynx, Juan, papa et les autres. Non, je ne suis pas seul.

– Tu parles de compagnons ! Quelques cubes...

– C'était ça ou rien.

Tout à coup, il lui sembla qu'il ne trouverait jamais assez d'air pour l'inspiration suivante. La chaleur, les parfums... il étouffait. Il passa dans la pièce contiguë, le salon panoramique dont l'une des parois révélait la splendeur ténébreuse de l'espace. Les écrans faisaient face à la baie.

– Où est notre planète ? murmura Lydia.

– C'est celle-ci, je crois.

– Elle est si petite, si lointaine, déjà.

– Le voyage ne fait que commencer. Elle n'a pas fini de rapetisser.

Il n'avait pas eu le temps d'emmener qui que ce soit. Sa famille était dispersée aux quatre coins de la planète quand l'alerte avait été donnée. Personne qui fût à moins de cinq heures de jet de la maison. Situation de péril extrême, avait déclaré sans ambiguïté l'intégrateur. Tu as quatre-vingt-dix minutes pour déguerpir ou tu fais ta prière. Les troupes rebelles avaient atteint la capitale et marchaient sur le palais. Le vaisseau de secours était prêt depuis longtemps. Impossible d'entrer en communication avec Juan. Impossible d'entrer en communication avec aucun officier loyaliste. Pendant une heure, il s'était démené comme un fou pour joindre quelqu'un. Les vitres du bureau vibraient sous l'effet des explosions quand il avait pris ses jambes à son cou en direction du tunnel. Il avait réussi de justesse.

Il était seul, d'accord, mais pour le consoler, il y avait les cubes. Au cours des deux dernières années, tous ceux qu'il chérissait pour une raison ou pour une autre s'étaient retrouvés condensés dans ces fantastiques petites boîtes de quelques centimètres de côté, puis engrangés à bord du vaisseau.

La « mise en boîte » ne prenait pas plus d'une heure. Quand c'était terminé, on pouvait dire sans risque d'exagération que d'une certaine manière le cube vous avait volé votre âme. Il avait tout appréhendé, non seulement votre physique, mais vos tics de comportement et de langage, votre culture, vos souvenirs, votre cheminement mental. Si vous insériez ce gadget dans un récepteur, vous preniez vie sur un écran. Ce sourire était bien le vôtre et ce geste si familier, et cette réponse, c'était exactement celle que vous auriez donnée. De plus, la réplique électronique était programmée pour réagir à toutes les sollicitations, évoluer en fonction des nouvelles informations reçues et prendre toutes les initiatives verbales que l'on aurait pu attendre de l'original. Mieux encore, on pouvait synthétiser tout individu défunt ou imaginaire pour peu que l'on possédât sur lui suffisamment de renseignements pour reconstituer sa personnalité. Ces cubes-là coûtaient une véritable fortune, amplement justifiée si l'on considérait le travail de recherche nécessaire pour établir un assortiment d'interventions, de réponses ou d'attitudes types qui une fois combinées à l'intérieur du cube donneraient naissance à des Platon, des Shakespeare, des Attila criants de vérité. Le catalogue proposait un large éventail de noms. Voigtland en avait choisi huit. Poètes, héros, antéchrist, ceux-là auraient le privilège de partager sa longue fuite vers l'exil. A l'inverse, il se flattait de mériter leur compagnie. Il les avait choisis en raison de l'écho que trouvaient en lui certains aspects de leur personnalité mais aussi avec un grand souci d'éclectisme. Leur fonction, il le savait déjà en les achetant, serait de l'empêcher de sombrer dans la folie si les événements le contraignaient à la fuite. Il n'y avait aucune planète habitable à moins d'une année-lumière du Monde de Bradley. Si l'exil s'avérait un jour nécessaire, le voyage serait long.

Il déambula du salon panoramique à la chambre, de là il gagna la cuisine et retourna à la salle de contrôle. Les voix l'accompagnaient partout. Il n'écoutait pas mais personne n'en avait cure. Sans plus s'occuper de lui, ils discutaient deux par deux. Lydia buvait les propos de Shakespeare. Ovide et Platon polémiquaient à fleurets mouchetés. Juan et Attila se découvraient une passion commune pour la stratégie militaire. On se serait cru à l'un de ces fichus cocktails cosmiques.

– En veillant à ce que cela ne devienne jamais une fin en soi, il n'y a rien de tel qu'un bon massacre de temps en temps pour conserver intact le tonus d'un peuple, à condition...

– Chaque fois, quand le prince Hal feint de ne pas reconnaître Falstaff, j'y vais de ma larme...

– En écrivant ce que vous savez sur la place des poètes et des musiciens au sein d'une République idéale, j'étais loin de penser à moi, je vous assure...

– Le glaive romain est très efficace, je ne le nie pas, toutefois...

– Cette cohorte d'hommes et de femmes, il faut tout en leur tenant la bride les laisser à chaque page succomber à leurs passions...

– Je ne sais si le massacre élevé à la dimension d'une technique de manipulation...

– Imaginez un vin très rouge et bien épais...

– Mon fils préféré? Hamlet, bien sûr!

– La hache? Alors là, mon cher...

Ses paupières lui faisaient mal. Il les ferma. Il avait été trop pressé de réveiller ses compagnons. Tant de choses s'étaient passées en si peu de temps. En l'espace de quatre-vingt-dix minutes, il avait tout perdu. Le pouvoir, l'amour et la présence des siens, le Monde de Bradley. Il éprouvait le besoin impérieux de faire le point. Il lui fallait se recueillir. L'heure n'était pas encore venue de jouer aux cubes.

L'un après l'autre, il les éjecta. Attila. Platon. Ovide. Shakespeare. Les écrans s'éteignirent. Juan lui adressa un dernier clin d'œil. Lydia se tamponnait les yeux. Elle aussi, il l'éjecta.

Quand tout le monde eut disparu, il eut l'impression de les avoir tués.

Trois jours durant, il erra à travers le vaisseau rendu au silence. Lire, réfléchir, admirer l'espace, manger, dormir, il n'y avait rien d'autre à faire. Le vaisseau était entièrement homéostatique. Heureusement pour Voigtland dont les notions de navigation se limitaient aux trois programmes de base, décollage, atterrissage, changement de trajectoire. Souvent, le passager solitaire se retrouvait devant la baie du salon panoramique. Plus souvent qu'il n'aurait voulu. Il regardait le Monde de Bradley se résorber dans le labyrinthe cosmique. Parfois, il sortait ses cubes et les disposait en piles, quatre piles de trois ou trois piles de quatre ou six piles de deux. Il ne pouvait se résoudre à les utiliser. Ces petites boîtes étaient son opium contre la solitude. Fort bien. Il attendrait que la solitude devînt insupportable.

Il caressa la tentation de rédiger ses mémoires. A ce stade de ses réflexions, cependant, le dernier chapitre risquait de se terminer en queue de poisson. Il devait s'accorder un délai d'introspection pour mieux comprendre. Plus tard, peut-être, quand ses idées se seraient décantées...

Une question le taraudait nuit et jour : que se passait-il en ce moment même sur le Monde de Bradley? La terreur? Répression, emprisonnements, exécutions? Lydia sous les verrous ou pire? Et les enfants? Juan avait-il échappé au coup de filet? Tous ceux qu'il avait abandonnés le haïssaient-ils d'avoir ainsi déserté dans son confortable petit vaisseau de croisière? Déserté, parfaitement. As-tu quelque chose à ajouter, Voigtland?

Oui! Mieux vaut l'exil que le martyre. Vivant, je peux bombarder mes partisans de messages enflammés, servir de symbole à la résistance, revenir au moment opportun et guider la patrie sur la dernière ligne droite... un martyr peut-il en faire autant?

Voilà. Il avait pris la tangente afin de pouvoir jeter tout son poids dans la mêlée quand son heure serait venue. *Quand son heure serait venue.* Cela sonnait bien. Pour un peu, cela sonnait juste.

Que se passait-il là-bas? Il voulait savoir. Il le voulait avec acharnement, avec fureur, éperdument. S'il gagnait le système de Rigel et se décidait à rentrer, six ans se seraient écoulés entre sa fuite et son retour. En l'espace de six ans, que serait devenu Thomas Voigtland dans le souvenir des habitants du Monde de Bradley, ses anciens administrés? Il y avait de quoi frémir.

Le vaisseau était équipé d'un émetteur-récepteur ultrasonique à signaux tachyons qui lui permettait d'entrer en communication en quelques minutes avec n'importe quel récepteur dans un rayon de dix années-lumière. S'il le désirait vraiment, il lui était facile de savoir comment le Monde de Bradley avait réagi au coup d'Etat.

Mais alors s'inscrivait dans l'espace le sillage flamboyant du faisceau tachyon. A soixante-quinze lumières, leurs chasseurs se lanceraient à ses trousses. En un rien de temps, ils le rattraperaient, l'intercepteraient et le ramèneraient sous bonne escorte à son point de départ. Impossible de prendre un tel risque alors qu'il était si près de la planète.

Et si la junte avait loupé son coup? Si le putsch avait avorté? S'il gaspillait six ans comme un crétin sans savoir que la vie suivait paisiblement son cours sur le Monde de Bradley?

Il considéra l'émetteur. Sa décision était presque prise. Sa main le démangeait.

Non! Pas de précipitation. Ils vont te repérer. Ta fuite n'aura servi à rien.

Et si je n'ai pas besoin de fuir?

Allons donc! Péril extrême, a dit l'intégrateur. Dans quatre-vingt-dix minutes les forces armées auront pris le pouvoir. Est-ce qu'on a le temps d'organiser une contre-offensive en quatre-vingt-dix minutes?

Et pourquoi pas? On a vu des machines se tromper. Il faut que je sache. Juan me dira ce qu'il en est. Ou mon fils. Ou Lydia. Je vais les consulter. Comment n'y ai-je pas songé plus tôt?

Excellente idée. C'est d'ailleurs la raison d'être de ces cubes. Ils t'aideront à rester à l'écart de l'émetteur.

Au matin du quatrième jour, il sélectionna six cubes et les introduisit dans les orifices adéquats.

Il y avait son père, son fils et son meilleur ami. Il y avait Goethe, Hemingway et Alexandre.

– J'ai besoin de savoir comment les choses ont tourné chez nous, dit Voigtland. J'ai envie de les appeler. Qu'en pensez-vous?

Ce fut Juan qui répondit, le camarade, le frère.

– Je vais te dire ce qu'il en est. L'état-major emprisonne à tour de bras. Les pelotons d'exécution travaillent jour et nuit. Partout, des bruits de bottes. Le couvre-feu a été instauré dans toutes les grandes villes. Toute vie institutionnelle a été suspendue jusqu'à nouvel ordre. McAllister a les pleins pouvoirs avec le titre de président du Comité de Salut Public ou quelque chose d'équivalent. Le lendemain du putsch il s'est adressé à la nation qu'il a tenté de rassurer par de fortes paroles. Après des années de tyrannie sans partage, a-t-il déclaré, l'ordre et la démocratie règnent sur le Monde de Bradley.

– Mais que s'est-il passé? s'exclama le fils de Voigtland dont le cube n'avait pas encore été activé et qui ne savait rien. As-tu été renversé?

Juan entreprit de lui faire le point de la situation. Voigtland se tourna vers son père. En voilà au moins un que les colonels n'auraient pas. Il était mort quelques mois auparavant, peu après sa mise en boîte par un fils prévoyant.

– Dieu merci, cette expérience déprimante t'aura été épargnée, dit Voigtland. Quand j'étais gosse et toi président du Conseil, je me souviens, tu parlais sans arrêt des soulèvements qui ravageaient les autres colonies. Je riais. Je secouais la tête. Pas de danger que cela se produise ici. Notre planète est différente. Nous formons une véritable communauté. Le peuple nous aime. Et j'y croyais.

Le vieillard branla du chef. Ses lèvres pâles

s'étirèrent en un faible sourire. A quatre-vingts ans passés, il n'était que l'ombre de lui-même.

– Nul monde n'est à l'abri des aspirations vers la liberté et la démocratie, Tom. Les mêmes stratégies politiques sont appliquées partout suivant un rythme différencié. Cela aurait pu craquer avant. Il est regrettable que le rapport de force se soit inversé pendant que tu étais en fonction. Ne te fustige pas. Tu n'es pas responsable du cours des choses.

– Si l'on en croit Homère, l'homme serait plus enclin à dormir tout son saoul, aimer, chanter, s'enivrer et s'empiffrer qu'à faire la guerre, murmura Goethe avec onction. Mais il y aura toujours des agitateurs, des hystériques, des mystiques, des fous pour privilégier la violence. Prenez Achille. Comment les dieux justifient-ils son existence?

– Pourquoi le feraient-ils? gronda Hemingway. Tout homme porte en lui les racines du bien et du mal. Ambivalent par nature, il oscille comme un pendule entre l'amour et la haine, la guerre et la paix. Ainsi en est-il de toutes les sociétés. Parfois la violence terrasse la discipline. Parfois la société se révolte contre elle-même. Qui vous a dit que vos insurgés représentaient le mal? Depuis quand les tyrans de votre espèce font-ils figure de non-violents?

Les mains levées d'Alexandre ramenèrent le silence.

– Pour en revenir à Achille, dit l'empereur d'une voix vibrante d'émotion, je suis bien placé pour en parler puisque son esprit ne me quitte jamais. Achille était non seulement un grand guerrier, mais un grand meneur d'hommes. Un chef naturel. Nul mieux qu'un soldat n'est apte au gouvernement des hommes. Il possède la sagesse et la force. Pourquoi? Parce qu'il a versé son sang...

Voigtland se moquait d'Achille. Il reporta sur

Juan son regard et ses angoisses. Juan, le seul qui connaissant la situation pourrait être de bon conseil.

– Quatre jours ont passé. Je vais appeler. Je ne tiens plus en place. Je veux être sûr d'avoir eu raison de partir.

– Ils vont te repérer. Ils vont te tomber sur le râble.

– Et si nous avions repris le dessus, Juan?

Il frissonna. Mine de rien, il se rapprochait de l'émetteur.

– C'est absurde, dit Mark. Si l'armée est rentrée dans les casernes, Juan te préviendra d'une manière ou d'une autre. Il enverra la chasse ou il tentera de te joindre par radio. A ta place, j'attendrais.

Le soulagement le submergea comme une lame de fond. C'était si simple, si évident. Juan le préviendrait. Il aurait dû s'en douter.

– Te voilà convaincu? Tu ne feras pas de bêtise?

– Je vous le promets.

Les jours succédaient aux jours. Il fit jouer ses douze compagnons avec une préférence pour les cubes familiaux. Grâce à eux, il se trouva assez détendu pour se laisser aller à discuter de futilités. On évoquait de vieux souvenirs. Il s'émerveillait d'être le père d'aussi superbes rejetons, minces, élégants, racés, lui qui avait toujours eu l'air d'un athlète tassé au marteau-pilon. Il parla politique avec son père. Ovide se remémora pour lui ses longues années d'exil. Platon disserta sur la nature de l'injustice; Hemingway proposa une définition du courage. Ils le portaient à bout de bras quand il menaçait de trébucher. Cela lui arrivait souvent.

Les nuits, surtout, étaient effroyables. Des régiments de silhouettes sanglées dans des uniformes noirs lui passaient sur le corps. Derrière eux venait le peuple, les masses hurlantes. ENNEMI DE L'ETAT! TRAITRE A LA PATRIE! lui jetaient-elles haineusement au visage. On traîna devant lui le long corps maigre, dégingandé de l'ami Juan, ensanglanté de toutes les tortures qu'il avait subies. Juan ne dit rien. Il riva sur les siens ses yeux fixes, aveugles et c'était encore pire. On lui colla un miroir sous le nez. Il regarda et vit une tête de chacal, les crocs jaunes, les yeux petits, abjects, clignotants. ES-TU FIER DE TOI? ES-TU SATISFAIT D'ETRE EN VIE?

Il sollicita l'aide du vaisseau. Le vaisseau le dorlota. Il injecta dans ses veines quelques gouttes d'une drogue inconnue. Voigtland sombra dans un lac d'eau noire du fond duquel surgirent des gorgones dont les cheveux sifflaient trois syllabes incessantes. PERFIDE. PERFIDE. PERFIDE.

Comment peux-tu dormir après avoir trahi ton peuple et ta patrie?

– Lydia, ils m'auraient tué. Je n'avais aucun moyen de te joindre, pas plus que Juan ou les enfants. A quoi bon rester dans ces conditions? Quel intérêt, franchement?

– Aucun, Tom, je t'assure. Tu as agi pour le mieux.

– Papa, c'était le vaisseau ou la mort, nous le savons, dit Lynx.

– Tout de même, bredouilla-t-il. Sur le plan strictement moral, je me demande...

– Tu n'avais pas le choix! affirma la jeune fille.

Il tournait en rond à travers le vaisseau. Lumières tamisées, revêtements soyeux, ambiance luxueuse. La serre à elle seule était un régal pour l'œil. Il avait une bibliothèque à sa disposition, de la musique à volonté. La cave contenait les vins les plus rares, le garde-manger les mets les plus exquis. Il avait douze cubes.

– Notre cause n'avait nul besoin d'un martyr de plus, expliqua-t-il à Platon. Ce qu'il nous faut, c'est un chef. Quelle cause a besoin d'un chef mort?

– Très astucieux, mon cher. Vous devenez le symbole lointain, intouchable, idéalisé de l'honneur tandis que vos camarades mordent la poussière les uns après les autres. Vous vous réservez pour l'avenir. Très ingénieux en vérité.

– Sachons garder le sens des proportions! s'exclama Ovide. Le héros, c'est celui qui reste et qui fait front. Cela dit, qui a envie de laisser son nom à la postérité en échange d'une mort prématurée? Notre ami Voigtland a fait le bon choix. Qu'il vive cent ans et qu'il prenne du bon temps. Laissons à d'autres l'amère et fugace jouissance du sacrifice!

– Vous vous moquez de moi, dit Voigtland.

– Moquer? Non. Je divertis. Au pire, je tourne en dérision. Je ne me moque pas.

Mais la nuit venue, les fantômes l'assaillaient. Démons, gnomes et goules ricanants l'entraînaient en une grotesque farandole vers la poubelle de l'histoire. AINSI MEURENT LES HEROS. De monstrueuses Carabosse l'étreignaient. BIENVENUE AU WALHALLA. Des gargouilles lui offraient des cornes d'un hydromel qui lui laissait dans la bouche un horrible goût de fiel.

A bout de ressources, il s'adressa aux cubes.

– Aidez-moi, supplia-t-il. A quoi bon vous avoir emmenés si vous ne m'êtes d'aucun secours?

– Ecoute, vieux, tu ne vois pas qu'on fait le maximum? riposta Hemingway. On t'a déjà dit sur tous les tons que tu avais eu une riche idée de prendre le large.

– Vous n'êtes pas sincères, je le sens.

– Espèce de babouin, traite-moi de menteur encore une fois et je jure que je m'arrache de cet écran pour te balancer...

– Mettons que tu avais vis-à-vis de nous tous

l'obligation morale de rester en vie, proposa Juan avec une conviction bien imitée. A tout prendre un chef en exil vaut mieux que pas de chef du tout. Il ne reste que toi, Tom. Tu pourras diriger, disons, inspirer la résistance depuis Rigel. Qu'en dis-tu?

– A t'entendre, ça coule de source.

Juan le gratifia d'un clin d'œil canaille.

– Sacré Tom. On s'est toujours compris à demi-mot, n'est-ce pas?

Il réveilla le cube paternel.

– Qu'en penses-tu, papa? Aurais-je dû rester oui ou non?

– Qui sait? Ne me demande pas de répondre à ta place, petit. En sautant dans le vaisseau tu as démontré ton attachement aux valeurs pratiques. En restant, tu aurais fait preuve d'un louable sens dramatique. C'est toi que cela regarde, mon fils.

– Mark?

– A ta place, je n'aurais pas hésité une seconde. Je serais resté pour me battre jusqu'à mon dernier souffle. Mais je parle pour moi. En ce qui te concerne, c'est différent. Peut-être as-tu fait le bon choix, ainsi que Juan vient de l'expliquer. Ce dont je suis sûr, c'est que tu as fait le bon choix pour *toi.*

Voigtland fronça les sourcils.

– Ne tourne pas autour du pot. Me méprises-tu d'avoir fichu le camp?

– Mais non. Tu le sais bien.

Les cubes le chouchoutèrent. Son sommeil se fit moins agité. Il cessa peu à peu de considérer la question de sa fuite sous l'angle éthique. Il reprit du poil de la bête.

Quand il était las de ferrailler avec les grands esprits qu'il avait à sa disposition, il organisait des joutes oratoires, Attila contre Alexandre, Shakespeare contre Goethe, Hemingway contre Platon. Les doigts de pieds en éventail, il comptait les points.

C'était époustouflant. D'autres fois, il se repliait sur les modestes conversations à bâtons rompus avec ses familiers. Il bénissait les cubes. Il bénissait leur génial inventeur.

– Tu as bien meilleure mine, fit observer Lydia.

– Il a enfin tordu le cou à son complexe de culpabilité, susurra Lynx.

– La logique! décréta Juan. C'est la logique qui l'a sauvé. La logique de la situation.

– Il a surmonté ses tendances masochistes, suggéra Mark. Il a refoulé son désir morbide d'auto-humiliation.

– Doucement, mon garçon. Pas de coups bas, s'il te plaît.

– Tout de même, papa. Nieras-tu que tu prenais un certain plaisir à te vautrer dans la boue?

– Ma foi, d'une certaine façon, je...

– Et c'est sur nous que tu comptais pour te sortir de là! s'exclama Lynx. Nous avons réussi, on dirait.

– C'est vrai. Vous avez été formidables.

– Tout est clair, à présent, n'est-ce pas? (Juan fit flamboyer son sourire.) Tu t'es imaginé que tu crevais de trouille et que tu abandonnais le bateau alors qu'en fait tu rendais un fier service à notre cause. C'est bien ça?

Voigtland lui rendit son sourire, dent pour dent.

– Exactement. C'est ce qui s'appelle faire le mal pour le bien.

– Songe à l'avenir, mon fils. (Son père ne souriait pas. Il regardait Voigtland de ses yeux pâles bordés de blanc.) Le Monde de Bradley a toujours besoin de toi. Tu es encore jeune. Tu peux récupérer ce que tu as perdu.

– Je sais, papa. J'y compte bien.

– Au lieu de tomber bêtement au champ d'honneur, dit Juan.

– Où veux-tu en venir? questionna Voigtland avec raideur.

– Et n'est-il pas vrai que tu avais préparé ta fuite depuis longtemps? fit Mark, hilare. Enfin, quoi, depuis le temps que tu engranges des cubes dans ce vaisseau!

– Comme si tu avais toujours su qu'au premier signe de troubles sérieux tu plierais bagage, insista Lynx.

– Là, ils n'ont pas tort, dit son père. Sauver sa peau est une chose, mais l'obsession permanente de sa propre sécurité et la fuite avec préméditation, c'est grave. Très grave.

– Je ne dis pas que tu aurais dû rester et t'offrir en sacrifice. (Lydia fit la moue.) Malgré tout...

– Une seconde! s'écria Voigtland, affolé. (Les cubes passaient à l'offensive, tout à coup.) Qu'est-ce que cela signifie?

– Tu sais combien nous t'aimons, chuchota Lydia.

– Papa, nous essayons de t'ouvrir les yeux, c'est tout.

– Papa, peux-tu affirmer que tu n'avais pas préparé ta fuite de longue date?

– Arrêtez! Arrêtez tout de suite.

– D'un strict point de vue...

Voigtland se précipita dans la salle de contrôle. Il éjecta Juan.

– Mon chéri, nous voulons simplement te faire comprendre...

Exit Lydia. Exit Mark. Exit Lynx. Exit le paternel.

Le silence. Autour de lui, le silence. Sous son crâne, la tempête. Il tomba sur le sol où il se recroquevilla.

Une heure plus tard, très calme, il programma son appel ultrasonique, émettant sur la longueur d'onde que devait utiliser la résistance si toutefois elle existait. Le rayon tachyon fulgura à travers le gouffre de l'espace. Il perçut des grésillements, puis une voix hésitante.

– Quatre Neuf Huit Trois. Signal reçu. M'entendez-vous? Ici Quatre Neuf Huit Trois. Répondez. Répondez. Qui êtes-vous?

– Voigtland. Votre président. Je veux parler à Juan.

– Donnez-moi vos coordonnées. Je vais voir ce que je peux faire.

– Quelles coordonnées? Je suis Voigtland, Bon Dieu! Je me trouve à je ne sais combien de milliards de kilomètres et je veux parler à Juan. Allez me le chercher!

– Attendez.

Il attendit. Nouveaux grésillements. Des crépitements, des grincements. Une friture dans laquelle un stéthoscope aurait pu tenir debout.

– Vous êtes toujours là? fit la voix. Je vous le passe. Grouillez-vous. Il n'a pas que ça à faire.

– Qu'est-ce que c'est? demanda Juan. Qui êtes-vous?

– C'est moi, Juan. Tom. Tom Voigtland.

– Tiens? (Glacée, la voix. Le zéro sonore absolu.) D'où tu appelles? D'un autre univers, sans doute? Le voyage est agréable?

– Il fallait que je sache, Juan. Il fallait que je sache où vous en étiez, toi, Lydia, les enfants...

– Mark est mort. Il a été abattu en essayant de faire sauter la voiture de McAllister pendant leur défilé de la victoire. Lydia et Lynx sont au secret quelque part. Ils ont eu presque tout le monde. Nous ne sommes plus que dix. Le dernier baroud. Demain, nous serons morts. (Silence.) Petit fumier. (Sans élever la voix.) Sale petit fumier. Ils font des cartons sur les camarades et toi tu te barres dans ton vaisseau capitonné!

– Qu'est-ce que tu me chantes là? Il y a encore une heure tu me félicitais de ma décision. Tu m'expliquais que je servirais de symbole à la résistance. Tu disais que de mon lointain exil je pourrais brandir le flambeau...

– J'ai dit ça, moi?

– Ton cube l'a dit.

– Va te faire foutre, ordure!

– Juan, ce n'est pas possible. Ton cube... tu avais l'air si convaincu...

– Es-tu devenu fou, Tom? Ces cubes sont programmés pour débiter toutes les sornettes que tu as envie d'entendre. Tu l'ignorais, peut-être? Si tu désires qu'on te tresse des couronnes pour avoir pris la fuite, ils t'obéiront. C'est aussi simple que cela. Et maintenant restons-en là, veux-tu? Nous n'avons plus rien à nous dire. Je ne sais pas où tu vas, mais une fois que tu y seras, transmets mes amitiés à tout le monde.

– Je ne pouvais tout de même pas rester le cul dans mon fauteuil en attendant qu'ils me collent une balle dans la nuque! A quoi cela aurait-il servi? Juan, réponds-moi! Que dois-je faire? Aide-moi, voyons!

– Demande à tes cubes. Salut, Tom!

– Juan!

– Salut, ignoble capitulard.

Clic.

L'espace d'un long moment, il ne fit rien. Il se contentait de respirer. Il regardait droit devant lui, comme un fantôme sorti de son cercueil.

Ces cubes sont programmés pour débiter toutes les sornettes que tu as envie d'entendre. Si tu désires qu'on te tresse des couronnes pour avoir pris la fuite, ils t'obéiront.

Et si je veux qu'on m'insulte? Ils le feront de bonne grâce. Ils sont à ma disposition. Ce ne sont pas des êtres conscients. Ce sont des cubes.

Il introduisit Goethe dans le récepteur.

– Parlez-moi du martyre, commanda-t-il.

– Il n'est pas exempt de séduction, dit le poète. Songez qu'il suffit au pécheur le plus noir de faire brusquement le sacrifice de lui-même pour être passible de rédemption et d'absolution. Un seul instant de bravoure suprême inscrira son nom en lettres d'or au fronton de la postérité. Il y a de quoi rêver.

A Juan, il demanda :

– Quelle serait la portée symbolique d'une mort survenue dans l'accomplissement du devoir?

– Une mort héroïque transformera toute personnalité politique de second ordre en grande figure de l'histoire. C'est ainsi.

A son fils, il demanda :

– Est-il préférable d'avoir un père lâche et vivant ou héroïque et mort?

– Bravo, papa! Retrousse tes manches et va leur montrer ce que tu sais faire!

Il essaya Hemingway.

– Que feriez-vous si quelqu'un vous traitait d'ignoble capitulard?

– Je me demanderais s'il a raison ou tort. S'il a tort, je le balancerais aux requins. S'il a raison, probable que les requins auraient tout de même à bouffer.

Il essaya Lydia. Lynx. Son père. Alexandre. Attila. Shakespeare. Platon. Ovide.

Chacun à sa façon, ils lui servirent la même rengaine. La bravoure, le sacrifice, la gloire, la rédemption.

Il saisit le cube à l'emblème de son fils.

– Tu es mort. Liquidé. Kaputt. Comme ton grand-père. Mark est mort. Ce n'est pas lui qui parle à travers ce cube. C'est moi. Avec sa voix et ses mots. Tu n'es rien. Du toc, du vent.

Il jeta le cube dans le convertisseur où il culbuta

pour se transformer en énergie. Il fit de même avec les autres cubes. Quand il ne resta plus que celui de Juan, il l'interrogea de nouveau.

– Dis-moi la vérité! hurla-t-il. Que deviendrai-je si je fais demi-tour?

– Tu rejoindras les camarades dans la clandestinité où tu prendras la direction de notre résistance. Tu nous aideras à abattre McAllister. Avec toi, nous vaincrons!

– Conneries! Je vais te dire, moi, ce qui m'attend. Je serai intercepté avant même d'avoir pu me placer sur orbite descendante. Je serai arrêté, jugé, exécuté. Vrai ou faux? Dis-moi la vérité, pour une fois! Dis-moi qu'ils me tueront d'une balle en plein cœur! DIS-LE-MOI!

– Tu sous-estimes la dynamique de la situation, Tom. L'impact de ton retour sera formidable, à tel point que...

Il éjecta le cube et le fit choir dans le convertisseur.

– Y a quelqu'un? cria-t-il. Ho! Répondez!

Le silence était derrière lui, à côté de lui, au-dessus de lui. Il le cernait. Il l'enveloppait. Il se refermait sur lui. Il le coupait du reste de l'univers.

– Terminé, le spirituel bavardage. (Il fut secoué d'un rire silencieux.) Vous me manquez déjà. Tant pis. Je suis rudement content que vous ne soyez plus là.

Il annula les instructions de navigation initiales. Il programma le vaisseau pour un RETOUR AU POINT DE DÉPART. Ses mains tremblaient un peu, mais le vaisseau comprit ce qu'on attendait de lui. Docilement, il amorça le virage sur son aire. Tom Voigtland rentrait au bercail. Seul comme un grand.

À PELPEL, TOUT EST BON POUR PASSER LE TEMPS

Dan Britton désigna un cactus gris cendre à l'aspect singulièrement sinistre, étrange entre tous les étranges spécimens qui se trouvaient alignés sur l'établi de la serre.

– T'ai-je jamais dit que toutes ces plantes avaient leur histoire, certaines susceptibles de faire se dresser les cheveux sur la tête? Il n'est pas question de botanique. Tous ces phénomènes qu'il nous semble aujourd'hui tout naturel de voir surgir du sol californien ont été découverts dans quelque bout du monde pas toujours accueillant. On les a recueillis, puis rapportés ici avant de veiller avec un soin maternel à leur reproduction et à leur propagation. A l'origine de ce long processus se produisirent parfois des incidents troublants, des drames, vécus et racontés ensuite par ceux qui revinrent de très loin, leur valise chargée des ancêtres de tout ce que tu vois ici.

Il souleva le funèbre végétal. D'une manière générale, les cactus n'ont rien d'affriolant, mais celui-ci passait la mesure avec sa couleur sépulcrale et ses rangées de puissantes épines, noires et polies comme des griffes.

– *Copiapoa cinerea,* murmura-t-il. Lieu de naissance, le désert Atacama, Chili septentrional. Celui-ci ainsi que tous ses congénères disséminés en Californie descendent des plantes mères que j'ai recueillies moi-même dans l'Atacama, entre Pelpel et Sabroso, voici près de trente ans. Un de ces jours, je te raconterai les circonstances de cette découverte.

Râblé, le visage buriné, Britton a le physique parfait du vieux baroudeur, même si depuis douze ans il s'est fixé à Santa Barbara où il a ouvert une petite serre. Dans cette ville de tout repos, on a toutes les chances de mener une vie sans histoire, surtout si l'essentiel de son activité consiste à vendre des fuchsias, des pélargoniums et des chrysanthèmes aux retraités du voisinage. Britton, toutefois, s'est ménagé un jardin secret – et quel jardin –, où croissent et multiplient les protées, les aloès, les cycas... et j'en oublie. Il lui arrive même d'en vendre, car tout ou presque se développe sous un ciel aussi clément et certains excentriques se piquent volontiers d'expériences horticoles. Britton ne force jamais la main à ses clients. Ceux qui sont naturellement friands de prodiges exotiques n'ont que faire de ses conseils et les autres s'en lasseront et les laisseront dépérir. Chez Britton, le client est libre de son choix. Au fond, je crois qu'il s'en fiche. Ce qui l'intéresse vraiment, depuis son plus jeune âge, c'est de côtoyer des plantes à longueur de journée. Voilà sa véritable, son unique passion. Il fut un temps où son intrépidité lui avait valu une enviable réputation de botaniste de terrain. De ses fréquentes incursions dans les recoins les plus perdus et les moins encourageants d'Amérique latine, il était revenu avec une quantité suffisante de cactus inconnus, de feuilles charnues et de broméliacées pour s'assurer un petit nom dans l'histoire de l'exploration botanique.

Tout cela, c'est du passé. Aujourd'hui, l'ex-explorateur semble se satisfaire de fleurir d'innocentes pelouses et de ressasser ses souvenirs.

Nous étions en hiver et les affaires somnolaient. Ce jour-là, il ferma la serre à quatre heures et demie. Il était convenu que je restais pour la nuit, de sorte que je rentrai avec lui. Laissant derrière nous la mission Santa Barbara, nous filâmes vers les basses collines où il avait érigé sa maison, une modeste adobe cernée par une forêt d'extravagantes perles botaniques. Comme nous longions l'enclos à cactus, je remarquai un pied de *Copiapoa cinerea* d'une taille gigantesque.

– Celui-ci vient de Quebreda Pelpel, à l'est du patelin en question, expliqua Britton en souriant. C'est un des ancêtres dont je t'ai parlé. Sans le Grec, je me demande si j'en aurais trouvé un seul.

– Le Grec?

– C'est une longue histoire.

Il déboucha une bouteille de blanc bien glacé et nous nous installâmes dans son patio pour regarder le crépuscule descendre sur Santa Barbara. Sous la lumière pâle et nacrée, les toits de tuiles ocre se coloraient de rose jusqu'au port déjà noyé de brume. Mais l'air était doux et par sa luxuriance même le jardin entretenait une étonnante illusion de touffeur. Deux aloès monumentaux dardaient vers le ciel leurs flèches écarlates. Non loin, un inextricable enchevêtrement de fleurs incendiait une haie de protées de trois mètres de haut sans porter préjudice à l'austère et solitaire beauté d'un grand yucca mexicain sur lequel cascadaient des fleurs blanches par centaines.

La bouteille était à moitié vide quand Britton rompit le silence.

– Pour en revenir à ce désert Atacama, ce doit être un des endroits les plus arides de la planète. Il peut s'écouler deux, trois ans sans une goutte d'eau, puis il tombe trois centimètres et c'est reparti pour quelques années de sécheresse. Et cependant, dans cette fournaise vivent des végétaux. Ils se nourrissent du brouillard hivernal, exclusivement, le fameux *camanchaca.*

Son regard intense me transperça comme si à travers moi il se posait sur quelque avant-goût de l'enfer, sur quelque paysage si effroyable que seuls ceux qui l'avaient contemplé de leurs yeux pouvaient en mesurer la désolation.

– Cette histoire remonte à janvier ou février 1952, alors que, pour le compte de l'université, je passais au crible la côte sud-américaine. A l'époque, tu t'en souviens peut-être, le *Copiapoa* était encore une énigme et le peu que nous savions à son sujet avait grand besoin d'être rafraîchi.

» J'avais établi mon quartier général à Pelpel, un village de pêcheurs calciné, situé à deux cents kilomètres au sud d'Antofagasta. Tout est possible, y compris que Pelpel soit devenu une luxueuse station balnéaire pourvue d'un Hilton de trente étages, d'un champ de courses et de six casinos, mais j'en doute. Toujours est-il que trente ans auparavant, c'était un bidonville de mille âmes, un lugubre entassement de baraques coiffées de tôle où l'eau était captée un jour sur deux, et pendant quelques heures seulement, et où la poussière empêchait de voir à dix mètres devant soi.

» Pour peu que l'on s'enfonçât à l'intérieur des terres et que l'on poussât jusqu'aux crêtes qui surplombent le littoral, on tombait sur quelques nappes de brume stagnante permettant la survie des bouquets de cactus. A Pelpel, par contre, rien ne poussait. Rien. Tu n'imagines pas semblable dénuement. Le haut lieu de la vie sociale se trouvait être une place venteuse, flanquée d'un côté par la façade massive et délabrée d'un hôtel et de l'autre par un bistrot doublé d'une salle de billard sur les destinées desquels régnait un Grec nommé Panagiotis.

Le bistrot était équipé d'un haut-parleur; chaque soir, à compter d'une certaine heure, l'engin déversait sur la place un tintamarre de fer-blanc qui donnait le signal des réjouissances : une petite foule se massait là, les femmes arpentant d'un sens, les hommes de l'autre, et parfois des couples se formaient qui disparaissaient pour une nuit de turpitudes. Le lendemain, on reprenait tout à zéro.

» J'étais le seul client de l'hôtel et de la façon dont ils me dévoraient des yeux, je devais être le premier depuis un bout de temps. L'établissement était bien tenu, mais que pouvait l'hôtesse, une vieille Allemande, contre la vétusté des poutres, l'éclatement de la peinture ou la minceur de la toiture en tôle qui ferraillait de façon épouvantable sous chaque rafale un peu violente? On me logea à l'étage. Je fus agréablement surpris de découvrir une douche attenante à ma chambre. Hélas, quand je voulus l'essayer, il n'en coula qu'un filet de sable. Le souvenir de la dernière goutte d'eau devait remonter à l'Indépendance. A Pelpel, je devais m'y résigner, c'était le bon vieux tub des familles ou rien du tout.

» Il est vrai qu'à l'époque, je me fichais comme d'une guigne de toutes ces petites incommodités. J'étais jeune alors, et m'estimais heureux d'avoir un toit au-dessus de ma tête, fût-il sonore. Seuls m'importaient vraiment les *Copiapoa* dont l'arrière-pays était paraît-il prodigue.

» Ce fut le Grec qui me mit sur la voie.

» De tout le village, il était le seul à me témoigner un peu de sympathie. Les autres ne m'offraient que des visages de bois derrière lesquels se retranchait une vive hostilité, réaction spontanée de ces modestes pêcheurs endurcis par la misère, la solitude, l'âpreté de leur environnement vis-à-vis de l'étranger, le *Norteamericano* doré sur tranche venu de son lointain pays de cocagne où l'eau chaude et froide coule à volonté, où l'on peut voir dans des salles climatisées des films en technicolor...

» Pour tout arranger, mon espagnol se limitait au vocabulaire courant; prononcé avec un accent californo-mexicain qui devait odieusement résonner à leurs oreilles chiliennes. Heureusement, il me restait Panagiotis. Au début, je pris son exubérance amicale pour une déformation professionnelle ou le symptôme de son tempérament méditerranéen. Il y avait de cela, sans aucun doute, mais ainsi que je m'en rendis compte au fil des jours, ce type me manifestait un réel intérêt. Il me voyait tel que j'étais vraiment, jeune botaniste un tantinet réservé venu de très loin dans des conditions souvent pénibles à seule fin de recueillir des renseignements scientifiques, sûrement pas un touriste imbu de sa supériorité d'ambassadeur d'une civilisation à la prospérité aussi inconcevable qu'inaccessible. Panagiotis était assez perspicace pour avoir pénétré mon apparente froideur. Là où les autres voyaient de l'arrogance, il avait deviné la timidité due en partie à la difficulté que j'avais à me faire comprendre.

» Le jour même de mon arrivée, je m'aventurai sur les collines dont les crêtes dessinaient une ligne dentelée, à l'est de l'agglomération. Je revins les mains vides. Dieu sait que j'éprouve de profondes affinités avec les déserts, Dieu sait que je les aime, mais il émanait de celui-ci une irrépressible sensation d'accablement. Ce n'était que roches nues et plaques sablonneuses d'un jaune bilieux, arides à couper le souffle. Pas un buisson, pas un cactus, pas même ces misérables végétaux rampants que l'on rencontre dans tous les déserts. J'aurais aussi bien pu me trouver sur la Lune. Des heures durant, j'errai à travers ce néant, en proie à un découragement croissant. En fin d'après-midi, cependant, avec le soleil déclinant les ravins s'emplirent d'ombres mystérieuses et le paysage retrouva ses couleurs mais j'avais sombré dans une mélancolie trop profonde pour prendre du plaisir à cette métamorphose crépusculaire. Je regrettais d'être venu ici. Plus au nord, aux environs d'Iquique, ou sur les versants andins où la végétation est plus abondante, je n'aurais su où donner de la tête, tandis que dans cet enfer... Ainsi me morigénais-je, feignant d'oublier que le but de l'expédition consistait justement à explorer cette bande côtière ingrate, abandonnée de la botanique depuis le défrichement de Philippi, un siècle auparavant.

» Tandis que je cheminais lourdement vers Pelpel, le vent soulevait des tourbillons de poussière noire, comme un brouillard subtil à travers lequel s'irisaient d'éblouissantes nuances, depuis le jaune incandescent jusqu'au violet le plus pâle. Tout cela se fondit en un rouge profond qui vira lentement au gris, puis au noir. L'obscurité gagnait rapidement quand mon pied buta contre un obstacle que je pris d'abord pour un gros caillou. Le hasard voulut que j'y jetasse un second coup d'œil. Ce n'était pas un caillou; c'était un spécimen isolé de *Copiapoa cinerea*, une plante massive et ronde, pourvue de rares épines. Depuis six ou sept heures que je parcourais ce désert, c'était ma première découverte digne d'intérêt. Je m'empressai de la recueillir et rentrai d'un cœur plus léger.

» Le repas du soir m'attendait à l'hôtel, un potage « a l'eau » et une sorte de ragoût arrosé d'un vin clairet. J'avalai le tout dans la solitude de la salle à manger, sous le regard sévère d'une Indienne, unique employée de l'établissement. Les échos de la musique de bastringue qui hurlait sur la place me parvenaient distinctement. La dernière bouchée avalée, je me plantai sur le seuil de l'hôtel où je demeurai un bon moment à regarder l'austère ballet donné chaque soir par les hommes et les femmes de Pelpel en âge de s'accoupler. La plupart ne prêtaient pas attention à moi; si d'aventure leurs yeux m'effleuraient, je n'y décelais qu'une froideur exempte de toute curiosité. Avec un haussement d'épaules, je leur tournai le dos et réintégrai ma chambre. Grossière erreur. Les murs nus et fissurés, éclaboussés par la lumière jaune d'une ampoule de vingt watts, le grondement du vent au-dessus de ma tête... impossible de travailler ou de lire dans ces conditions. Impossible même d'attendre le sommeil sans rien faire. Malgré mon peu de goût pour ce genre d'endroit, je me retrouvai dans le bistrot de Panagiotis avant même d'en avoir pris consciemment la décision. Sans doute espérais-je y trouver un peu de chaleur humaine, denrée aussi rare dans ce morne bout du monde que le *Copiapoa cinerea*.

» Deux douzaines d'hommes occupaient les lieux, agglutinés autour de la table de billard ou écroulés sur le comptoir gondolé et terni. Mon apparition fut saluée par un tel déploiement d'expressions courroucées que je fus sur le point de faire demi-tour. Panagiotis ne m'en laissa pas le temps.

« – Hello, *Norteamericano!* lança-t-il d'une voix tonnante. Sois le bienvenu! Viens donc trinquer avec nous! »

» Comment refuser?

» C'était une espèce de grand malabar, tout sourire et nez busqué. Quelques mèches noires zébraient son crâne bronzé, tacheté de son. Il baragouinait l'anglais et comprenait mon espagnol, de sorte qu'en y mettant chacun du sien, nous arrivions à nous comprendre. Il commença par me désigner les bouteilles alignées derrière lui – du *pisco* péruvien, différentes liqueurs locales et un scotch de fabrication mexicaine (*Hecho in Mexico*, c'était écrit sur l'étiquette), mais le vin du dîner me restait encore sur l'estomac et je déclinai ses offres.

« – *Hay cerveza?* »

» Panagiotis acquiesça. Il extirpa de sous le comptoir une bouteille empoussiérée, fit sauter la capsule, versa le contenu dans un verre qu'il me tendit en rigolant. C'était atroce. Après cette épreuve, je fis comme tout le monde. Je me mis au *pisco*.

» Le Grec insista pour me présenter aux autres clients. Le grand échalas aux yeux brûlants dans un visage en lame de couteau était son beau-frère, Ramon Sotomayor. Aguirre, le poussah, était avocat, et le type aux cheveux roux décolorés, le toubib, s'appelait joliment Niñez de Prado. Mendoza était pharmacien et ainsi de suite. Chacun, à l'énoncé de son nom, me gratifiait d'un regard à transpercer un mur et hochait brièvement la tête.

» Ensuite, bien qu'il sût comme toute la communauté depuis l'instant de mon arrivée que j'étais venu recueillir des spécimens végétaux, le Grec me demanda ce que je cherchais à Pelpel.

« – Des cactus, dis-je en dessinant dans l'air une silhouette appropriée. Je me suis baladé toute la journée, mais la *mala suerte*, la guigne, me poursuivait et je n'ai rien trouvé, que dalle, *nada*. »

» Le cafetier était accessible à la compassion. Il tint conseil avec Mendoza et Aguirre dans un espagnol trop rapide et trop idiomatique pour que j'en saisisse un traître mot, puis se mit à griffonner des cartes sur une serviette en papier. Ces croquis s'accompagnaient d'un commentaire ultra-rapide en anglais de cuisine coupé de pidgin espagnol. Je n'y comprenais rien. D'une main levée, j'arrêtai ce déluge. Au pas de course, je zigzaguai jusqu'à l'hôtel et rapportai mon jeu de cartes. Fébrilement, je les étalai sur le comptoir. Les autres grommelaient et ronchonnaient dans leurs barbes comme si ce bon Panagiotis allait me révéler la planque d'un fabuleux trésor, mais il n'en tint aucun compte. A l'aide de croix, il m'indiqua les sites où j'avais toutes les chances de trouver mon bonheur. Cela fait, il me flanqua sur le dos une claque à me jeter à bas du tabouret et remplit mon verre pour la troisième ou quatrième fois. « Cadeau de la maison! » m'entendis-je répondre quand je voulus sortir mon portefeuille.

» La tête me tournait en quittant le café du Grec. Cette nuit-là, le vent pouvait bien danser sa sarabande, je m'endormis comme une masse.

» Le lendemain, j'étais debout à l'aube. La plus grande partie du chemin, je la fis dans ma jeep décrépite et achevai à pied les derniers kilomètres qui me séparaient des gorges du Quebrada Pelpel où Philippi avait fait sa récolte en 1854. Comme de juste, les *Copiapoa* m'attendaient en foule, différentes familles dont certaines agrémentées de tiges couronnées – difformité unique dans les annales de l'espèce. Après le dîner, je remerciai Panagiotis avec effusion et le bougre me remercia de l'avoir remercié en m'imbibant de *pisco* jusqu'à ce que je misse mon verre cul par-dessus tête.

» Les jours suivants, je mis le cap vers la sierra Esmeralda, au sud, puis vers Sabroso, au nord, que j'atteignis par la route côtière, vers les plateaux, enfin, et partout m'attendaient des cactus de toutes tailles et de toutes formes, les uns d'un vert tendre, presque jaune, les autres si vieux qu'ils avaient perdu leurs piquants. Dans les collines au-dessus de Sabroso je découvris le *Copiapoa humilis*, une petite espèce pratiquement inconnue avec des racines en forme de navets. Elle est difficile à trouver en raison de sa couleur brune qui constitue un excellent camouflage et de sa faculté de s'enterrer pendant les heures chaudes de la journée – et encore n'est-il pas certain que le brouillard la fasse sortir. Je cherchais depuis des heures quand il s'avéra que j'étais assis sur un de ses représentants (soulignons-le, les piquants de l'*humilis* ne sont pas très menaçants.). Aussi, il me fut facile d'en trouver d'autres.

» Entre-temps, mes rapports avec les habitants de Pelpel ne s'étaient guère améliorés. Avec Panagiotis, le seul qui consentît à me traiter en être humain, les sujets de conversations demeuraient limités. La majorité me considérait toujours comme un gêneur, un importun, un intrus. Leur mépris affiché m'était plus pénible que la solitude elle-même. Je me sentais plus à l'aise au milieu du désert qu'en leur compagnie éprouvante. Certes, ils n'avaient aucune raison de me manifester une affection délirante, mais de là à me traiter comme si j'étais venu dans le but inavoué de voler leurs âmes! Plus d'une fois le soupçon m'effleura qu'ils me prenaient en fait pour un anthropologue qui, sous couvert de ramasser des cactus, les espionnait afin de percer à jour leurs plus secrètes traditions. Je n'ignorais pas qu'à la faveur d'un métissage intense les villes côtières avaient été le lieu d'émergence privilégiée d'étranges coutumes à mi-chemin entre les rites primitifs et la tradition chrétienne. A coup sûr, mes hôtes involontaires préféraient éviter toute publicité sur ce chapitre sensible, mais jamais mes paroles ou mon comportement n'auraient dû les inciter à croire que j'étais autre chose qu'un modeste botaniste.

» Ce jour-là, le soleil était encore haut quand je rentrai à Pelpel après une journée de recherches harassantes. J'étais si las que je touchai à peine au repas préparé par l'Indienne. A peine m'étais-je jeté sur mon lit que je sombrais. Quelques heures plus tard, le haut-parleur du Grec me tirait d'un sommeil comateux. Brouillées, horriblement déformées par la rusticité du matériel, me parvinrent des vociférations hystériques. Une voix d'homme débitait sur un mode haletant ce qui semblait être un bulletin d'information ou plutôt un commentaire sportif.

» Intrigué, j'allai jeter un coup d'œil à la fenêtre. La place était en émoi : la moitié de la population s'y trouvait rassemblée par petits groupes de dix ou douze personnes et tous les regards attentifs convergeaient sur le haut-parleur. La foule écoutait. A l'occasion, comme sur un signal, il en jaillissait des hurlements de joie ou de fureur. Les uns hochaient la tête, les autres brandissaient le poing. Des billets – des liasses toutes froissées de billets de cent pesos – sortaient des chemises et changeaient de propriétaires. Toutes les cinq minutes s'intensifiaient les braillements électro-acoustiques, provoquant une nouvelle explosion, et la valse des billets recommençait.

» Je descendis aux nouvelles. En général, il suffisait que j'apparaisse, telle la statue du Commandeur, pour que les rires se cassent et que les visages se ferment. Cette fois, à ma profonde stupeur, il n'en fut rien. Au contraire, ils semblèrent contents de me voir. On m'accueillit avec de larges sourires. O miracle, j'en vis même qui lancèrent leur chapeau en l'air en criant « *Norteamericano! Hola, Norteamericano, Viva! Viva!* » A quoi devais-je cette remarquable volte-face? En quelques secondes, je fus cerné. Certains m'adressaient de joyeux clins d'œil; d'autres m'assenaient des claques dans le dos comme si nous avions gardé les cochons ensemble. J'avais potassé un peu d'anthropologie. Je commençais à me demander avec effarement si je n'avais pas été choisi pour assurer le rôle vedette dans quelque sinistre rituel par quoi culminerait cette mystifiante manifestation. Je jetai les yeux à droite et à gauche dans l'espoir d'apercevoir Panagiotis et d'obtenir des explications. Il demeurait invisible. Inutile de songer à me frayer un passage vers le bistrot. La densité de mes admirateurs me clouait sur place.

» Immobile et attentif au milieu de cette effervescence, je m'efforçai de capter quelques bribes de ce saisissant radio-reportage. Peu à peu, la lumière se fit. Des noms de villes voisines revenaient comme un leitmotiv, Santa Catalina, Casabindo, San Antonia, Placilla, poussière de petites gares échelonnées le long des routes intérieures. D'autres noms surgissaient à intervalles réguliers, Godoy, de la Gasca, Lezaeta, Alejandro, désignant cette fois des hommes. Je compris qu'une compétition automobile se déroulait à proximité. C'était ahurissant. A travers le paysage lunaire du désert Atacama, des hommes fonçaient au volant de leurs superbolides tandis qu'à Pelpel les paris allaient bon train sur l'issue de la course ainsi, me sembla-t-il, que sur les différentes étapes.

» Puis je compris autre chose; un des concurrents était américain. *El Norteamericano*, ne cessait de glapir le haut-parleur, se débrouillait comme un chef. Du style, de la virtuosité. Et chaque fois qu'il était question de ce compatriote inconnu, j'avais droit à des sourires, à des vivats et à des bourrades enthousiastes. Ils dardaient vers moi leurs doigts en V pour victoire. Tout se passait comme si leurs encouragements au *Norteamericano* étaient censés compenser l'hostilité dont ils avaient fait preuve à mon égard. Scandée follement, une phrase, quelques mots, m'était jetée au visage sur un rythme de plus en plus trépidant. Je happai le mot *vencer* martelé comme une incantation terrifiante. *Vencer, vencer*... La révélation s'opéra d'un seul coup. « Tu vas gagner! Tu vas gagner! » telle était l'incantation qui m'assaillait. Moi? Moi?

» Le délire était tel que je fus lent à prendre conscience des implications inouïes de ce qui se passait autour de moi. Je connaissais bien la route sur laquelle s'acharnaient les concurrents. Ce n'était qu'une misérable piste défoncée qui serpentait le long de la côte entre Pelpel et Sabroso à la sortie duquel elle tournait soudain à l'ouest, disparaissant presque sous la poussière accumulée pour se raccrocher à la Pan American Highway. Cette piste aurait tué une jeep pour peu qu'elle dépassât la vitesse d'une tortue au galop. De quels amortisseurs, de quelle suspension étaient donc équipées ces voitures pour absorber les chocs à la vitesse dont parlait le commentaire ? Pour couvrir le trajet séparant Placilla de San Antonio, il fallait compter une bonne demi-journée de souffrances avec des cailloux giclant contre votre réservoir, des ornières assez profondes pour y loger un bœuf et ainsi de suite. Une compétition automobile dans ces conditions ? Balivernes !

» Primo. Secundo : comment le type que j'entendais déblatérer à une allure vertigineuse recevait-il ses informations ? Son feu roulant de commentaires déchaînés concernait au moins une douzaine de pilotes éparpillés entre Sabroso et Pelpel. La chose eût été possible s'il avait suivi la course depuis un hélicoptère, mais en 52, ces appareils étaient peu répandus et moins encore dans le désert de l'Atacama. Peut-être des observateurs postés le long du parcours lui téléphonaient-ils sans discontinuer pour lui permettre de reconstituer l'événement et de donner cette saisissante impression de vérité. Peut-être. Sauf qu'à ma connaissance il n'y avait pas un seul téléphone à Pelpel et je n'avais remarqué aucune cabine sur la route de Sabroso. Alors quoi ? Des messages radio ? Pourquoi pas des signaux de fumée ou un relais sémaphore ? Quand on pénètre dans l'absurde, il n'y a plus de limites.

» Le plus facile n'était certes pas d'essayer de deviner le lieu d'émission d'un éventuel radio-reportage. La sérénade dont Panagiotis nous régalait chaque soir provenait de sa collection personnelle d'antiques microsillons. C'est bien simple : il n'existait alors aucune station émettrice chilienne hormis celles de Valparaiso et de Santiago à des centaines de kilomètres au sud de Pelpel où il ne fallait pas songer les capter. L'émetteur le plus proche devait être celui de Lima, séparé de la côte par la cordillère des Andes. Des ondes courtes? A la rigueur. Ou une transmission approximative depuis Valparaiso, mais comment croire qu'ils avaient pris la peine de couvrir une obscure compétition automobile dans une province reculée?

» C'était au nord, là où la route de Placilla débouchait sur la place que l'effervescence atteignait son paroxysme. Tendue en travers de la route, une robuste ficelle chichement pavoisée de serpentins rouges, verts et jaunes marquait la ligne d'arrivée.

» De part et d'autre trépignaient des garnements. Ils brandissaient au bout de perches interminables les drapeaux de la mère patrie, sans doute en vue de les agiter sous le nez du vainqueur quand il passerait devant eux dans un vrombissement effroyable. Tout de même, à mon esprit surchauffé, épris de logique en dépit de son effarement, s'imposait une question torturante : comment espéraient-ils terminer une course aussi longue au beau milieu de l'agglomération? A moins de dix mètres de la ficelle se dressait le mur de briques de l'église. Croyaient-ils sérieusement qu'un bolide lancé à pleins gaz comme il se doit sur la dernière ligne droite allait freiner à temps pour éviter l'obstacle? Je décidai qu'il devait plutôt s'agir d'une sorte de terminus protocolaire où le vainqueur viendrait s'échouer en douceur après avoir franchi plus haut le véritable poteau. Mais plus je regardais cette ficelle, plus je trouvais qu'elle ressemblait à une ligne d'arrivée, présomption confirmée par le soin que prenaient les spectateurs de dégager l'espace situé devant comme s'ils s'attendaient à l'arrivée imminente des bolides. Quelques-uns scrutaient les ténèbres d'où surgiraient d'un instant à l'autre les phares des finalistes.

» Le mystère s'épaississait autour de moi. J'en vins à me demander si je n'étais pas le jouet d'une formidable hallucination. Ce rituel barbare, incompréhensible de bout en bout, me laissait une impression de solitude accrue. Plus que jamais, j'étais un étranger à Pelpel.

» Et cependant, on m'entourait, on m'embrassait, on me fêtait. J'étais le héros du jour. Accolades *macho*, sourires des dimanches... ils m'adoraient. Epouvantablement perturbée, la voix relatait les péripéties haletantes des cinq dernières minutes. Même cela m'échappait. Qui menait? Alejandro ou le *Norteamericano*? La voiture de Lezaeta avait-elle culbuté hors de la piste en passant la Quebrada? Et ce tonneau à la sortie de Sabroso, qui en était victime? Un rêve, en vérité. Un cauchemar éveillé d'où me parvenaient dans un ordre capricieux des fragments de renseignements entrecoupés de crachouillis statiques, des hurlements et des rafales de pidgin. La foule vibrait en harmonie avec les moindres incidents divulgués par le haut-parleur. Les paris s'effectuaient à un rythme accéléré. On pariait sur le vainqueur final, évidemment, mais aussi sur les étapes intermédiaires. Qui mènerait à certains points de repère du parcours? Et même, qui s'en sortirait sans une égratignure? Les billets de cent pesos circulaient plus vite que je ne pouvais les suivre. Quand il était question du *Norteamericano* le charivari augmentait notablement et de partout les gens me clamaient leur admiration et tout cela parce que mon vaillant compatriote accomplissait des prouesses! Je m'interrogeais sérieusement à son sujet. Que faisait-il dans ce désert? Pour tout dire j'étais anxieux de le voir sortir sain et sauf de l'aventure. Depuis des semaines je n'avais pu avoir une seule conversation cohérente avec quelqu'un dont je comprenne la langue. Son arrivée à Pelpel était une bénédiction.

» Si j'en jugeais par la recrudescence des clameurs, nous arrivions au plus fort de l'action. Et tout à coup Sotomayor, le beau-frère du Grec, surgit devant moi avec son bon mètre quatre-vingt-dix pour soixante kilos, son visage ascétique, verrouillé dans sa virilité et ses chimères. Il m'eût estourbi du regard s'il avait pu.

« – Tu ne gagneras point », déclara-t-il d'une voix tranchante comme une hache.

» Que répondre? Je restai muet.

« – Tu vas perdre », précisa-t-il inutilement.

» Je haussai les épaules. Il titubait. Il était ivre. Bouleversé par l'engouement subit dont j'étais l'objet, je ressentis comme un défi l'aversion persistante de ce sombre escogriffe. Je sortis mon portefeuille. Sur un coup de tête, j'en tirai cinq billets de cent pesos. A l'époque, le peso devait valoir quelque chose comme trois *cents*, de sorte que mon geste téméraire ne pesait pas bien lourd, mais j'étais si fauché que la perte de cinq cents pesos (environ quinze dollars) représentait une petite catastrophe pour la suite de mon expédition.

» Je m'en fichais. Je plantai mes yeux dans les siens.

« – Sur la victoire du *Norteamericano. Cinco cientos.*

« – Tu paries avec moi?

« – Sans hésiter. »

» Sotomayor me rit au nez. Au terme d'un ample geste de son bras tentaculaire, il fit glisser une bourse de sa ceinture. Il compta *dix* billets de cent en les levant chaque fois afin que je puisse compter avec lui. Ses prunelles de jais luisaient d'un éclat railleur. En doublant la mise, il me jetait son mépris à la figure. Il arracha les billets de ma main, les plia à l'intérieur des siens, enroula le tout et confia la liasse ainsi faite au gros Aguirre, l'avocat. La foule hurlait. Le haut-parleur s'égosillait en vain. On ne l'entendait plus.

« – Savez-vous à quelle distance se trouvent les concurrents? » criai-je dans l'oreille d'Aguirre.

» D'une main molle, il désigna la ligne d'arrivée et la nuit au delà.

« – A deux kilomètres de Pelpel. »

» Même sur de la tôle ondulée, deux kilomètres sont vite couverts. La course touchait à son terme. Autour, c'était de la folie furieuse. Je fis comme eux. Je louchai du côté de la ligne d'arrivée. Il m'était toujours aussi difficile de croire qu'une compétition automobile allait prendre fin sur cette place. J'imaginais les premiers bolides, déboulant le long de la piste, filant à un train d'enfer entre les rangées de baraques... Ils enfoncent la ligne d'arrivée, bon gré mal gré, ils continuent, ils percutent le mur de l'église... l'explosion est effroyable... les véhicules se chevauchent... les débris sont éjectés...

» D'un seul coup, la foule se tut.

« – Alejandro, Godoy, *Norteamericano*, Alejandro, *Norteamericano, Norteamericano... Primero, Norteamericano*! » hurla avec une stridence soudaine dans le silence retrouvé la voix épuisée du haut-parleur.

» La foule demeurait pétrifiée, tous ses yeux braqués là-bas.

« – *Norteamericano* vainqueur! Alejandro second! Godoy troisième! »

» Vainqueur? Où cela? Quand? Comment?

» Je les vis enlever la ficelle, puis en détacher les serpentins qu'ils firent flotter comme des bannières tandis que les porteurs de drapeaux paradaient, entraînant les supporters. Je les vis caracoler et se congratuler. Ils fêtaient la victoire du *Norteamericano*. Je vis tout cela, mais je ne vis pas une seule voiture.

» Jamais la route ne m'avait semblé plus vide. La course s'était achevée, mais personne n'était arrivé à Pelpel.

» Il serait facile de prétendre aujourd'hui que je commençais d'entrevoir la vérité depuis un moment. Rien de plus faux. Même alors, confronté à l'évidence, je m'insurgeais. Il fallait que je voie Panagiotis. C'était plus facile à dire qu'à faire avec cette foule en délire aussi compacte que celle du métro aux heures de pointe et les billets de banque qui voltigeaient telle une pluie de confettis au-dessus de nos têtes. Pourtant, jouant de mes coudes écartés comme d'ailes pointues, j'atteignis la *cantina*. Je trouvai le Grec affalé derrière le comptoir, le visage luisant de sueur, les yeux vitreux fixés sur le verre de *pisco* qu'il n'avait même plus la force de porter à ses lèvres; il n'avait pas encore lâché le micro. A ma vue, il lui vint un pâle sourire.

« – Compliments, *Norteamericano.* Vous avez été formidable.

« – Moi?

« – Nous sommes fiers de vous. »

Je me juchai sur un tabouret en face de lui.

« – Cette course n'a jamais existé, n'est-ce pas?

« – *No le entiendo.*

« – C'était du flan, du chiqué, de la pure imagination. Vous avez tout inventé. Toute la soirée vous êtes resté assis là à hurler dans ce micro les péripéties d'une compétition automobile qui ne s'est jamais déroulée que dans votre tête.

« – C'est exact.

« – Et ce *Norteamericano*... c'était moi?

« – Bien sûr.

« – Et les gens vont avaler cette énormité? Vous croyez vraiment qu'ils sont dupes? »

» Il me dévisagea. Un humour robuste éclaira ses yeux las.

« – La vie s'écoule paisiblement à Pelpel. En fait

de compétitions automobiles, celles-ci sont les plus réelles que nous ayons à notre disposition. Ne vous en faites pas. Les habitants de Pelpel savent très bien à quoi s'en tenir sur ce qui existe et n'existe pas.

« – Et ces courses... vous en organisez souvent?

« – Chaque fois que le besoin s'en fait sentir. Tous les deux ou trois mois. Plus souvent si c'est nécessaire. J'ai organisé celle-ci en votre honneur.

« – Mais pourquoi m'avoir donné la victoire?

« – Pour vous rendre populaire, cette question! Vous aviez si peu d'amis à Pelpel. Depuis votre victoire, c'est le contraire. Tout le monde vous aime.

« – Sauf Sotomayor. »

» Quand on parle du loup... A cet instant précis, l'irascible beau-frère pénétra dans le café, suivi de ses comparses. Il y avait dans les yeux de Sotomayor une certaine lueur que j'espère ne jamais revoir. Il me lança un long regard et concentra son attention et sa haine sur Panagiotis. D'une voix basse et intense il cracha quelques mots comme on expulse une dent saignante. Son index se braqua sur moi, puis sur le Grec, puis sur le micro. L'espace de quelques secondes, personne ne bougea. Puis Mendoza, le pharmacien, égrena un ricanement aussi tendu que les cordes d'une mandoline.

« – Tu m'as déshonoré, reprit Sotomayor. A cause de toi, j'ai l'air d'un imbécile. »

» Le Grec haussa les sourcils.

« – Il n'y a que les imbéciles pour avoir vraiment l'air d'imbéciles. Soyons sérieux, Ramon. Trinque avec moi, veux-tu? »

» Il pivota afin de prendre la bouteille de *pisco*. Quand il se retourna, il se trouva face à la méchante petite gueule noire d'un pistolet. Sa bouche s'arrondit de stupeur. L'arme aboya une fois. Un trou rouge se matérialisa sur le front tacheté de rousseur du Grec. Il s'écroula, comme seul peut s'écrouler quelqu'un qui est déjà mort.

» Aguirre me fourra une liasse de billets dans la main. Je l'avais oublié, mais j'avais gagné mon pari. Le sinistre quarteron vida les lieux. Je me retrouvai seul avec le cadavre de Panagiotis.

Britton se tut. Il répartit le fond de la bouteille équitablement entre son verre et le mien. La nuit avait englouti Santa Barbara. Des bateaux ancrés dans la marina ne subsistait qu'une constellation diffuse. De temps à autre, une corne de brume lançait sa note lugubre.

– Le lendemain matin, reprit doucement mon compagnon, j'emballai mes *Copiapoa* et je fichai le camp. La place était déserte. Seuls les débris sinueux des serpentins rappelaient les excès de la veille. J'ignore ce qu'il est advenu de Sotomayor. Depuis ce jour funeste, les habitants de Pelpel ont sans doute imaginé d'autres subterfuges pour passer le temps.

TABLE DES MATIÈRES

S-F classique

Jacques Sadoul présente une sélection des meilleurs auteurs du genre, déjà publiés et inédits.

Demandez à votre libraire le catalogue semestriel gratuit.

ASIMOV Isaac

Les cavernes d'acier (404★★★)
Dans les cités souterraines du futur, le meurtrier reste semblable à lui-même.
Les robots (453★★★)
D'abord esclaves soumis des hommes, ils deviennent leurs maîtres.
Tyrann (484★★★)
Sur la Terre, une poignée d'hommes résiste encore aux despotes de Tyrann.
Un défilé de robots (542★★)
D'autres récits passionnants sur ce sujet inépuisable.
Cailloux dans le ciel (552★★★)
Un homme de notre temps est projeté dans l'empire galactique de Trantor.
La voie martienne (870★★★)
Une expédition désespérée pour fournir de l'eau à Mars.

BLISH James

Semailles humaines (752★★)
Des hommes adaptés aux conditions de vie extra-terrestre colonisent la Galaxie.

BROWN Fredric

Paradoxe perdu (767★★)
Une anthologie de S-F humoristique.

BRUNNER John

La planète Folie (1058★★)
Fantasmes et cauchemars des mythologies terriennes assaillent les colons.
Tous à Zanzibar
(2 t. 1104★★★★ et 1105★★★★)
Surpopulation, violence, pollution : craintes d'aujourd'hui, réalités de demain.
Le troupeau aveugle
(2 t. 233★★★ et 1234★★★)
L'enfer quotidien de demain.
Sur l'onde de choc (1368★★★★)
Un homme seul peut-il venir à bout d'une société informatisée ?
Chasseurs de mondes (1280★★★★)
C'était une race de prédateurs incapables de la moindre émotion. Inédit.
Les adieux du soleil (1354★★★)
L'agonie du soleil est le symbole du crépuscule de la civilisation sur Terre. Inédit.

CLARKE Arthur C.

2001 - L'odyssée de l'espace (349★★)
Ce voyage fantastique aux confins du cosmos a suscité un film célèbre.
Les enfants d'Icare (799★★★)
L'arrivée d'êtres d'outre-espace signifie-t-elle la perte de la liberté ?
Rendez-vous avec Rama (1047★★★)
Quand un vaisseau spatial étranger pénètre dans le système solaire.
Les fontaines du paradis (1304★★★)
Le début de l'Ere interplanétaire exige le sacrifice d'une montagne sacrée.

COVER, SEMPLE Jr et ALLIN

Flash Gordon (1195★★★)
L'épopée immortelle de Flash Gordon sur la planète Mongo. Inédit.

CURVAL Philippe

L'homme à rebours (1020★★★)
La réalité s'est dissoute autour de Giarre : il commence un voyage analogique. Inédit.
Cette chère humanité (1258★★★★)
L'appel au secours désespéré du dernier montreur de rêves.

DEMUTH Michel

Les années métalliques (1317★★★★)
Les meilleures nouvelles de l'auteur des Galaxiales.

DICK Philip K.

Loterie solaire (547★)
Un monde régi par le hasard et les jeux.
Dr Bloodmoney (563★★★)
La vie quotidienne post-atomique.

Le maître du Haut Château (567★★★★)
L'occupation des U.S.A. par le Japon et l'Allemagne après leur victoire en 1947.
Simulacres (594★★★)
Le pouvoir était-il détenu par des hommes ou des simulacres animés électroniquement?
A rebrousse-temps (613★★★)
Le sens du temps s'est inversé: les morts commencent à renaître.
Ubik (633★★★)
Le temps s'en allait en lambeaux. Une bouffée de 1939 dérivait en 1992.
Les clans de la lune alphane (879★★★)
Cette ancienne colonie terrienne n'est plus peuplée que de malades mentaux.
La vérité avant-dernière (910★★★)
Enterrés depuis quinze ans, ils attendent la fin de la guerre atomique.
L'homme doré (1291★★★)
L'essentiel des nouvelles de Dick. Inédit.
Le dieu venu du Centaure (1379★★★)
Palmer Eldritch: on connaît ses yeux factices, son bras mécanique, ses dents en acier, mais qu'y a-t-il au delà?

FARMER Philip José
Des rapports étranges (712★★)
Sur une planète isolée, un géant barbu, qui ressuscite les morts, déclare être Dieu.
La nuit de la lumière (885★★)
C'est un arbre, c'est aussi un homme.

FOSTER Alan Dean
Alien (11153★★★)
Avec la créature de l'Extérieur, c'est la mort qui pénètre dans l'astronef.
Le trou noir (1129★★★)
Un maelström d'énergie les entraînerait au delà de l'univers connu.
Le choc des Titans (1210★★★★)
Un combat titanesque où s'affrontent les dieux de l'Olympe. Inédit. Illustré.
Outland... loin de la Terre (1220★★)
Sur l'astéroïde Io, les crises de folie meurtrière et les suicides sont quotidiens. Inédit. Illustré.

HARNESS Charles
L'anneau de Ritornel (785★★★)
C'est dans l'Aire Nodale, au cœur de l'univers, que James Andrek trouvera son destin.

HARRISON Harry
Appsala (1150★★★)
Jason dinAlt tombe de Charybde en Scylla.

HEINLEIN Robert
Une porte sur l'été (510★★)
Pour retrouver celle qu'il aime, il lui suffit de revenir 30 ans en arrière.

HERBERT Frank
La ruche d'Ellstrom (1139★★★★)
Ou l'enfer des hommes insectes.

KLEIN Gérard
La loi du talion (935★★★)
Elle seule régit ce monde où s'affrontent cinquante peuples stellaires.

LARSON et THURSTON
Galactica (1083★★★)
L'astro-forteresse Galactica reste le dernier espoir de l'humanité décimée.

LEINSTER Murray
La planète oubliée (1184★★)
Des hommes s'efforcent de survivre sur une planète peuplée d'insectes géants.

LEVIN Ira
Un bonheur insoutenable (434★★★)
Programmés dès leur naissance, les hommes subissent un bonheur uniforme.
Les femmes de Stepford (649★)
Ces jeunes femmes trop parfaites ne seraient-elles que des robots?

MacDONALD John D.
Le bal du cosmos (1162★★)
Traqué sur Terre, il se voit projeté dans un autre monde.

MOORE Catherine L.
Shambleau (415★★★)
Parmi les terribles légendes qui courent l'espace, l'une est vraie: la Shambleau.

PADGETT Lewis
L'échiquier fabuleux (689★)
Un homme venu du futur intervient dans une guerre du présent.
Kid Jésus (1140★★★)
Il est toujours dangereux de prendre la tête d'une croisade. Inédit.
Nos armes sont de miel (1305★★★)
Après mille ans dans le non-temps, ils parviennent enfin au but. Inédit.

SADOUL Jacques
Les meilleurs récits de:
Astounding Stories (532★★)
Wonder Stories (663★★)
Unknown (713★★)
Famous Fantastic Mysteries (731★★)
Startling Stories (784★★)
Thrilling Wonder Stories (822★★)
Fantastic Adventures (880★★)
Astounding Science-Fiction (988★★)
Une quintessence des revues de S-F aux Etats-Unis de 1910 à 1955.

SILVERBERG Robert
Les monades urbaines (997★★★)
70 milliards d'humains dans des tours de 1000 étages.
Trips (1068★★★)
Corps d'emprunt, temps parallèles, tissu urbain proliférant...: huit drôles de trips.
L'oreille interne (1193★★★)
Télépathe, il sent son pouvoir décliner.
L'homme stochastique (1329★★★)
Carjaval connaissait tout de l'avenir, même sa propre mort.
Les chants de l'été ((1392★★★)
Silverberg est aussi un maître de la nouvelle. Inédit.

SIMAK Clifford D.
Demain les chiens (373★★★)
Les hommes ont-ils réellement existé? se demandent les chiens le soir à la veillée.
Au carrefour des étoiles (847★★)
Sur Terre, une station secrète où transitent les voyageurs de l'espace.
Projet Vatican XVII (1367★★★★)
Curieuse entreprise pour des robots sans âme: créer un pape aussi électronique qu'infaillible. Inédit.

SPIELBERG Steven
Rencontres du troisième type (947★★)
Le premier contact avec des visiteurs venus des étoiles.

SPINRAD Norman
Jack Barron et l'éternité (856★★★★)
Faut-il se vendre pour l'immortalité?

STEINER Kurt
Brebis galeuses (753★)
Un monde où les maladies servent à punir.
Ortog et les ténèbres (1222★★)
La science permet-elle de s'aventurer dans le domaine de la mort?

STURGEON Theodore
Les plus qu'humains (355★★)
Ces enfants étranges ne seraient-ils pas les pionniers de l'humanité de demain?
Killdozer - le viol cosmique (407★★★)
Des extra-terrestres à l'assaut des hommes.
Les talents de Xanadu (829★★★)
Visitez le monde le plus parfait de la galaxie.

VAN VOGT A.E.
Le monde des Ã (362★★★)
Gosseyn n'existe plus: il lui faut reconquérir jusqu'à son identité.
La faune de l'espace (392★★★)
Au cœur d'un désert d'étoiles, le vaisseau spatial rencontre des êtres fabuleux.
Les joueurs du Ã (397★★★)
L'enjeu de ce siècle éloigné dans le futur, c'est la domination des mondes.
Les armureries d'Isher (439★★★)
Lorsque McAllister entra dans la boutique d'armes, il se trouva dans le futur.
Les fabricants d'armes (440★★★)
La Guilde des Armuriers a condamné à mort Robert Hedrock, mais il est immortel.
La guerre contre le Rull (475★★★)
Seul Tevor pouvait sauver l'humanité de son plus mortel ennemi, le Rull.
Destination univers (496★★★)
De la Terre jusqu'aux confins de la galaxie.
Invasion galactique (813★★★)
Deux races galactiques s'affrontent sur la Terre.
Le Silkie (855★★)
Surhomme ou démon électronique?
L'horloge temporelle (934★★)
Les nouvelles les plus récentes du grand écrivain américain.
Rencontre cosmique (975★★★)
Celle d'un vaisseau corsaire de 1704 et d'un astronef du futur.
Les monstres (1082★★)

ZELAZNY Roger
L'île des morts (509★★)
Qui avait bien pu ressusciter plusieurs ennemis défunts de Francis Sandow?

S-F nouveaux talents

Jacques Sadoul, découvreur infatigable, présente ici une nouvelle génération d'auteurs, pour la plupart inédits. Demandez à votre libraire le catalogue semestriel gratuit.

BAKER Scott
L'idiot-roi (1221★★★)
Diminué sur la Terre, il veut s'épanouir sur une nouvelle planète.

BARBET Pierre
L'empire du Baphomet (768★)
Le démon Baphomet des Templiers n'aurait-il été qu'une créature venue des étoiles?

BOVA Ben
Colonie (2 t. 1028★★★ et 1029★★★)
David Adams, l'homme artificiel, quitte la splendeur d'Ile n° 1, la colonie spatiale, pour porter secours à la Terre ravagée.

CHERRYH Carolyn J.
Chasseurs de mondes (1280★★★★)
C'était une race de prédateurs incapables de la moindre émotion.

DELANY Samuel
Babel 17 (1127★★★)
Le langage peut-il être l'arme absolue?

DOUAY Dominique
L'échiquier de la création (708★★)
Un jeu d'échecs cosmique où les pions sont humains.

ELLISON Harlan
Dangereuses visions
(2 t. 626★★★ et 627★★★)
L'anthologie qui a révolutionné en 1967 le monde de la science-fiction américaine.

FORD John M.
Les fileurs d'anges (1393★★★★)
Un hors-la-loi de génie lutte contre un super réseau d'ordinateurs.

HIGON Albert
Le jour des Voies (761★★)
Les Voies, annoncées par la nouvelle religion, conduisent-elles à un autre monde?

KING Stephen
Danse macabre (1355★★★★)
Les meilleures nouvelles d'un des maîtres du fantastiqe moderne.

KLOTZ et GOURMELIN
Les innommables (967★★★)
... ou la vie quotidienne de l'homme préhistorique. Illustrations de Gourmelin.

LONGYEAR Barry B.
Le cirque de Baraboo (1316★★★)
Pour survivre, le dernier cirque terrien s'exile dans les étoiles.

MARTIN George R.R.
Chanson pour Lya ((1380★★★)
Trouver le bonheur dans la fusion totale avec un dieu extraterrestre, n'est-ce-pas le plus dangereux des pièges?

MONDOLINI Jacques
Je suis une herbe (1341★★★)
La flore, animée d'une intelligence collective, peut-elle détruire la civilisation humaine? Inédit.

MORRIS Janet E.
La Grande Fornicatrice de Silistra (1245★★★)
Estri vit tous les bonheurs.
L'ère des Fornicatrices (1328★★★★)
Devenue esclave, Estri recherche le dieu qui l'a engendrée.

PELOT Pierre
Parabellum tango (1048★★★)
Un régime totalitaire peut-il être ébranlé par une chansonnette subversive?
Kid Jésus (1140★★★)
Il est toujours dangereux de prendre la tête d'une croisade.

PRIEST Christopher
Le monde inverti (725★★★)
Arrivé à l'âge de 1000 km, Helward entre dans la guilde des Topographes du Futur.

TEVIS Walter
L'oiseau d'Amérique (1246★★★★)
Un homme, une femme, un robot.

J'ai Lu Cinéma

Une centaine de romans J'ai Lu ont fait l'objet d'adaptations pour le cinéma ou la télévision. En voici une sélection.

Demandez à votre libraire le catalogue semestriel gratuit.

ANDREVON Jean-Pierre
Cauchemar... cauchemars! (1281★★)
Répétitive et différente, l'horrible réalité, pire que le plus terrifiant des cauchemars. Inédit.

ARSENIEV Vladimir
Dersou Ouzala (928★★★★)
Un nouvel art de vivre à travers la steppe sibérienne.

BENCHLEY Peter
Dans les grands fonds (833★★★)
Pourquoi veut-on empêcher David et Gail de visiter une épave sombrée en 1943?
L'île sanglante (1201★★★)
Un cauchemar situé dans le fameux Triangle des Bermudes.

BLIER Bertrand
Les valseuses (543★★★★)
Plutôt crever que se passer de filles et de bagnoles.
Beau père (1333★★)
Il reste seul avec une belle-fille de 14 ans, amoureuse de lui.

BRANDNER Gary
La féline (1353★★★★)
On connaît les loups-garous mais une femme peut-elle se transformer en léopard?

CAIDIN Martin
Nimitz, retour vers l'enfer (1128★★★)
Le super porte-avions Nimitz glisse dans une faille du temps. De 1980, il se retrouve à la veille de Pearl Harbor.

CHAYEFSKY Paddy
Au delà du réel (1232★★★)
Une terrifiante plongée dans la mémoire génétique de l'humanité. Illustré.

CLARKE Arthur C.
2001 - L'odyssée de l'espace (349★★)
Ce voyage fantastique aux confins du cosmos a suscité un film célèbre.

CONCHON, NOLI et CHANEL
La Banquière (1154★★★)
Devenue vedette de la Finance, le Pouvoir et l'Argent vont chercher à l'abattre.

COOK Robin
Sphinx (1219★★★★)
La malédiction des pharaons menace la vie et l'amour d'Erica. Illustré.

CORMAN Avery
Kramer contre Kramer (1044★★★)
Abandonné par sa femme, un homme reste seul avec son tout petit garçon.

COVER, SEMPLE Jr et ALLIN
Flash Gordon (1195★★★)
L'épopée immortelle de Flash Gordon sur la planète Mongo. Inédit.

DOCTOROW E.L.
Ragtime (825★★★)
Un tableau endiablé et féroce de la réalité américaine du début du siècle.

OSTER Alan Dean
lien (1115★★★)
vec la créature de l'Extérieur, c'est la mort ui pénètre dans l'astronef.
e trou noir (1129★★★)
n maelström d'énergie les entraînerait au elà de l'univers connu.
e choc des Titans (1210★★★★)
n combat titanesque où s'affrontent les ieux de l'Olympe. Inédit, illustré.
utland... loin de la terre (1220★★)
ur l'astéroïde Io, les crises de folie meur- ière et les suicides sont quotidiens. Inédit. lustré.

ROSSBACH Robert
eorgia (1395★★★)
uatre amis, la vie, l'amour, l'Amérique des nnées 60.

ANN Ernest K.
assada (1303★★★★)
'héroïque résistance des Hébreux face aux gions romaines.

ALEY Alex
acines (2 t. 968★★★★ et 969★★★★)
e triomphe mondial de la littérature et de la V fait revivre le drame des esclaves noirs en mérique.

SHERWOOD Christopher
dieu à Berlin (1213★★★)
e livre a inspiré le célèbre film Cabaret.

ONES John G.
nityville II (1343★★★)
'horeur semblait avoir enfin quitté la mai- n maudite; et pourtant... Inédit.

NG Stephen
ining (1197★★★★)
a lutte hallucinante d'un enfant médium ntre les forces maléfiques.

RAINTREE Lee
Dallas (1324★★★★)
Dallas, l'histoire de la famille Ewing, au Texas, célèbre au petit écran.
Les maîtres de Dallas (1387★★★★)
Amours, passions, déchaînements, tout le petit monde du feuilleton "Dallas".

RODDENBERRY Gene
Star Trek (1071★★)
Un vaisseau terrien seul face à l'envahisseur venu des étoiles.

SAUTET Claude
Un mauvais fils (1147★★★)
Emouvante quête d'amour pour un jeune dro- gué repenti. Inédit, illustré.

SEARLS Hank
Les dents de la mer - 2e partie (963★★★)
Le mâle tué, sa gigantesque femelle vient rôder à Amity.

SEGAL Erich
Love Story (412★)
Le roman qui a changé l'image de l'amour.
Oliver's story (1059★★)
Jenny est morte mais Oliver doit réapprendre à vivre.

SPIELBERG Steven
Rencontres du troisième type (947★★)
Le premier contact avec des visiteurs venus des étoiles.

STRIEBER Whitley
Wolfen (1315★★★★)
Des êtres mi-hommes mi-loups guettent leurs proies dans rues de New York. Inédit, illustré.

YARBRO Chelsea Quinn
Réincarnations (1159★★★)
La raison chancelle lorsque les morts se met- tent à marcher. Inédit, illustré.

Editions J'ai Lu, 31, rue de Tournon, 75006 Paris

diffusion
France et étranger : Flammarion, Paris
Suisse : Office du Livre, Fribourg
diffusion exclusive
Canada : Éditions Flammarion Ltée, Montréal

Achevé d'imprimer sur les presses de l'imprimerie Brodard et Taupin
7, Bd Romain-Rolland, Montrouge. Usine de La Flèche,
le 15 novembre 1982
1657-5 Dépôt Légal novembre 1982. ISBN : 2 - 277 - 21392 - 6
Imprimé en France